阅读之前 没有真相

午夜文库

解体诸因

[日]西泽保彦 著
苏友友 译

新 星 出 版 社　NEW STAR PRESS

目录

1	第一因	解体迅速
25	第二因	解体信条
49	第三因	解体升降
75	第四因	解体让渡
97	第五因	解体守护
117	第六因	解体出处
141	第七因	解体肖像
161	第八因	解体照应
291	最终因	解体顺路

第一因　解体迅速

去拜访匠千晓并没有什么特别的理由。只不过三月二十日春分那天我正巧闲来无事而已。

妻子利用休假带着五岁和两岁的两个女儿回娘家过夜，本来我也应该一同前往，可我却借口入学考试前后各种琐事繁忙，一个人逃之夭夭。这实在是因为其中牵涉到一个令人烦心的隐情。

岳父和岳母之间的气氛最近很紧张。其由来在于岳母不知受了什么刺激，一大把年纪了竟然一时兴起考了机动车驾照回来，而且之后马上就开车撞伤了人。

对方的伤势倒并无大碍，可之后的事情就麻烦了。岳母每天都必须要去医院。除了探望病人，还要代替家属照顾病人。对方的说法是：我们不执著于赔偿金和医疗费用（虽然最后还是收下了），只要求你能拿出诚意，仅此而已。

虽然嘴上说得动听，实际上却是在把岳母当用人使唤。这样一来，岳母完全成了那些连探望时间都不出现的家属的替身，从照顾吃饭到帮忙上厕所，还整日听着对方挑三拣四，伺候在身边。

这也太欺负人了。岳母抱怨个不停。迟一点到医院，或者请求今天换一天人，对方都会露出鄙夷的神色，只差没把"卑鄙小人"这几个字说出口。还会摆出一副受害颇深的态度：幸亏你撞的是我这样的大好人，这么简单的赔偿就宽恕了你，你那没诚意的态度算怎么回事？就像又遭受了什么灾难。

身心俱疲的岳母开始变得有点神经质，抱怨着自己已经受够了。一开始跟着岳母一起大骂对方的岳父，也渐渐觉得心烦，指责起岳母来:"都怪你,一大把年纪了还要去考什么驾照,才惹下如此祸端。"自己已经被对方如此欺负,你不但不帮我说话还对我横加指责……想到这些,岳母更加歇斯底里。

于是,就因为这样一起普通的交通事故,岳父和岳母之间的气氛变得紧张无比。妻子虽然很乐观地认为迟早会一切复原,但比这更肯定的是,复原之前无论如何也要花费一段时间。

所以我每次拜访妻子的娘家时都是抑郁不已。岳父也好,岳母也罢,都想让我去听他们的苦衷,去帮他们说话。要是我不小心插手此事,下一个得抑郁症的没准就是我。

逃是逃出来了,不过这个假期我并没有安排什么事项。既然借口是入学考试前后琐事繁忙,我便好歹去了趟学校。不过果然不出我所料,并没有什么工作可做。中学入学考试的科目本来就没有英语,而且最主要的是,考试日程早就已经定好了。

即便如此我还是本着职业道德解决了一些杂务。虽然这样一来我就彻底无事可做了,但是离开学校后我又不想回到孤零零一个人的家里。去喝一杯吧,时间又太早。而且一个人喝酒也实在太寂寞。

这时我就想起了匠千晓。他应该连这种假日都独自一人待在单身公寓里吧。

我迅速登门拜访,果然不出所料。可能是觉得冷,他膝上搭着毛毯,正在读报纸。我下意识地环视了这六榻榻米大小的房间一圈,果然没有发现暖炉的影子。什么取暖设备都没有,和学生时代完全一样,我有点暗自吃惊。这人并非没有钱,却不肯在自己的房间里安装任何制冷和取暖设备。

不仅如此。他也没有车,连考驾照的想法都没有。就算这个可以理解,但他竟然连自行车都没有。出行只靠自己的双腿。

要是问他为什么什么都没有,他会说:"太麻烦!"可是大老远走到超市去买东西就不麻烦吗?实在不明白他的那套理论。难怪学生时代他总被老教授们称为"仙人"或者"老头子"。

"保彦啊,真是稀客。"大概是看到我手中提着罐装啤酒,千晓表现出超出必要的热情。他这个人对酒比对谁都亲热。"怎么了,突然就来了?"

"也没什么。闲着没事。"

"工作怎么样了?"

"今天放假。"反正这个人肯定连今天是星期几都搞不清楚,"而且本来现在就是春假期间。"

"春假。这样啊。学校老师真好,有长假。"

"这话说的,你不是一年到头都在放假吗?"

虽然年纪也已经不小了,可千晓却没有固定的职业,只有偶然想起来才会去打打工。

"啊呀呀,你这么一说我可是会伤心的。"看来啤酒的诱惑起了作用,千晓不论我说什么都一副笑嘻嘻的样子,"算了,你就别催我了。不过话说回来,你怎么样?老婆呢?"

"回娘家了。"个中缘由我就不多赘述了。不过为了避免他产生不必要的想法,我还是加上了一句:"让姥姥和姥爷看看孩子。明天白天就回来。"

"哦,那咱们就慢慢喝吧。"千晓将唯一的坐垫让给我,显得异常心浮气躁。肯定是着急喝酒。

察觉到这点,我便从塑料袋中拿出啤酒递给他,他简直高兴得不成样子。能让他如此欢天喜地,我这礼物带得也算值了。

干了一次杯后我环视四周。房间里还是一成不变,除了从架子上满溢出来、繁殖过剩般地占据地板的大量书籍以外，就只剩下如战死士兵般横七竖八的空酒瓶了。

我看了一眼刚才千晓在看的报纸，略吃了一惊，本以为那是今天的报纸，没想到其实是去年十月的。旁边还有几本周刊杂志，也是去年的。

"你怎么特意把这些旧东西拿出来看啊？"

"嗯？啊，那个啊。很为难啊，柜子里都塞满了，其他的都处理掉了。旧报纸和旧杂志很有意思呢，一看起来就停不下来。"

"为什么只留下这些呢？"可能是记载了很有意思的报道吧，我想。于是千晓指给我看一个地方，那里印着"难解的分尸事件取得重大突破，嫌疑犯被逮捕"。

这个事件我也有印象，于是不觉停下正要将啤酒倒向嘴里的手，重新去看报道。仔细看去，报纸旁边的周刊杂志也全是关于这一事件的集中报道。

最初的死者是一位名叫松浦康江的三十八岁女性。

去年六月五号的傍晚，从高中放学回家的松浦惠理在家中发现被杀害的母亲的尸体而陷入疯狂状态。因为这尸体并不寻常，不但被褪去了所有衣物，而且还被分割成了头、身体、两手、两足六个部分。

之后，同样是高中生的弟弟雄一也回到了家，同样恐惧异常。听到孩子们的叫声之后，附近的邻居报了警。

直接的死因是勒死。用重物击打头后部致晕之后将其勒死。死者的头上还缠绕着被认为是凶犯行凶时所使用的丝袜。同时也已判明此丝袜为被害者所有。应该是被凶犯脱下后直接用做了凶器。

杀人之后，凶犯将尸体肢解。分尸所用的锯子是松浦家的物品，就被放置在现场，上面没有任何指纹。

这是一起猎奇色彩极为浓厚的杀人事件。比如说被肢解之前的松浦康江被弄成两手两脚抱着自家柱子的姿势，手上和脚上都被铐着玩具手铐，就在这样的状态下被切断了双手和双脚。像圆木一般滚落在现场的双手和双脚各自被玩具手铐连在一起，身体部分就这样贴着柱子，头部滚落在后方。

康江的脸和手腕上都有被拖过地面时所造成的擦伤。凶犯行凶时康江所穿的套装也被留在了现场，上面沾满了泥迹，因此警方判断有可能杀人现场并不在松浦家，而是户外的什么地方。

但是分尸的地方毫无疑问是在松浦家。地上的血痕和脂肪痕很有力地证明了这一点。

综上所述，凶犯先在户外杀害康江，然后将之移动到松浦家，将她的衣物脱光后用玩具手铐铐住手脚，绑在柱子上，之后进行分尸工作——这就是第一起事件的概要。

第二起事件发生在这之后一周，六月十二号的晚上。这一次的受害者是土居淑子，一位二十三岁的女性白领。

是从朋友的结婚典礼上回来的土居淑子的双亲发现了全裸的女儿，并向警方通报的。

淑子也和松浦康江一样，被玩具手铐铐住手脚绑在柱子上。头上也缠着她自己的丝袜。和第一起事件一样，也是头后部受到殴打，造成伤害。只是这一次，凶犯似乎相当慌张，套在淑子脖子上的丝袜没有勒紧，淑子不久后又苏醒了过来。

犯人慌张的原因很明了。淑子的双亲发现的不只是女儿那可怜的惨状，在淑子被绑的房间里，还倒有一具男性的死尸。

男人的名字叫做坪井纯也，二十五岁，是正在和淑子交往的上班族。他是被菜刀刺穿腹部而死。作为凶器的菜刀是土居家的物品。

将第二起事件的犯人与第一起的判断为同一人的依据是相同的作案手法，另外最重要的是在坪井纯也身上发现的毛发。

根据鉴定结果，这些毛发乃松浦康江之物。警方断定，这些附着在犯人身上的毛发，是犯人拿着菜刀刺向坪井纯也并与之发生身体接触时转移到被害者身上的。

凶犯认为家中只有淑子一人而偷偷潜入，并像对待康江一样击打淑子的头后部，趁其昏倒时脱去她的衣服，用玩具手铐将她铐在柱子上，并准备用她的丝袜勒死她。如果一切顺利的话，淑子应该也会和康江一样，死后被凶手分尸。现场也确实发现了锯子，果然也是土居家的物品，仍旧没有留下任何指纹。

但是，这时发生了凶手意想不到的意外。就在作案途中，淑子的男朋友坪井出现了，并且目击了凶手对淑子行凶。凶手为了灭口而在慌忙中刺杀了坪井。大概是这一次计划外的杀人令凶手很是慌张，于是凶手误以为淑子已死，便匆匆忙忙地离开了作案现场。

这成了凶手的死穴。根据淑子的证言，凶手的模糊画像浮出了水面。袭击淑子的是一名十几至三十几岁的年轻男子，眼神锐利，鹰钩鼻子，尖下巴，"乍看起来像欧美人"。

接着，警方在松浦康江身边发现了很符合这一形象的人。这个人就是植田隼人，三十一岁的无业游民。

植田曾经追求过松浦康江，但是被康江拒绝了。在那之后植田不停地缠着康江，令她十分害怕。

警方让淑子看过植田后，她表示虽然很像，但她并无把握，因为在她的印象中，凶手应该个子更高一些。

于是警方展开对植田的调查。植田一口否认。他表示自己虽然确实被康江拒绝了，但是并没有因此而心生恨意，也没有在她家四周徘徊，更没有杀害康江。而且他没见过一位叫做土居淑子的女性。

康江的事姑且不论，植田说他不认识淑子的事怎么看也不像是谎话。淑子也曾经作出过以前从没见过植田的证言。并且在植田隼人和土居淑子之间找不到任何共通点。哪里都找不到植田隼人和土居淑子有过往的证据。

但是警方认为，植田之所以去袭击毫不相识的淑子，也有可能是在杀害了康江之后"杀顺了手"，而展开无差别杀人的缘故。

这种想法在目击了六月五号植田从康江家里出来的邻居那里得到了证实。在铁的事实面前，植田态度一变，开始翻供，承认自己当天确实去过康江家。但他仍然否认自己杀害了康江，强调去的时候康江已经身亡。

然而植田还是作为这两起杀人以及杀人未遂案的嫌疑犯被逮捕了，因为他没有六月十二日的不在场证明。这就是去年传遍街头巷尾，被称做"分尸事件"的案子的概要。

"我明白了，让我猜猜看。"放下旧报纸，我再一次将啤酒灌入口中，"你是想把这个案子推翻，重新推理吧？虽然最后将植田当做犯人解决了，但实际上凶犯另有其人，你想要重新推理一番，是这样的吧？"

"嗯？"千晓停下正要打开第二瓶啤酒的手，愣住了，"哪里，我没有那样想……"

"别骗人了。"千晓确实是个推理迷，这一点从推理小说的数量占据书架三分之一上就可以看得出来。"推理出与警察们不同的结论，也就是事件的真相，并以此为材料写推理小说，你是这么盘算的吧？从实招来！"

"推理小说啊……"千晓一口气将第二罐啤酒喝下一半，脸上的表情极好地诠释了"喜悦"一词。真是的,真让人怀疑这个人在这世上深爱的不会只有啤酒吧。"原来如此。那也挺有意思的啊。虽然我根本没想到。"

"你说没想到?"不是麻烦而是有意思,能这么说,对千晓来说就已经算是很不易了,"那你为什么现在再来回头阅读这个事件的报道?肯定是想到犯人另有其人之类的吧?"

"哪里哪里。凶手是不是另有其人,我哪里能知道。既然警察这么下结论了,那这个叫做植田的人大概就是凶手了吧。你怎么想的我不知道,反正我对这个结论是没什么意见。"

"什么啊,真是个随便的家伙。既然要重新推理的话,不举出凶手另有其人怎么能行……"

"另有其人、另有其人地没完没了地说着,你对这个'另有其人'有什么想法吗?"

"算是吧。"我一时兴起,把临时想到的说了出来,"我觉得可疑的是松浦康江的前夫。"

虽说是临时想到的,但这个想法也不算坏吧?根据周刊杂志的特别报道,在短期大学担任副教授的松浦康江似乎是个相当强悍的女人,当初还是她"休"了自己的老公。她对友人们大放厥词,说是自己想着和一流大学毕业的男人结婚才选择了他,结果没想到是个比自己脑子还差的笨男人。这当然极度伤害了男人的自尊心。

而且她的前夫——村上恭一,容貌出众,个子高挑,嗯……越想我越兴奋。没准,这就是被隐藏的真相!

"前夫,也就是说……"可是千晓完全无视我的兴奋。喂,千晓,你这家伙,发呆也要有个限度啊。"松浦康江曾经离过婚?"

"什么啊,你不会连这些都不知道吧?"

"因为我对这些完全没有兴趣啊。"

"那你对什么有兴趣？究竟是什么东西那么有趣，让你重新阅读有关这一事件的报道呢？"

"这个嘛……比如说……"说着，千晓将一册周刊杂志拿在手中，"土居淑子和坪井纯也的相识过程，这个就很有意思。两个人相识的契机是，土居淑子驾驶的机动车撞上了坪井纯也所骑的自行车。不错吧。这样一个小小的交通事故就能萌生出恋爱的火花的话，我也洗心革面，来驾驶驾驶机动车或者骑骑自行车。"大概是注意到了我一脸的不满，千晓连忙嬉皮笑脸地说道："开玩笑而已，玩笑。我真正感兴趣的是松浦康江的尸体。"

"尸体？"

"对。我在想凶手为何要将尸体分割。"

"为何？"对于这个从来没想过的问题，我一时语塞，"应该没什么特别的理由吧。"

"是这样吗？"

"就是这样吧。不过硬要说的话，应该就是对康江的强烈憎恨吧。"

"但是，为什么对素未谋面的淑子也要做同样的事情？"

"可能是第一次杀了人之后有点发狂了吧。"我把刚才还鼓吹康江前夫是凶手的话忘在脑后，又以植田犯人说为前提说起来，"或者是从分割女性的身体中得到了快感也说不定。"

"心理变态的一种吗？嗯，可能实际上差不多就是这种情况。但是这样就没有意思了。"

"什么有意思没意思的，真相是这样也没有办法吧？"

"但是这样就写不成小说了。要写成推理小说的不是你吗？"

"我说的不是写就好了吗？"虽然是无所谓的事，可我还是严密地纠正了他,"只是想确认一下你是不是想写而已。"

"最吸引我的是手铐。"

"手铐?怎么说?"

"为什么要用手铐铐住康江和淑子呢?"

"那当然是为了限制她们的自由啊!"

"可是你想想松浦康江的情况,她应该是在户外被杀害然后再被凶手运送回家的吧。也就是说她被运送回家时已经死了。死人是不会自己动的,对吧?那么特意把死人的手脚铐上手铐以限制其自由不是有点好笑吗?"

"那是因为……"原来如此。听千晓这么一说,确实这里是一个疑点。我歪着头苦思了一会儿后突然灵光一现。"等一下,也有可能康江不是在户外被杀害的。警察做出如此判断的依据是,康江的身体上有在地面上被拖拽的擦痕,以及她的衣服上沾满了泥土。确实,凭这些可以得知康江遇袭是在户外。但是凶犯最初袭击康江时也有可能并未将她杀死。有可能吧?虽然遇袭了,但还没有遇害。这样一来所有问题就都迎刃而解了。"

"你的意思是说在被运送回家的时候康江还活着?"

"对。仔细想来,运送一具尸体应该是相当繁重的劳动。虽然并不知道这个叫植田的人体格、体力如何,不过就算他是一个身强体壮的男人,比起在户外杀人后再运送回家,还是带至家中再下手比较容易实现。"

"这种说法也有一定的道理。可我还是在意手铐这个疑问。被带至家中的康江还活着,这无所谓了。但是她应该被击中头部而处于昏迷状态吧。虽然不知道凶手殴打她后头部是在户外还是在家中,但不论哪种情况,都已经剥夺了她的抵抗力,绞杀起来应该没有什么障碍。

那么在此种情况下还有什么必要铐上手铐呢？"

"也不见得就完全剥夺了她的抵抗力啊。她也有可能中途苏醒过来。"

"那就再把她打晕好了。至少比起让她做出怀抱柱子的姿势再铐上手铐来说，再打一次更为轻松省事。"

"嗯……这么说来……"

"而且对于凶犯来说，还有一项分尸的任务需要完成。虽然我没有实际做过，但我还是不觉得肢解怀抱柱子、铐着手铐的尸体要更为轻松。当然也不是说这样就不能分尸，而且实际上犯人就是在这种情况下分的尸。只是，在明明能够解开手铐再分尸的条件下，凶手偏偏没有这么做。犯人有着某种执著。我是这么觉得的，将受害者铐住的理由，以及将尸体肢解的理由……"

"你觉得不是心理变态发狂的产物，对吧？"

"越想越不是。"千晓突然换了一副谦虚腼腆的语调，"刚才我说凶手就算是植田也无所谓，这虽然并非胡说，但是如果他是凶手的话，那么那种执著就只能被解释为心理变态发狂的产物了。跟你谈过这些之后，这个想法就更加清晰了。"

"那么果然凶手另有其人？"

"你可别误会，我说凶手另有其人，追根究底不过是为了追求手铐和分尸这两个疑点的合理解释而已。就现实来说，植田有可能是心理变态，他就是犯人，那么这个事件就得到了圆满的解决。作为我个人来说，这样的结局也不错……"

"那就算为了杜撰一篇小说好了，咱们让这个事件有个合理的解释如何？要不然连一个推理短篇都写不了。"

"本来我也没说要写……"

"真凶另有其人。总之就以这个为前提吧。"

"嗯。"遗憾不已地望着喝空了的啤酒瓶的千晓，从冰箱里拿出冰块来，用仅有的平底玻璃杯调了一杯加水威士忌给我，自己则用茶碗调了一杯加冰的。"也就是说植田被当做了替罪羊。这样一来手铐和肢解才有意义可言。"

"哦？为什么？"

"凶犯其实本来只想杀害松浦康江一人，但是只杀康江一人容易引起别人对自己的怀疑。于是犯人想到了利用植田作为替罪羊的方法。真凶肯定是知晓了植田死缠烂打康江的事。康江被杀的话，植田肯定是重点怀疑对象，但是真凶——假设其为X——也有可能被怀疑。X充分预测到了这一点，所以X的目标是制造出将自己排除嫌疑圈、而将植田作为仅有的怀疑对象的假象。X先将康江杀害，然后袭击土居淑子。但是他从一开始就没打算要土居淑子的命，因为这完全是为了让人误以为，杀害康江和袭击淑子的是同一个人。"

"什么？"我有点混乱，"拜托你说得更简洁些。"

"只有康江一人遇害的话，有杀人动机的就不止植田一人，X也会被怀疑。但是如果不仅康江，连淑子都遇害的话，和淑子没有任何关系的X就会失去动机从而免去嫌疑。"

"可是植田也没有杀害淑子的动机啊。他们之前从没有见过面。"

"可是植田对已经离婚有两个孩子却仍旧风韵犹存的康江——"千晓指了指康江的照片。确实是个美人，大眼睛高鼻梁，五官端正，看起来不太像日本人。如此看来她的一对儿女想必也都俊俏可人吧。"——仍死缠烂打，离变态仅有一步之遥。再加上又是个无业游民，很容易被扣上危险人物的帽子。杀害康江的动机也具备。就算之后说他杀人成性，展开无差别杀人也不会让人觉得奇怪。事实上也是如此。"

"原来如此。也就是说，"我一边用自己的话整理着千晓的思路，一边说，"X为了给人一种袭击康江和淑子的是同一个人——也就是植田——的印象，而将康江和淑子用同样的方式绑在柱子上，用手铐铐住。但是因为他真正想杀的只有康江，在淑子身上所做的应该都是伪装工作。但是却发生了X意料之外的事，半路杀出了淑子的男朋友坪井。在暴露了自己的相貌的情况下，X不得已，实行了计划外的杀人……"说着，我突然注意到一件事，"但是淑子也看见了X的面孔，可为什么X没有同样刺杀淑子呢？"

"确实……"威士忌似乎洒了出来，千晓一边不舍地舔着茶碗的边缘，一边说，"有点奇怪。那就是X原本不打算杀害淑子，但临时改变主意，决定还是要杀掉淑子灭口。可是坪井的突然出现打乱了他的阵脚，最后没能彻底杀死淑子。这种可能性，有吗？"

"啊，对了！"我突然想到了一个很简单的解释，"X没注意到自己的相貌被淑子看到了，因为她当时被打晕了还被丝袜勒着。X一定是认为淑子已经昏了过去而放松了警惕。可是没想到虽然微弱，但淑子还有意识，并且看见了X的长相。本来，如此一来X的阴谋应该在此宣告破灭，但偏偏他和植田长得十分相似，凭运气躲过了这一次危机。"

"嗯——"陷入思考中的千晓又往茶碗里加了块冰。明明做什么都嫌麻烦，但在喝酒上，这个人却很一板一眼。"也就是说X和植田一样，'乍看起来像欧美人'。还有——"大概是在回想淑子的证言吧，千晓的视线左右游移，"比植田略高，有杀害康江的动机，说起看起来像欧美人的……"

"果然还是康江的前夫村上恭一吧。没有载有他的照片的报道吗？"

"没找到带照片的。只是我觉得应该不是村上恭一。嗯,在哪儿来着……刚刚才发现的……啊,找到了。这儿。"千晓将周刊杂志翻到我还没看到的一页,"上面写着村上恭一有六月五日的不在场证明。"

"哦,真的啊。是怎样的不在场证明?"

"在公司加班。有同事们的证言。"

"那就应该没有问题了。如果说不是康江的前夫的话……康江身边还有什么样的男人啊?"

"这样的男人好像没有了。"

"但康江可是如此这般的大美人啊,而且只有三十八岁。就没有在交往中的男人吗?"

"至少——"千晓同时翻着数本周刊杂志说,"没有涉及到康江的男性关系的报道。当然暗地里有谁也不清楚实际情况的情人也不是没有可能。"

"肯定有啊。那个人就是真正的凶手。"

可是这么说总觉得有点牵强,总觉得似乎忘记了什么重要的线索。但转念一想也可能是我有点醉了。本就空腹的我陪着千晓喝到此时,早已不胜酒力。

"也就是说,咱们在这儿纸上谈兵的推理走到穷途末路啦。竟然得出了凶手是我们不清楚情况的人物。"

"啊,差不多吧。"痛快放弃的千晓突然看着我说,"唉呀呀,真是抱歉,连点下酒菜都没有。虽然我是不吃的。"

没错,千晓喝酒时极少伴着下酒菜。有一次我问他是不是害怕下酒菜会使酒变味,他笑说:"理由没那么冠冕堂皇,只是个人习惯而已。"

"我出去一趟,你等我一下。"说着,千晓便夺门而出,片刻之后就带着略显奢侈的刺身拼盘回来了,似乎是在附近的鲜鱼店买的。他这个人在这方面从不吝惜。

"可是——总觉得有点无法释怀呢。"一面吃着刺身,一面陶然地啜着加冰威士忌的千晓突然将话题转了回来,"有一点可以确定,那就是用手铐将受害者铐在柱子上是为了让这两起案件拥有共性。可是如果说这就是凶手的目的的话,有什么必要将康江的尸体大卸八块?想要有共性的话,只要把康江用手铐铐在柱子上再勒死,然后再用同样的方法对付淑子,只是不把她勒死。这不就足够达成制造共性的目标了吗?"

"谁说不是呢。"我一边给自己调着加水威士忌一边表示同意。要是让千晓来调,威士忌的比例总是高得离谱。"根本没有必要去分尸。将手脚、身体都分解是相当繁重的劳动,肯定也很花时间。"

"花费时间……"千晓眨了眨眼,"对了……对!费时,费事。对杀人犯来说应该尽早离开犯罪现场,可是凶手却不顾这些而留在现场进行费时费力的分尸工作。一定是有什么紧迫的理由使得凶手不得不如此。那么能让凶手觉得值得冒如此大的风险的理由究竟是什么呢?"千晓叹了口气,"结果还是回到了这个问题上。哎呀哎呀。"

"本来就是你对凶手为什么要将康江的尸体肢解抱有疑问才去翻读报道的嘛。"

"究竟是为了什么呢。再说一遍,我对植田隼人是真凶毫无意见。只要他有肢解康江尸体的合理理由。可是如果假设植田是真凶的话,这个理由却遍寻不到。至少他不会因为这么做而得到任何好处。"

"所以我就说了嘛,真相就是:凶手是植田以外的人。"大概我们两个人都喝醉了,从刚才开始,就一直在说车轱辘话,"但是实际上犯人的名目就落在了植田的头上。果然还是和分尸有关吧?"

"也就是说伪装?"

"对。"

"可是肢解康江的尸体到底算哪门子的伪装?"

"那我怎么知道。但是——"突然,一个奇怪的想法浮上我的脑海,我来不及深思熟虑,顺嘴说了出来,"康江是孽缘的牺牲品,大概是想制造这样一种氛围吧。"

"孽缘?"

"我们觉得是为了分尸方便才将衣服脱去的吧,所以康江才会一丝不挂。可实际上因果关系正好相反。凶手 X 将康江的衣服全部脱去,是为了造成她是被情杀的假象,于是自然而然地将搜查方向引向植田。所以才将康江脱得一丝不挂。"

"可是脱得精光并不能确定就是情杀啊!"

"没错,但是 X 未能对康江施加性虐待,所以用分尸来取而代之。"

"慢着,为什么 X 未能对康江施加性虐待呢?"

"比如……X 其实是女人?"

"那就奇怪了。假设 X 是女人的话,如果她想营造康江是被情杀的假象,那就更没必要做分尸这种乌七八糟的事了。采取将事先准备好绳子、假阳具等 SM 道具留在现场之类的方法岂不是更加省事?"

"明白了。X 是男人。而且本来打算在康江的尸体上留下性虐待的痕迹——最初。"我的醉意越发浓厚,说的话都开始接近妄想,"可是,一到关键时刻,X 却做不到了,也就是说那时他阳痿了。这下 X 伤脑筋。因为这样一来就没法伪装了。而且他也没有事先准备成人道具。于是他——"

"于是他就想出了用分尸来代替的方法,以此来添加猎奇色彩?"

"突然阳痿,一时心慌意乱了吧。或者他有了通过切割女性尸体来刺激自己勃起的这种令人作呕的期待……"

"嗯……"千晓也被勾起了兴趣,陷入沉思,"这种可能也不能说没有,但是 X 为何在这关键时刻阳痿呢?"

"那我就不知道了。可能就像抽到了坏签一样,谁都有可能吧。还是说……"我意识到自己脱口欲出的话,一阵作呕,可因为酒精的作用,舌头变得不听使唤,怎么也停不下来,"还是说,X 根本没有阳痿,最后关头理性阻挠了他,致使他没能成功……"

"理性阻挠?怎么说?"

"就是说……理性无论如何也无法容忍 X 和康江发生性行为。"

"理性不能容忍和这么漂亮的女人发生性行为?你怎么回事,说什么傻话?你不会想说 X 其实是同性恋吧?"

"那倒不是。比如说是和康江关系极度亲密的人,也就是她的儿子之类的。"

这话令千晓都大为惊愕,口中的威士忌也喷出来少许。可我却更加确信,这就是刚才我感觉到的我们一直没有意识到的事。

"松浦雄一不知出于什么动机而对他母亲康江怀有杀意,可是考虑到只杀康江一人的话作为家人的自己有可能被怀疑而订下了这个计划。一开始他打算不顾一切地在母亲身上留下被凌辱的痕迹。可是毕竟是亲生母亲,到了关键时刻还是下不了手。无奈之下他只好用分尸来代替。当然那个时候的他肯定是有点神智失常了。"

"太突发奇想了……可是雄一还是一个高中生吧?"

"既然是高中生,那怎么猥琐下流都不奇怪啊。"大概是出于职业关系,我的话里带着些许亲身感触,"体格也一样。我觉得松浦雄一比植田高一点也不稀奇吧。从康江的外表来看,雄一一定也长着一张乍看像欧美人的脸吧。对了,没有载有雄一照片的报道吗?"

"好像没有。"千晓听话地翻着杂志,"雄一是凶手的话……有点太匪夷所思了吧?"

"难道说他也有不在场证明?"

"虽然没有这样的报道,但是六月五日雄一早上像往常一样去上学,直到晚上才放学回家,这样的内容曾有报道一笔带过。在这里。虽然没写警察具体是怎么调查的,但是应该不会有问题吧。从常识上来说,似乎首先调查家人的不在场证明是惯例。"

"这样啊。"这个假说连我自己都觉得有点恶心,所以非常干脆地收了回来,"也是啊,肯定调查过了,那这个也不行了。"

从千晓手中接过来的杂志刚巧被翻到一页完全不相关的内容上。我被《那时让我踩下油门的疯狂》的标题吸引,漫不经心地浏览起来。

"……这世上……"这时我联想到的不是别的,正是岳母引发交通事故的事,"还真有这些残忍的事呢。"

"此话怎讲?"

"看这个——虽然完全不相干。有个年轻人误撞了一个老太太,之后下车察看,可看到老太太气息尚存就又重新开车把她轧死……"这故事让千晓也皱起了眉头,"当然这个年轻人和老太太无冤无仇,也不可能一开始就抱有杀意。但是这个年轻人曾经有过引起交通事故的经历,那时在赔偿问题以及由此所带来的人际关系上承受了一些重压,于是留下了心理阴影。他之前撞到的人品质不怎么样,很阴险地讹诈他。好不容易心理创伤有治愈的苗头就又遇上了这起事故。这个年轻人一瞬间想到,如果对方还活着,事情就又会变得复杂,还不如索性一口气轧死。受这个念头驱使,他一时冲动,踩下了油门……唉,多么可悲可叹的故事啊!"

"是啊。"似乎是想到了什么,千晓突然开始嘟嘟囔囔,"糟了。我以为那是完全不相关的报道,所以根本没去看。早点儿读了这个报道的话早就搞明白了。"

"什么?"

我一时以为千晓已经喝到极限了。这个人有喝到烂醉前,总会大喊一句意义不明的话然后就陷入沉睡的毛病。可是这一次似乎并非如此。

"我一直错看了这个事件的本质。凶手真正想杀的既不是松浦康江,也不是土居淑子,而是坪井纯也。这才是凶手一开始就打的算盘。"

"杀害坪井纯也……"话题转变得太快,我的思路一时有点跟不上,"……才是真正的目的?"

"对。将两位女士都用手铐铐在柱子上是为了让两起案子具有共性的说法不变。但是不使用绳子和胶带,而使用玩具手铐则另有其意。因为这样不需要帮手,可以自己把自己铐上。"

"也就是说凶手其实是……"我好不容易跟上了千晓的思路,低声叫道,"土居淑子?"

"没错。淑子先将康江杀害,这时她已经计划好了第二起事件,也就是杀害坪井纯也,并且做好了准备。因为在这第二起事件中,她必须伪装成受害者,所以她才用手铐铐住康江的手脚,并且不辞辛苦,用锯子将康江分尸。"

"这是为什么?"

"为了让人误以为凶手不是自己而是另有其人。听好了。六月五日淑子先杀害了康江并做好准备。一周后,六月十二日,淑子的行动如下:先利用双亲不在家这一借口将坪井叫至家中,坪井当然会抱着每个男人都会怀有的上床的期待欣然赴约。为了继续迷惑坪井，淑子一丝不挂地等着他。可是其真实的目的却是为了方便清洗一会儿刺杀坪井时溅到身上的鲜血。杀害坪井后，淑子先冲净身上的血，然后就这么赤裸着全身在头上缠上丝袜，用力撞向柱子以造成一些伤害，之后以抱着柱子的姿势给自己戴上手铐，等着双亲归来做目击者。"

"那也就是说，淑子未曾失去意识？"

"应该是。这样一来，就造成了看上去凶手的目标是淑子，而坪井不过是跟着遭殃的情况，制造了对凶手来说，坪井去淑子家只是意想不到的插曲，因而被打乱了计划没有来得及将淑子像康江那样大卸八块的假象。这就是将康江分尸的目的所在。既然袭击康江和淑子的是同一个人，那他也一定会肢解淑子的身体。而之所以没这么做，是因为途中坪井突然出现，凶手因为这计划外的杀人而产生动摇，无暇去做将淑子分尸这一费时费力的事——警察肯定会这么想。我也曾经这么想，大家也是，不由自主地这么想。"

"费时的事……"我一时哑然，反复回味着千晓的话。肢解尸体费时费力——听起来有点白痴，但却是绝对的真理。

"对。这就是分解尸体所蕴涵的深层含义。"

"可是，等一下。淑子为了伪装成第二个受害者以杀害坪井，所以无论如何都需要第一个受害者。是这样的吧？否则伪装就失去了意义。可是……可是淑子就因为这个杀害了康江？就为了这个，将素未谋面从不相识的人杀害……"

"起因应该是车祸。"

"车祸？"

"淑子开车撞到过康江。可能不过是轻伤，康江身上的擦伤以及沾满泥的衣服就是那起事故的产物。"

我一时语塞。觉得自己再说什么都不过是在重复千晓的话。

"淑子应该曾经把康江送去医院吧。可是想起事后赔偿等问题就心生闷气。因为淑子以前有过骑自行车撞到人的经历……"

我不禁"啊"地叫了一声:"刚才说到的,和坪井的……两人相恋的契机……"

"没错。可能就是在那次事故后,淑子面对坪井时一直抬不起头。淑子可能根本不喜欢坪井,只是被坪井胁迫与其交往。想到有可能再次面对那些烦心事的淑子甚是绝望,于是一不做二不休,决定杀了康江。她没有带康江去医院,而是问出她的住址,在那里杀害了她。这时淑子想,既然已开了杀戒,就不如索性连坪井也一并解决掉,利用康江的尸体将自己排出嫌疑圈。看来她受坪井的伤害颇深。于是她杀害康江后买来玩具手铐做下种种准备。我觉得这一切可能都是她临时想到的。"

"可是还是有问题啊。淑子的证言中说,在第二起案件中目击到了酷似植田的人。当然了,那肯定是在撒谎。可是淑子明明没有见过植田,又怎么能编出那种话来呢?"

"嗯,虽说这只是我的想象,但是淑子大概见过植田。你看,坪井的尸体上不是发现了康江的毛发吗。如果是从凶手身上粘到坪井身上的,你不觉得有点太巧合了吗?而且第一起事件和第二起之间足足隔了一周之久啊,哪能粘那么久啊!"

"那么,你是说,这也是淑子故意放在坪井身上的……"

"十有八九。对淑子来说,警方不将第一起和第二起事件联系起来调查的话就没有任何意义了。因为这样肢解尸体的作用就失去了。在离开康江家之后,她觉得只有手铐这一个共性的话还是不能安心,于是便想回去再找点什么来加强一下。她选择了康江的毛发。这时,淑子看到了吓得大惊失色从康江家里飞奔出来的植田，觉得这人可以利用。对淑子来说，让这个具体人物来背黑锅最合适不过了。所以在作证的时候她故意没有自信似的说得暧昧不清，以此来增加可信度。大概就是这么回事吧。"

当然这些全都是千晓的凭空想象，没有任何佐证。但是如果被他不幸言中的话，我（当然会觉得康江和坪井很可怜）不禁对土居淑子，这个从未谋面的女人，感到万分同情。理由不用多说，因为我脑中浮现的正是苦恼不已的岳母的身影。

第二因　解体信条

"老师有恋母情结吗?"双胞胎姐妹麻纪子和亚纪子中的一个问道。

露出额头的发型,眼睛又亮又大,这是妹妹亚纪子。确认之后,祐辅答道:"不,我没有。"

为什么会被问到这种问题呢,果然,单身的话容易让人误会。祐辅回想起今早拒绝了校长相亲提议的事。

严格来说,不可能存在完全没受到母亲影响和支配的儿子。从这个意义上来说,无论哪个男人被问到是否有恋母情结时都只能回答"yes"。

但是面对高中女生,若是如此严密地回答的话,不知会被以讹传讹到何种程度。"小祐有恋母情结耶!"、"听说还一定要和妈妈一起洗澡呢!"、"吃饭时也要妈妈喂!"、"还要妈妈帮忙擦屁股!"、"真变态!"像这样全无凭据的谣言疯传校园的可能性大大存在。

在女校任教已满三年,祐辅在这方面已经变得十分谨慎。

"我有没有恋母情结和——"

祐辅轻轻吹着手指上的抓痕。今天课上有个学生摆弄耳环玩,这是他奋力没收时造成的伤。

女孩子一旦下定决心抵抗时迸发出来的力量绝对不可小视。将紧紧握住耳环的五根手指一一掰开,取出耳环的过程实在配得上"死斗"二字。

"小菅同学迟到,又在课上睡觉,有什么原因吗?"

听到祐辅这么反问,亚纪子一脸困惑地和姐姐麻纪子对视了一眼。

祐辅是这对双胞胎的班主任。本来,学校的政策是双胞胎要分到不同的班级，但现在高二的姐妹俩都想报考四年制的私立大学，所以被分到了同一课程的班级里。

姐妹俩平常都是认真乖巧的好学生，可不知为什么，从第二学期开始迟到并且上课睡觉，而且两个人都是这样。她们的成绩在全年级都名列前茅，但在班主任祐辅看来，她们都并非天才型，而是努力型的学生。这个状况持续下去的话，两个人来年的分级考试肯定会受到影响，于是担心不已的祐辅在放学后将姐妹俩叫到办公室，想要和她们聊聊个中原因。而亚纪子没有回答这个问题，反倒张口就问祐辅有没有恋母情结。

"有什么烦心事吗？"

看到刘海遮住额头的姐姐麻纪子欲言又止，祐辅主动发问。

姐姐虽然和妹妹长得一模一样，但是眼睛稍暗。不知是不是这个缘故，比起很少和其他同学说话的妹妹亚纪子，姐姐麻纪子更为沉默寡言。祐辅觉得麻纪子欲言又止，肯定是在犹豫该不该实话相托。

"好了，先坐下吧。"祐辅让姐妹俩坐在折叠椅上，摆出倾听的姿势。双胞胎露出略显放松的表情坐下。"究竟是什么造成睡眠不足的？不会是晚上打工了吧？"

"不是的，没有打工。"姐姐麻纪子马上否定。

"比打工还糟……"亚纪子一坐下就用显得疲惫万分的口气说，"一分钱都赚不到。"

"亚纪！"姐姐不知为何生气地瞪了妹妹一眼。

"什么事一分钱也赚不到啊？你们俩到底干什么了？"

"那个……"麻纪子偷偷瞄了一眼办公室里其他的老师，用轻得几乎听不见的声音说，"老师，这话您可别跟我爸妈说……"

"那要看是什么内容了。"

"那就麻烦了，老师！因为……"亚纪子用并不怎么觉得麻烦的声调说，"姐姐有了男朋友的事不能让爸爸妈妈知道。"

"亚纪！"姐姐又用那莫名湿润的眼睛瞪了妹妹一眼，"别说了！"

"你在说什么啊，姐。不交代川村哥的事怎么往下说啊。"

"你们俩别吵啊。"虽然内心对这个貌似很有意思的话题期待不已，但祐辅还是"道貌岸然"地摆出教师的姿态，"按照顺序说吧。首先是麻纪子同学有了个叫川村的男朋友，是吧？他多大了？"

"现在高二，是海圣学院的。"亚纪子代替还在犹豫的姐姐回答。祐辅颇感意外。海圣学院是县里屈指可数的重点学校。"名字叫做川村正树，听说将来准备报考美术大学。"

"啊，所以——"祐辅恍然大悟似的说，"麻纪子也想报美术大学？"

"才不是呢。"麻纪子不满地抬起头，"我才不会因为这个决定志愿呢。"

"姐姐和川村哥上一个美术班，在那里认识的。"

"原来如此。"出于自己身为教师不该有八卦心理的反省，祐辅掩饰性地又加了一句，"川村是个怎样的孩子？"

"这个嘛，一句话形容，就是和姐姐很像。在奇怪的地方纤细又敏感，反倒在一些大的地方却迷糊又迟钝。"

"什么嘛！"麻纪子愤然地说，"川村同学才不迟钝！"

"他就是很迟钝啊，坦白地说。"亚纪子若无其事地转向祐辅，"老师你信吗？明明装可乐的杯子就在面前，他竟然把可乐倒在了茶碗里。发觉后还不慌不忙地又倒到杯子里，一副若无其事的样子。"

"这种小错……"急着为男朋友辩解的麻纪子有点口齿不清，"……谁都犯过啊。一点也不奇怪！"

"若无其事地喝着混有日本茶的可乐已经足够奇怪了。对了,那大概是他妈妈的遗传吧。上次去他家玩时,他妈妈不也犯过同样的错误吗,还满不在乎地呵呵呵笑着。"

"大智若愚不是挺好嘛!"为什么我会对别人的恋爱八卦这么感兴趣啊,祐辅想着,不觉兴奋起来,"原来如此。你们怀疑这位川村同学是不是有恋母情结,于是才问了刚才的问题?"

"咦?不是的,老师。有恋母情结的不是川村哥,是别人。"看来话虽已至此,但是仍然没有进入正题。祐辅为自己的心急而挠了挠脑袋。"与其说正树哥是恋母情结,不如说是恋姐情结——"

"才不是呢!正树同学才不是恋姐情结!亚纪,在老师面前不要乱说话。"

"知道了知道了。不好意思。但是他姐姐才是问题所在,老师。"似乎终于进入了正题。亚纪子探出身子说:"正树哥有个上女子大学的姐姐,叫做美穗。也是学美术的,专攻油画。她最近交了个男朋友,名字叫做花田晃,是在美穗所在的大学教油画的年轻讲师。"

师生恋啊,真好。祐辅发觉自己竟然真心艳羡起来,不禁感到有点意外。祐辅自身就因为执教于女子学校的缘故而被身边的狐朋狗友以奇怪的方式羡慕着,可实际上他身上毫无罗曼史。不过这些事倒没有什么要紧。

麻纪子和亚纪子交替说明的内容大体上是这样:川村美穗和花田晃结识之后,美穗便马上频频出没于晃的画室,二人陷入了热恋。

双方都想尽快住到一起,但是因为大学就在美穗的家所在的城市,美穗没有借口搬出去。于是两人决定放弃同居而直接采取正面进攻的办法,也就是不等美穗毕业就结婚。他们立即带对方去和自己的家人见面。美穗的父母——川村昌宏和咲子认为花田晃是个好青年,同意还是学生的美穗结婚。而弟弟正树自身对油画就抱有兴趣，因此对身为大学讲师的花田晃大为欢迎。

但是和如此爽快的川村家不同的是，花田的母亲——宪江，一开始对美穗很满意，但当知道她是川村咲子的女儿后，马上摇身一变，成了反对派。并且表示，自己一个女人一手拉扯大的儿子怎能让那个女人的女儿轻易夺去。

"这就叫做命运吧。"亚纪子有些幸灾乐祸地说，"没想到晃的妈妈以前和美穗的妈妈认识。"

"虽然认识，但是看起来关系很不好吧。"

"是这样的，花田宪江阿姨和川村咲子阿姨年轻的时候曾经是情敌。"

"哦？"祐辅不禁探出了身子，又意识到自己可能太幸灾乐祸了，于是偷看了一眼麻纪子，却还是忍不住将灵机一动的话说了出来，"她们所争夺的那个男人就是咲子现在的丈夫——川村昌宏，是吧？"

"哇，老师真厉害，猜对了！"

"很常见嘛！"

"川村昌宏叔叔和宪江阿姨也曾经相恋过，其实叔叔更喜欢她，但最后却和咲子阿姨结婚了——"

"这只是宪江阿姨的一面之词。"麻纪子断然订正抱着看好戏心理的妹妹，"是真是假并不知道，甚至值得怀疑。正树同学的爸爸妈妈也说不记得有过这么一段三角恋，说不过是宪江阿姨的一厢情愿。我也觉得这种说法更可信。"

"姐，不是我想反驳你，这两种说法到底哪个对，我们怎么知道啊。正树哥的爸爸现在已成家立业了，就算以前有过什么也肯定说不知道啊。"

"但是咲子阿姨说她根本就没听说过宪江阿姨也喜欢川村叔叔。川村叔叔单方面否定,多少会显得不自然,但是连咲子阿姨都说这是第一次听说了。"

"就算咲子阿姨知道,现在也不能轻易地承认啊,多丢人啊!"

"可是……"

"算了算了,再怎么争论我们也无法知道到底谁说得对。"祐辅察觉到麻纪子理所当然地想为男朋友的父母说话的心情,便继续推进话题,"总之,就是花田宪江站在极力反对儿子与川村美穗结婚的立场上,对吧?"

"嗯。听说宪江阿姨怒气冲天地发泄自己的重重怨恨,说什么'自己的人生都被那个女人给毁了,被川村昌宏抛弃后,她一气之下和不喜欢的人结婚,却因为没有感情,在生下儿子晃之后就离了婚,过得异常悲惨'。如果不是咲子横刀夺爱,她早就和川村昌宏结为连理,过上幸福生活了。还有什么'绝对不允许夺去自己男人的女人的女儿再来夺走自己的儿子'等。"

"嗯,恨入骨髓啊。"

"但是晃哥无论如何都坚持说自己喜欢美穗,爱美穗。就算母亲反对也绝对要和美穗在一起。"

"真纯情啊。"祐辅真心感动起来。

"宪江阿姨火冒三丈,扬言如果晃哥非要和那个女人的女儿在一起的话就断绝母子关系,从此互不相认。晃哥没有屈服,依然坚持,可是……"

"怎么?最后还是被母亲制伏了?"那看来所谓的恋母情结说的应该就是花田晃了。

"是他妈妈不好。"麻纪子无处发泄一肚子的愤慨,平常苍白的脸颊渐渐染上了粉红,"太卑鄙了。竟然说出'你愿意和她结婚就结好了,不过到时我就死给你看'这样的话来威胁晃哥……"

"总把'死'挂在嘴边的人反倒活得长。她只是虚张声势吧。"

"可是老师,您自己站在这个立场考虑一下。无论如何都要和某位女士结婚的话,您母亲就要自杀,这样一来您就成了杀害自己母亲的不孝子,一定会下地狱。如果被这样说,您会怎样?"

"也情有可原。"只有母子的家庭里,这样的一句话很有效果。想想就能明白花田晃心中的苦痛。"这样一来,再怎么挚爱那个女人也会意气消沉啊。"

"晃哥和美穗姐就这样被逼到了绝境。然而这时候……"

麻纪子的语调让祐辅略感意外,不禁竖起了耳朵。似乎到此为止,还只是整个事情的铺垫。

"……花田宪江阿姨真的死了。"

"真的自杀了吗?"

"不是——"麻纪子和亚纪子两人异口同声地说,"是被杀了。"

"什……"祐辅慌忙环视四周,幸好办公室里其他人都走了。窗外的天色已经暗了下来。"竟然被杀了,怎么回事?死因是什么?"

"据说是氰酸中毒。"

"嗯……但是这也不一定就是他杀啊。怎么断定是他杀的?"

"因为尸体被切成了好多块。"

"被切成了好多块……"说起来,最近好像确实读到过市内的中年女性被杀害后切割成数块的报道,也就是说——"是身体被分割得异常细碎的那个吗?"

"嗯。"祐辅不禁一阵作呕,可亚纪子的语调却并没有什么变化,"头、身体,手臂被分成两半,腿也被分成两段,手指和脚趾则每一根都被切下。据说一共被分解成三十四块。"

"凶手呢？"

"还没有抓到。不知道是谁干的。当然有很多人受到怀疑。晃哥，还有美穗阿姨。但是……"麻纪子的脸因苦恼而略显扭曲。这位平常不怎么流露感情的学生，大概还是第一次这样将自己的情绪宣泄出来吧。

"似乎警察还对正树同学抱有怀疑。"

"什么？"正常来讲，作为受害者儿子的花田晃肯定是最重点的怀疑对象。这么想着的祐辅不禁哑然。"为、为什么？有什么根据吗？这也太突发奇想了吧。首先，正树的动机——"

"动机的话他有啊。"瞄了一眼姐姐的亚纪子说，"刚才不是说正树哥有可能有恋姐情结嘛。正树哥非常喜欢他姐姐，希望美穗姐能获得幸福。美穗姐眼前最大的幸福不就是能顺利地和晃哥结婚吗？"

"原来如此。"想要将阻碍姐姐获得幸福的花田宪江除掉，这样啊，"可是啊，虽说有动机但是正树毕竟还是个高中生啊。把人分解成三十四块那样的事……"

"应该可以做到。正树哥的体格很健壮，有足够的体力。而且从断面来看，切割尸体用的应该是家用的电锯，就算是小孩也可以操作，不需要花费多少力气。据说只要有足够的胆量就可以轻松做到。不幸的是，正树哥家里正好有电锯。而且——"

"等一下。就算有动机，也有可能分尸。可是花田宪江是氰酸中毒致死的吧？也就是说是氰酸钾或者氰酸钠，是吧？这种危险物品区区一个高中生怎么能轻易弄到手呢……"

"能。我们说过正树哥是画油画的吧？在姐姐的美术班里画油画时使用过氰酸钠。"

祐辅本来想和两姐妹谈谈迟到和上课睡觉的事，结果却变成了这么沉重的话题，这实在令他始料未及。刚才说话的一直是亚纪子，麻纪子则低头不语。

"……喝茶吗？"祐辅想换个心情，站了起来。

不经意间，他发现架子上还剩有同事出差带回来的京都的点心。祐辅在两姐妹看不到的角度舔了舔受伤的手指，然后把点心递给她们说："来吃点吧！"亚纪子似乎很喜欢吃甜食，脸上的表情老实地闪亮起来，而麻纪子则慢了一拍才微微笑了一下。即使这样，也不能掩饰她在祐辅面前是在强颜欢笑。真是个坚强的女孩啊，祐辅不禁羡慕起她的心上人川村正树来。

"就是说……"祐辅将还冒着热气的茶碗递给两姐妹，"事情是这样的吧。你们俩是为了洗清川村正树的嫌疑而日夜东奔西走，所以才老是迟到和上课打瞌睡？"

"是的。我们知错了。"

"然后呢？有什么结果吗？"

"还没有……虽然有很多种假说，但每种都不够充分。"

"嗯……花田宪江的尸体是什么时候被发现的？"

"九月十六日。当天傍晚晃哥回家发现放着画具的仓房前围着一群野狗，他走近一看，才发现那三十四块尸块被分装在三个黑色塑料垃圾袋里，于是就报了警。"亚纪子又加了一句，"好像实际上杀人和分尸的地点不是那里，据说这些尸块是从别的地方运送过来的。"

"原来如此。分尸应该就是为了方便搬运吧。"这么说着的祐辅突然被一种"其实并非如此"的异样感攫住，但又一时想不出怎么个不对法，"死亡时间估算出来了吗？"

"大概是十四日左右，大约在上午九点到下午三点之间。"

"这段时间母亲一直去向不明，晃没有担心过吗？"

"晃哥去写生旅行了。从十三号到十五号。还有十几个学生，类似小型夏令营那种。美穗姐也一起去了。"

"那么，"既然正树能拿到氰酸钠，那同理，晃和美穗也能拿到，祐辅一边想着，一边确认，"也就是说晃和美穗的不在场证明很完美？"

"也不能这么说。"亚纪子先是现出照顾着姐姐情绪的表情，然后才冷静地指出，"夏令营的地方是T高原。"T高原距离市区有一小时的车程，"虽然说是夏令营，但大家都不是小孩子了，日程也都是个人安排的。大家只有晚餐时间聚在一起。"

也就是说，无论晃还是美穗，只要在案发的十四日想要偷偷溜出来，都可以做到。回到市内在某处将宪江毒杀，肢解尸体后搬到花田家的仓房里，然后再在晚餐前赶回T高原，时间上十分充足。

"那么你们最关心的……"祐辅一边过分敏感地尽量不去多看麻纪子，一边触及问题的核心，"川村正树的不在场证明呢？"

"很巧合，正树哥也去参加写生旅行了。海圣学院的校庆和文化节的串休正好凑了个三天连休，从十三号到十五号。于是他就利用这个机会去参加美术班的写生旅行。"

"地点呢？"

"也是T高原。但是和晃哥他们在不同的宿地。"

"嗯……"这真的是单纯的偶然吗？祐辅一时无法下判断，"也是T高原，嗯……"不过这附近设施齐全、适合写生的地点的确没有第二处了。

不过且慢，祐辅突然灵机一动。既然是毒杀致死，那宪江死时凶手没有必要和她在一起啊。

只要事先将氰酸钠混入宪江要喝的东西里，那么她痛苦地死去的时候，凶手即使远在天边也没有问题。可以说是一种远程杀人。也就是说犯案时刻的不在场证明完全没有意义，关键是肢解尸体时的不在场证明。

"警方判断肢解尸体是在什么时候？"

"应该是……"似乎没料到祐辅会问这个问题，姐妹俩不禁面面相觑，"那个是叫做死后僵硬吗？就是尸体变得硬邦邦的那种。警方好像说分尸是在那之后。"

也就是死后几个小时。可是估计的死亡时间跨度就长达六个小时，这个推断似乎派不上什么用场。

"唔……"大脑开始空转，祐辅又回到基本问题上，"你们觉得谁是凶手？"

姐妹俩对视了一眼。麻纪子抢先正欲开口的妹妹，直言道："我觉得还是晃哥。或许被阻止和心爱的人结婚的美穗姐，和因为姐姐的幸福被妨碍的正树同学在理论上都有可能，但我觉得这种说法有点荒谬。但是晃哥不仅被阻止结婚，还有类似切不断母亲的影响的那种压抑感和压力等复杂的原因。所以我觉得晃哥是凶手的说法最有现实性。"

"嗯。"思路很清晰的思考嘛。这对姐妹的头脑果然聪明。祐辅表示自己也认同晃是凶手的说法，并且又说："想起来，发现装着被肢解的尸体的塑料袋的是晃。他自己说是在仓房那里发现的，可这只是他的一面之词，真假难辨。"

"那么老师认为实际上是在哪里？"

"比如他的车的后备箱里。晃是开车去T高原的吧？"

"唔……"猜测到祐辅要说的话，两姐妹脸上现出欲呕的表情。

"会不会是宪江偷偷跑到T高原了啊？坐公交车之类的。放不下孩子的母亲都这样，也不管孩子多大了，总是觉得孩子离了自己就这也不行那也不成了，于是跑去嘘寒问暖。可是这计划外的事令晃觉得万分难堪。和许多学生在一起的他，觉得这实在是一种羞耻和屈辱，一怒之下杀了母亲。幸好学生中没人发现宪江来到了T高原，于是晃将尸体肢解……"

"可是老师，"亚纪子战战兢兢地插嘴道，"我刚刚说过正树哥有电锯吧，那把电锯的刀刃上有鲁米诺反应。"

"咦？"这么一说，祐辅想了起来，好像刚刚她确实说过，"警方已经断定那就是分尸用的电锯？"

"好像是的。"

"那就是晃通过美穗事先借了那把电锯……不过这样一来，说在T高原晃是一怒之下杀了宪江就不成立了。既然准备了工具，那就是有计划地杀人了。"

也未必，祐辅在内心纠正自己。晃从美穗那里借来电锯也可能是用于别处，也就是说偶然放在车里的。盛怒之下杀了母亲的他，苦于无法处理尸体，碰巧在车中发现电锯，于是将尸体肢解，再将尸块装进塑料袋、放在后备箱里，直至夏令营结束。然后星期三回到家里假装在仓房发现尸体而报警……

"可是且慢。怎么想都不对劲，太奇怪了。"刚才感到的异样感渐渐涌现出具体的形态，"凶手为什么要将尸体肢解呢？"

"要说为什么……"亚纪子一副"都这时候了怎么还说这话"的口气，"老师您刚才不是说了吗，为了方便将尸体运到花田家的仓房。"

"只能这么想了。可是仔细想想就觉得很奇怪。三十四块尸块被装在哪里了？塑料垃圾袋。把胳膊和腿各切成两半我还能理解，可为什么要把每一根手指、脚趾都切断呢？有这种必要吗？又不是要放到兜里或者钱包那么大的东西里来搬运。容器可是塑料袋那么大啊。凶手究竟出于何种理由要如此费力地将手指、脚趾一一切断呢？"

"说起来……"应该不是为了促进脑细胞活动吧，麻纪子将方才接到手中还一口未动的点心一下子放入嘴里，"确实没有必要费这么大的劲，如果只是想搬运尸体的话。"

大概是糖分迅速活跃了大脑吧，麻纪子的口气很肯定。"很奇怪，越想越奇怪。如果真是为了搬运方便的话，那没有道理不肢解最大的身体部分啊。至少也应该二等分或者三等分。可凶手却将最大体积的身体部分原封不动，而去将毫不占地方的手指和脚趾细心地一一切下。老师说得有道理。是吧，亚纪，实在是太奇怪了。一定有什么秘密。"

"有道理，太对了。"亚纪子一面回避着气势汹汹的姐姐一面说，"那么那个秘密到底是什么？凶手将尸体分割得那么细碎的理由是什么？"

"知道了这个不就也知道凶手了嘛。正常来讲，凶手无论多么危险也要将花田宪江的尸体肢解。反过来说就是，如果不这样，就会暴露自己的身份，那么……"

祐辅停了下来。他歪着脑袋想，如果这个推理正确的话，那就应该存在一个因为分尸而将嫌疑完全洗清从而逃入安全圈的事件相关者。可是按照目前的形势，拥有完美不在场证明的人却一个也没有。这究竟是怎么回事？

"这次事件的相关者中有拥有完美不在场证明的人吗？"

"嗯……"亚纪子掰着手指头数着，"晃哥、美穗姐、正树哥刚才都已经说过了，他们的不在场证明都不能算是完美。正树哥的爸爸十四号一整天都在上班，但是不可能有一直和他在一起的同事，所以也应该算入暧昧组。他妈妈说是独自待在家里，所以更不用说了，不过她曾经出过门。这样算来没有一个人拥有完美的不在场证明。"

"没有其他的可疑者了吗？比如宪江的前夫？"

"他现在在县外生活。不清楚他的不在场证明的情况。"

"嗯。不过，既然是毒杀，那有没有不在场证明也没有太大的意义……可是这样一来，还是不明白肢解尸体的用意何在。不是为了编造不在场证明，又是为了什么呢？"

毒杀啊，祐辅开始重新思考杀人的方法。没准这里隐藏着重要的信息。毒杀的好处是凶手可以在死亡时间远离现场。一般来说，凶手离杀人现场越远越不容易受到怀疑。

可是杀人之后又将尸体肢解，然后搬运到被害者的家里这着实奇怪。与其这样费事，一开始就在宪江家行凶岂不是更好？

还有，先不去考虑杀人的事，有什么在花田家不能分尸的理由吗？很难想象。因为十三号到十六号，花田家只有被害者一个人在家。这一点，不论凶手是晃还是另有其人都铁定不变。那也就是说——祐辅没有注意正兴致勃勃地看着眉头紧锁的自己的两姐妹，继续耽于思考。

假设凶手是能得到氰酸物的人，那他想杀了宪江只需到她家将她毒杀后离去即可。结果尸体是在花田家发现的，可见凶手并不特别在意尸体一定要在花田家以外被发现，就算有将尸体肢解的必要，应该也是在花田家分尸最简单便捷。

然而凶手却没有这么做。这表示——

"我想确认一下，尸体是在花田家的某一处被肢解的可能性完全没有吗？"

"嗯。"亚纪子一直盯着紧闭双眼、表情痛苦的班主任，回答道。这位班主任即使在课堂上也从来没有这么认真过啊，这是两姐妹最直接的感想。"警方调查过了，特别是可以清洗血迹的浴室之类的地方。可是在花田家什么都没有检查出来，所以才得出了分尸的地点是在别处的结论。"

"明白了。"望向手指上的伤痕的瞬间,祐辅感觉所有的齿轮都咬合了,"如此说来,真相只有一个。"

"咦?""老师!""难道说……"两姐妹交互眨着眼睛,"只有一个是什么意思?难道说您知道谁是凶手了?"

"知道了。"

小菅姐妹大叫的同时,教师办公室的门开了。上了年纪的管理员探进头来,问祐辅他们怎么还没回去。祐辅急忙向他道歉并表示马上就走,然后催促双胞胎姐妹。

"不好,已经这时候了啊。太投入了。回家要小心啊,已经这么黑了。"

"哎?老师,事件的真相呢?"

"明天再说吧。"

"不行!"麻纪子强烈表示反对,声音都变了,"明天休息!"

"啊,是吗?"

"明天是法定假日,体育节。"

"那就后天吧。"

亚纪子翻着眼皮瞪着祐辅,真的生气了。"老师,我们不能再等了,请快点说出真相。"

"还是说您根本就没明白,只不过编谎话敷衍我们,应该不是这样的吧?"

"当然不是了。我真的明白了,但是还没有确切的证据。有很多地方是靠想象。"祐辅支支吾吾地辩解着,在两姐妹相同的面孔的立体包围下挠了挠头,"总之先出去吧,不要给管理员添麻烦。"

"我们今天一定要听。"

"没错,这样根本就是拷问。老师,丑话说在前头,想逃跑是没用的,您的住址和电话号码在点名册上都可以查到。小心今晚没法睡觉哦!"

"明白了,我明白了。"昏暗的走廊里响彻着祐辅的脚步声,祐辅像要逃离甩着书包跟上来的两姐妹一般,快步走向停车场,"我先声明,我接下来要说的不过是一种解释而已,全凭我的想象。这个前提一定要记住——"

"无所谓,快点说!"被平常沉默寡言的小菅姐妹以差点扯破西服的气势逼迫着,还真是挺可怕的,"究竟谁是凶手?快点告诉我们!"

"稍安勿躁,凡事都有个顺序嘛。"

"我们已经等不及了。"三人已经到了停车场,"就在这里站着说吗?"

"这儿有点太冷了。上车吧,我送你们回家。就在车上——"

"我们的家就在附近,马上就到了!"

"我会尽量简明地解释。"

姐妹俩坐在后座上后,祐辅发动引擎。她们担心说明的时间不够,看来是杞人忧天了,因为刚上大道就遇上了大堵车。

"这起事件最关键的一点就是,凶手为何将花田宪江在别的地方杀害,然后又送回她家。"

"有那么奇怪吗?"

"啊,我有点明白了!"看不见坐在后座的两个人的脸——准确地说是发型,祐辅不知道说话的是哪一个,"也就是说,既然凶手又将尸体运回了花田家,那为什么一开始不在花田家杀人分尸呢?是这么回事吧?"

"没错。花田宪江在家里独居了三天之久,凶手为什么还要大费周章，在外面杀了她，又把尸体运回去呢？答案只有一个，凶手根本没打算在外面杀害宪江。可是与凶手的算计相反，她死在了外面。"

"也就是说其中出了差错？"

"是的。而且能得到氰酸钠的不只有花田晃和川村美穗、正树姐弟三个人，他们的家人同样可以，对吧？他们完全可以从画室之类的地方偷走氰酸钠。"

"话是这样说……"根据内容来判断现在说话的应该是麻纪子，"那也就是说，杀人用的氰酸钠不是正树同学拿出去的。"

"没错，不是他。将犯罪用的氰酸钠偷出来的是花田宪江。"

"唉！"作出气球一下子泄出气来一般的反应之后，两姐妹又"哎——哎"地奏起了惊叫的和声，"老、老师，那、那不就是说，宪江阿姨是自杀的吗？"

"她从儿子晃的画室偷出了氰酸钠。但如果是准备自杀的话，她应该就在自己家中死去了，没有必要到外面去。"

"可是老师，她也有可能是打算故意自杀给谁看啊！比如和她有矛盾的川村咲子阿姨——虽然不过是宪江阿姨单方面的敌视。"

"很聪明嘛。确实如此。宪江应该就是死在了川村咲子的面前，只不过不是自杀。如果是自杀的话，咲子没有理由将宪江的尸体肢解。因为如果对方是在自己眼前自杀的话，只要报警就可以了。"

"怎么会这样！"从这绝望的声调中可以得知说话的肯定是麻纪子，"您是说正树同学的妈妈是凶手？"

"没错。不过她只是指将尸体肢解的人。"

"怎么回事？"

"姐姐，你真笨！很简单啊，也就是说将宪江阿姨分尸的人可能是咲子阿姨，但是杀害了宪江阿姨的却不是咲子阿姨。对吧，老师？"

"是这样。"

"那……杀害宪江阿姨的又是谁?"

"这个问题很难回答,姑且说是宪江自己吧。"

"那她是自杀?"

"不是的,亚纪。刚才老师不是一直说宪江阿姨不是自杀嘛。是吧,老师!"

"什么啊,不是自杀,那到底是怎么回事啊,到底被谁杀了?"

"正相反。"遇到红灯,祐辅停下车,回头说,"宪江不是为了自杀才从儿子的画室里偷出氰酸钠的,而是正相反,她想使用这个去杀人。"

"哎!"这一次换成了短暂的惊愕合奏。

"花田宪江打算使用氰酸钠杀害川村咲子,应该是想要伪装成自杀的样子。"

"伪装成自杀的样子……这种事办得到吗?"

"办得到。如果川村咲子因氰酸中毒而死,那么理所当然地会被认为她是从女儿的画画材料中偷来了氰酸物。"

"但是没有自杀的动机啊。不是吗?正树同学的妈妈怎么看也不像是会自杀的人啊。没有动机的话,就算不是伪装杀人,外行人也能看得出来啊!"

"但是如果有遗书呢?"

"遗书?"

"宪江准备好了咲子的遗书。当然是咲子自己的笔迹,所以不用担心笔迹鉴定。如果有这样的遗书呢?难道不会被处理成自杀吗?"

"话虽如此……但是宪江阿姨怎么才能弄到这样的遗书啊?"

"我来按顺序说。不过接下来的说明基本上都是我的想象,你们就当听故事吧。就像前面说的,宪江准备杀害咲子。动机有很多,但最有可能的还是心疼儿子。虽然她强烈反对和川村美穗的婚事,但可能最终顺从儿子心愿的感情更强一些。而且宪江和美穗又无怨无仇。宪江所痛恨的只有咲子一个人而已。所以如果咲子能从这个世界上消失的话,那她也就没有必要再去反对儿子和美穗的婚事,以致和儿子反目成仇。这就是她的想法。"

"不正常!""真可怕!"听到两姐妹不停地念叨着这些,祐辅不得不反复强调,这不过是自己的想象而已。

"杀了咲子倒没什么,但是她痛恨咲子的事实尽人皆知,如果咲子死去,有嫌疑的只能是她。这样一来就糟了。于是就要伪装出自杀的假象。宪江采取的步骤应该是这样的:先主动打电话给咲子,说要商量一下儿女们的事,尽可能地在话里透露出和解的意思。咲子当然没有理由拒绝。宪江为了和咲子两人单独谈话而赶赴咲子家,这是十四号的事。宪江表示,自己也希望能成全儿女们的婚事,所以请咲子立下字据。"

"什么是字据?"一个声音悄悄地问道。另一个声音答道:"就是检讨之类的东西。"听了这些,祐辅不禁莞尔一笑。虽然说得不太对,但是这类比法倒是挺符合她们的年龄。

"总之,宪江对咲子表示,能不能在字据上写:过去围绕川村昌宏所发生的一切,不论事实如何,总之都是咲子的错。这样一来,宪江也算出了口气,而且只要咲子写下字据,宪江此后绝不再发表与此相关的言论。毫无疑问,这字据对咲子来说十分不公平,但是咲子考虑到这样宪江就能收回她那无理取闹的怒火,就答应了下来。当然咲子也不是完全不担心这份署了名的字据会被宪江利用,心中肯定也有极大的不满,但是最终咲子还是优先考虑了女儿的幸福。说到这里你们都该明白了吧？宪江其实是准备将这份字据当做遗书来使用的。'都是我不好，实在抱歉'这样的内容被视作遗书也合理吧？"

"老师，您说这都是您的想象，但说得和亲眼看见了一样啊！"

"嗯，我也觉得我想象力惊人。但是这份被当做遗书使用的字据是不可或缺的关键，之后还要用到。等咲子写好字据后，宪江就花言巧语地表示，这样她们俩之间争斗的理由就不存在了，不如干杯庆祝吧。喝的东西是红酒还是啤酒我就不清楚了，也有可能不是喝的而是吃的。总之，宪江在食物中混入了氰酸钠。可是这时发生了错误。本该是咲子喝下的东西被宪江自己误喝了。"

"为什么会出现这种错误呢？"

"这还是要靠想象力。不过可以考虑的原因之一就是咲子的粗心大意。刚才，小菅同学，你们不是说过吗，川村正树粗心大意，把可乐倒在茶碗里之后又若无其事地倒回杯子里，并且喝得津津有味，还说这可能是遗传自他妈妈。也就是说，川村咲子也是个犯了这种错还满不在乎的人。"

"啊……"两姐妹似乎同时屏气凝神，后座上异样地静谧。

"当然，咲子不知道宪江要毒杀自己。宪江把氰酸钠混入自己绝不喝的饮料之中，就假定那是茶吧。宪江在心里暗自叮嘱自己：氰酸钠放了茶壶里，不论咲子如何劝都绝对不能喝茶。正常来讲应该毫无问题。但是咲子误把自己要喝的茶倒进了喝酒用的玻璃杯里，她心中暗叫不好，但看宪江没说什么，就若无其事地在上面倒满了酒交给宪江。宪江完全没想到酒中会掺了混有氰酸钠的茶，只想着不能喝茶，于是就喝了下去……"

"厉害！"突如其来的赞叹声让祐辅一愣，"老师太聪明了，我崇拜你！"

"被学生崇拜还是头一回啊。"高兴归高兴，但是因为这种事而被崇拜总觉得有点别扭，"宪江突然死了，咲子当然吓了一跳。从宪江死前曾拼命挣扎来看，咲子觉察到事情不简单。如果是心肌梗死或者什么急病突发的话咲子大概会报警吧，但是她发觉这可能是中毒之类的。咲子以为宪江是为了让自己背上罪名而故意自杀的，不能就这样将尸体放在家中。可这时咲子又发现了一件至关重要的事：宪江死时手里紧紧握着方才自己写下的字据。宪江中毒后一定以为是咲子发现了她的意图而反将一军，她已经做好了死的准备，但是死的只有自己，让她觉得十分不甘心，于是她想到，如果将刚才咲子亲笔写下的字据紧紧握在手中的话，那所有的嫌疑都会指向咲子。带着这样的想法，宪江使出最后的力气握住了字据。咲子也看透了宪江的主意，在报警之前，无论如何都要把字据处理掉。因为如果需要，她可以从女儿美穗那里弄到氰酸钠，留下字据只能导致她被怀疑。可是……"

祐辅一边看着自己握着方向盘的手上的伤，一边想象着天塌下来也不肯放手的宪江的执著。

"咲子怎么使劲也打不开宪江的手。这时尸体开始出现死后僵直，取出字据变得越发困难。焦虑万分的咲子于是放弃了报警。事到如今只好切断宪江的手指来取出字据，这当然犯了尸体损坏罪，但当时已经顾不得这许多了。于是咲子用电锯锯断宪江的手指。但是只锯断了手指的尸体被发现的话一样是个大麻烦，因为她和被害人之间水火不容是公开的事实。警察一定会盯上她。就算取出了字据，不处理尸体也是一样麻烦。既然如此，就索性制造一个为了搬运方便而将尸体肢解的假象。这样想着，咲子尽可能地将尸体肢解得细碎来掩盖本来的目的，然后将碎尸装进垃圾袋放到花田家的仓房。"

顺着两姐妹指引的方向车子到达了小菅家，祐辅熄灭引擎回头望向背后。

"这样,就又多了一条抛弃尸体罪。对咲子来说,警方怀疑到自己女儿美穗的可能性也存在,所以尸体必须在花田家被发现。正确与否不得而知,我的推理就是这样。晚安了,向你们的父母问好。啊,对了,可不要再迟到和上课睡觉了哦,知道了吗?"

第三因　*解体升降*

"独自一人从公寓的八层乘电梯下来的女性到了一楼竟变成了尸体……"刑警平冢总一郎一边叹气一边换了一条腿跷起二郎腿,"您怎么看,主任?简直像鬼故事。而且这尸体也并不寻常,不但被扒得精光,头部、左手和左脚还被切断了。"

"那个女人,"仰卧在病床上的警部中越正一换上职业的表情,"在八楼乘电梯时应该穿着衣服吧?"

"是的,而且生龙活虎的,四肢完备。可是到了一楼,不仅衣服,连头部、左手和左脚都不见了。电梯可是从八层直行到一层的。当然,电梯里再无他人。途中也没人上下过,简直就是——"

平冢从折叠椅上微微坐起,两手像是搅拌空气似的比划着。

"简直就是密室,而且还是移动密室。凶手是怎样杀了密室中的女人呢?不,不只是杀了,是瞬间将死者的衣服脱去,还切断了手和脚。主任,您觉得电梯从八层直行到一层需要多少时间?十六秒——只需要十六秒。这么短的时间内怎么能完成上述作业呢?我们都想不出个所以然来,真是让人头疼。究竟凶手使用了什么魔法……"

"魔法?"中越被平冢的动作吸引,从枕头上微微抬起了头,皱了皱眉,"听起来确实比起杀人事件更像是魔术表演呢。"

"您别这么悠闲了。"平冢近似哀求地说,"请您快点痊愈回来指挥我们吧。县警署大井和老长[①]也都没辙了,我们被全歼了,全歼。只剩下主任您一个了,不骗您。老本和山崎都开始认真商量着是不是要

[①]指部长刑警。部长刑警是日本警察制度中的一级,位于警部补之下,又叫巡查部长,通常称做"老长"。

去找魔术师咨询……"

"我也想尽早出院啊。"中越躺回枕头上，发出可怜兮兮但又不得不服从命令的公务员的声音，"可是没有院长的许可的话……"

中越正一警部，虽然只有二十六岁，但却已经是安槻警署的明星警察了。他以最好的成绩毕业于尽人皆知的国立大学法学部，通过了公务员上级考试，又在修习了警察大学的课程后作为警部补被分配到安槻警署。

去年人事变动后，他升职为警部。虽然是典型的不能再典型的精英，但却以一步步爬上来的老手般的细密搜查而闻名。传闻说他很有可能以二十几岁的年龄成为署长，也是史上最年轻的县警本部长的有力候选人。

虽然人人都认可其能力，但是他的外貌和性格却成了白玉微瑕。一张苍白、学究似的脸，比起警察办公室，显然更适合大学研究室，而且无论何时都像推销员一般敬语不离口。即使对待平冢这样年纪比他小的部下也是一样。

坊间都批评他那谦恭的态度实在是有点过头，平冢最初与他搭档时也很困惑于他的敬语。虽然现在已经完全习惯了。

或许正因为中越过于优秀，所以才会对周围的人采取这样一种超出他年龄的客气态度。每当看到中越那同样超出年龄的从额头"后退"的头发，平冢都会这么想。

中越这一次同时患上胃溃疡和十二指肠溃疡也可证明这一点。害得发生了杀人事件时的现场指挥都交由大河田部长一个人来处理。

"我这话可能有失体统，"中越略带惭愧地说，"我真希望这起案件能在我出院之后发生。"

"可不是吗。主任没事的时候太平着呢，一起像样的案子都没有——只有那个综合医院的护士偷卖安眠药的勉强算,就是把安眠药当毒品服用的那个。嗯,叫什么来着……三唑仑还是什么……"

"对了,那件案子最后怎么处理了?"

"盗卖安眠药给家庭主妇、白领女性和学生以赚取零用钱的护士和她的小白脸被起诉了,就这么解决了。"

"但我听说还涉及了黑帮势力……"

"是啊,但那个护士的小白脸只是跑腿的,和团伙本身并无多大关联。虽然没有完全搞清药物的去向——比起那个现在还有更重要的啊!"

"电梯里的杀人案?"

"正如刚才所说,我们已经彻底投降了。不过嫌犯还是找到了,有动机且没有不在场证明。我们认为应该没错,可是……"

"可是你们不知道女人到底是怎么被杀的。"

"一点没错。怎么样,主任?您想到什么了吗?虽然您还不能亲自调查,但还是请您开动脑筋想一想。"

"我知道了。"中越用公事公办的语气回答道,"那我就想想吧,被害的女性是……"

"我按顺序来说吧。对了,探视时间还够吗?"

"应该够。"

"首先,犯罪现场是在郊外的F镇。您知道吗?是个小村子。比起人家,田地更多一些。这个F镇的消防局每天要响四次警笛来报时,这个警笛是本案最关键的一点,以后我会详细说明。"

大概是为了不漏听一句平冢的话,中越调整枕头的角度,直起了上半身。而且虽然明明没什么关系,他还是特意戴上了他那副镜片很厚的眼镜。大概是心境上的问题吧。

"F镇上有一座叫做F家居的新建公寓,出租用的,共八层。每一层都是两端是2LDK①,中间是三个1LDK的配置,总计四十户,对于农村来说是很大的公寓。"

"发生案件的电梯在哪儿?"

"哦,对了!就在正面由左至右的第二个1LDK的右边。顺便说一句,楼梯——这个也可能很重要——在正面左数第一个1LDK的左边。"

"也就是说,"中越认真地总结起来,"正面从左数是2LDK,楼梯,1LDK,1LDK,电梯,1LDK,然后是2LDK,全部八层都是这种配置吧?"

"是的。受害者就住在这个F家居的八〇三号房间。正面左数第三个,也就是1LDK的房间——"

"电梯的左边。"

"对。受害者名叫饭田赖子,二十八岁。从市内的女子学校辍学后从事过很多职业——据说主要是色情服务业。她还是某县会议员——加上'某'也没什么意义吧,反正早晚都会被曝光——也就是森和宏的情人,每个月会拿到包养费。当然F家居的房租也是由森和宏来出。"

"这个森和宏就是你们的嫌疑人吧?"中越展现出敏锐的一面。

"没错。关于这个森和宏我后面还会详加说明……"

"啊,不好意思,打断你了。"

"没事,主任,有什么问题尽管打断我。"平冢也来了干劲,拿出笔记本翻看,"这样才好。呃……接下来的是关键。事情发生在三月一

---

① LDK,指起居室、餐厅、厨房一体的公寓,1LDK即一室一厅,2LDK即两室一厅。

日。尸体的发现者是住在同一个公寓、四〇一的武井夫妇。他们三月一日，星期日那天晚上，在外面吃饭回来，想要乘电梯，于是丈夫按下了电梯按钮。这时，电梯从八层开始下降。在这一点上夫妇二人的证言一致。而且巧的是丈夫肚子不舒服，急着回家，所以夫妇俩一直盯着电梯的显示灯——这一点上的证言也很一致。电梯从八楼下来，一次也没有在别的楼层停过，直接下到一楼。"

"可是……"中越略带犹豫地插话说，"单凭这点是不是很难判断啊。如果有谁飞快地从别的楼层上下电梯的话，显示灯会不会没有停顿……"

"不，我们试验过了。毕竟电梯中途有无停顿非常关键。结果证明，无论速度多么快地上下电梯，显示灯都会有很明显的显示。所以武井夫妇在这一点上的证言可以相信。"

"原来如此。明白了，请继续说。"

"接下来是关键的警笛。F镇会在早上六点，中午十二点，下午五点以及晚上九点，每日四次鸣响警笛。说句题外话，四次啊，居民们为什么不抗议啊！"

"我老家也一天响四五次警笛，虽然不知道现在怎么样了。只要习惯了也不会觉得有多吵。"

"哦，这样啊。呃……根据武井夫妇的说法，电梯从八层启动后，他们马上就听到了晚上九点的警笛声。而且我们去消防局问过，一次警笛大概要响十五秒，而警笛停后一秒，电梯就到了一楼。自动门一开，想要乘电梯的武井夫妇吓了一跳。电梯里堆着不该有的东西。不消说，那就是一丝不挂且被切去了头部、左手和左脚的饭田赖子的尸体。说是这么说，但是此时还不知道尸体是饭田赖子。武井夫妇急忙用一楼信箱旁的公用电话拨打一一〇报警。

"警察迅速赶到后，一看就知道尸体是位年轻女性，但因为找不到头部，所以无法断定是不是Ｆ家居的住户。于是开始一边联络Ｆ家居的管理公司，一边对Ｆ家居的居民挨家展开问询。

"问询的同时也在搜索Ｆ家居内部。不久就发现，被认为属于死者的头部、左手和左脚被胡乱地扔在八楼和七楼之间的楼梯平台上。"

"也就是说，在电梯里被杀的女性的头部和手脚不知何时被移动到了楼梯上？"

"是的。像魔术一样吧？结果那天晚上只找全了尸体而没能确认死者的身份。问询也因为时间的关系没能问完。可能是因为住户里学生和年轻人居多，大多数人都不在。直到第二天早上才辨明死者的身份。"

"请等一下。那天晚上Ｆ家居处于什么样的状态？电梯和楼梯处有警察看守吗？"

"一楼有，聚在电梯和楼梯前。还有停车场，警官们轮班彻夜看守。电梯停止使用，上下楼梯的人则都要接受检查。但是三月一号晚上并没有在楼梯上发现什么举止可疑的人。"

"在这种状态下，第二天早上就明确了受害者的身份？"

"说来也巧，第二天，也就是三月二号，星期一的早上八点左右，两个男人一起下楼。那时正好是我和老长当班，于是我们叫住他们问询。这两个人前一天晚上没有被问到。我给他们看被害者头部的照片，其中一个说：'这不是住在我隔壁的女人吗？'"

"哦。"

"这个人住在八〇二号房，名叫尾崎荣一，是安槻大学的学生。和他一起的男人叫横田，也是学生。"

"他们俩证实被害者是饭田赖子了吗？"

"不，横田完全不认识这个女人。尾崎则表示只是经常看到这个女人出入于自己家隔壁，至于她是不是这里的住户以及她的名字，他就不知道了。而且尾崎也是最近才搬到 F 家居的。他看到有漂亮的女人出入，心中暗想'不知对方是不是来朋友家，如果是这里的住户的话，自己就走运了'，所以对这张脸印象十分深刻。当然他也想知道名字，但是房门上没有挂姓名牌，信箱上也没有名字，所以无法得知。"

"这些都是真的吗？"

"嗯，确实如此。八〇三号房门上没有姓名牌，信箱上也没有名字，而且不只是受害者，现在的年轻人，不知为什么，都不挂姓名牌，大概是觉得麻烦吧。这个先不去管它。尾崎问这个女人怎么了，我们告诉他事情之后他那表情与其说是吃惊，不如说是呆住了，甚至不经意间说出了'那么漂亮的女人，真是浪费了'这样无礼的话。"

"尾崎和他的朋友星期日的晚上始终待在尾崎的房间里吗？对了，"看着平冢的表情，中越用手捂住了嘴，"不好意思，又抢了你的话头。"

"没关系，没关系，您尽管抢。尾崎荣一和他的朋友横田益次，星期日的晚上一直在附近的酒馆喝酒。傍晚五点左右，横田来找尾崎，然后两人出去喝酒。横田那天晚上一开始就打算在尾崎家过夜。两人在酒馆喝了几小时之后——"

"不好意思，我问一些琐碎的问题。那天他们出去喝酒是谁的提议？"

"我想想，可能是尾崎吧。啊，有了有了，这里写着呢。尾崎说他乔迁新居，于是邀请横田过来看看并一起喝几杯——这个很重要吗？"

"不清楚。"中越反省似的挠了挠头，"请继续。"

"在酒馆喝了几小时后，两个人回到了 F 家居，坐电梯上到八层。这时——您仔细听，就是这里——有人进了他们俩刚下来的电梯，您知道是谁吗？不必客气，主任，请随便插话。"

"被害者饭田赖子？"

"正是。尾崎和横田二人从电梯出来和赖子从八〇三号房出来几乎是同一时间。接着，在赖子进入电梯之后，马上就响起了晚上九点的警笛声……尾崎和横田的证言几乎一致。"

"嗯。"中越似乎是想到了什么，嘴角泛起了微笑，"原来如此。"

"怎么了，主任？"平冢可不会漏看这一幕，而且中越本来就很少露出这种胸有成竹的表情，"您明白什么了吗？明白了就请告诉我啊。只有您自己明白太不公平了。"

"咦？我什么也没明白啊，而且平冢你还没有把所有的信息都告诉我吧？"

"可是主任您刚才好像胜利在望似的笑了一下……"

"咦？我做出那种表情了吗？可能是听到关键处忍不住兴奋了吧。好像看魔术表演一般的感觉……"

"忍不住兴奋起来了？喊，主任，可不要混淆视听啊。不过话说回来，您真的没想到什么吗？想到了可一定要告诉我啊，要不我就不给您提供资料了。"

"当然会告诉你，平冢。相信我吧。知道一些能让自己凌驾于他人的重要事项，还刻意隐瞒，我可没有那么深的城府。"

"是，是。总之，尾崎的证言是多么具有冲击性，您不难想象吧？我们一再让他确认，他的回答都是一样——确实是饭田赖子。还说这是他中意的女人，绝对不会弄错。"

"他的朋友怎么说？"

"横田以前没有见过饭田赖子，所以不能肯定。但是他能肯定自己和女人在电梯边擦身而过之后就响起了晚上九点的警笛。他表示那天晚上自己虽然喝多了,但是有关这点的记忆绝不会错。"

"原来如此。在一楼的武井夫妇也是一样,对自己的证言非常自信。这下,事情越来越诡异了。在八楼独自乘上电梯的女人到了一楼却变成了一具死尸。你们肯定也确认了周日的警笛准确无误吧?"

"那是自然。我们问消防局的人是不是多响了一次,他们坚决否定,表示除了规定的四个时间以外,绝对没有再响过。"

"这样一来,就要完全看死者遇害前和遇害后的目击者证词的真假了。"

"哪一个看起来都不像是在撒谎,而且也没有那个必要。对了,尾崎在知道我们是警察后,说我们来得正好。"

"来得正好?"

"我们问他有什么事,他说星期日那天晚上他家进小偷了。"

"小偷?"

"尾崎和同行的横田那天晚上都喝得醉醺醺的,似乎忘了锁门,就这样睡着了。第二天早上醒来时,他们发现屋子里乱糟糟的——"

"等一下,星期日晚上,在电梯上和被害者擦身而过之后,两个人做什么了?直接睡觉了吗?"

"据尾崎说他十一点半时的事还记得,之后就睡熟了。横田睡得比他还早。"

"那时应该已经发现尸体引起骚动了吧。两个人都没有注意到吗?"

"他们说完全没有。不过也有情可原,喝得太多了,两个人都睡得很死,连小偷在屋里东翻西找都毫无察觉——"

"尾崎的八〇二号室没被问询过吗?"

"我后来打听,原来是阿本和山崎去问的。但是他们说当时屋里关着灯，怎么按门铃都没人应，就以为可能是睡熟了或者不在家。他们自然也去了隔壁受害者的房间，也是没人。"

"小偷偷走了什么？"

"很多。钱包和存折，还有录影带——"

"录影带？"

"不是普通的录影带，是很值钱的。说到这里，尾崎变得支支吾吾。于是我们就问横田。他表示，其实，尾崎在收藏欧美的成人影片。虽然不知道他是通过什么渠道弄到的，但都是没有马赛克的原始版本，而且在市面上绝对找不到。至于内容，横田就不太清楚了，因为尾崎虽然总跟朋友吹嘘他的收藏，却从来不让别人看。我个人猜想，大概是幼交之类相当变态的吧。总之，据横田说，这种一小时时长的高价货，尾崎大概收藏了二十多卷。然后我们询问尾崎，他表示不是二十卷而是三十卷，而且还莫名其妙地很自豪。总之，就是承认了自己持有淫秽物品。但是因为他不是作为商品买卖而是个人趣味欣赏，所以会不会被问罪我就不知道了。不过因为丢失了这种东西而向警察求助，不知是该说他有点傻呢，还是厚脸皮。"

"看起来小偷是F家居的住户呢。"

"哎？"中越如此肯定，平冢略吃了一惊，"为什么？"

"因为星期日的晚上，至少在十一点半之前，尾崎的房间里没有任何异常吧？他本人那时还醒着。而九点警方赶到以后，F家居就应该处于警戒状态了。"

"啊……确实如此。"

"带着三十卷录像带和大量赃物走出公寓的话，肯定会吸引警察的目光。警察没有发现这样的人，就说明小偷把赃物带进了F家居的某个房间……也就是说，这起盗窃案是F家居内部的人所为。"

"啊,是啊,确实。原来如此。说起来尾崎是刚搬家,小偷大概是看准他还没来得及收拾,方便盗窃,才潜入他家的吧。"

"不好意思,完全跑题了。"

"没关系没关系,嗯……刚才说到哪儿了?"

"说到两组目击者证词的可信程度。"

"啊,对。"

中越超常的记忆力向来出名。实际上,陷入谜团的案件因为中越的超常记忆力而现出一线曙光,最后,形势峰回路转,得到圆满解决的不在少数。和这个人说话完全不必担心会跑题。

"武井夫妇也好,尾崎、横田也罢,都不太可能撒谎。但是,如果完全接受他们的证词的话,就会引出很多莫名其妙的矛盾。算了,我们还是先把目击者的事放在一边,来看一下科学的数据吧。首先是饭田赖子的死亡时刻。主任,听了这个可不要吓一跳哦。"

"不是星期日的晚上九点左右吗?"

"完全不是。根据法医解剖的结果,死者至少已经死了十二小时,搞不好已经有二十四个小时——"

"十二小时以上、二十四小时以内的话……"中越并没有像平冢所期待的那么吃惊,"那就是星期六,也就是二月二十九日的晚上九点到三月一日的早上九点之间了,那么……"

"那么问题所在就是星期日的晚上——可是晚上九点和尾崎、横田擦身而过的女人究竟是谁?因为赖子那时早就已经不在人世了。肯定是酷似赖子的伪装者吧。只是,就算这样还是有疑点,酷似赖子的女人星期日的晚上九点进了八层的电梯,电梯直行到一楼后,出现的却是如假包换的赖子的尸体。这之间的间隔只有十六秒。要如何掉包呢?"

"赖子的死因是什么？"

"脑挫伤。凶器也是一个让人完全摸不着头脑的东西，您猜是什么？竟然是录像机。"

"录像机？"

"是赖子的房间，也就是八〇三号室的东西。她有两台VHS的录像机。可不知怎么回事，两台都被拔掉了线扔在地上。在其中一台上检验出了鲁米诺反应，于是得出了凶手是用这个殴打赖子头部的结论。这台录像机不知是掉在了地上，还是什么别的原因，外壳已经损坏，不能再放录像带进去了。"

"录像机啊……"中越不出声地动着嘴巴，这是他陷入沉思时的习惯，"录像机……"

"忘了说了，赖子穿的衣服和钥匙圈就被散乱地扔在她的房间里。房门也没锁，而且在浴室中，有五把沾满鲜血和脂肪的菜刀散落在地上，已经不能用了。从这些来看，赖子被杀以及被分尸的现场都是她自己的房间。"

"菜刀？"中越急忙扶正滑下的眼镜，"肢解尸体用的是菜刀？"

"似乎是这样。五把菜刀都是赖子的东西，其中一把是切肉用的，很大，被凶手硬是拿来分尸，尸体的切断面都弄得血肉模糊。"

"也就是说，分尸对凶手来说是计划外的行为。如果是有计划的话就不会用菜刀，而是用准备好的锯子或者电锯。"

"是啊，确实。说得没错。"

"这就说明凶手无论如何都必须将尸体肢解。否则他不会特意用不合适的工具费那么大的劲。绝对另有深意，有让他这么做的理由。"

"确实如此。"没有注意到的部分被提了出来，平冢有点困惑，"确实是这样，不过就算杀人可以理解，可森和宏有什么理由要分尸呢？"

"与其说有,不如说是突然产生了。"

"原来如此,因为分尸是计划外的事情。"

"那就请你告诉我一些关于森和宏的情报吧。"

"森和宏,县会议员,五十三岁,当然已有妻儿。似乎是在饭田赖子在市内的酒吧工作时与她认识的。刚才也说了,F 家居的房租由森出。每个月两人都要见几次面,所以森当然也有八〇三号室的钥匙。但是最近这几个月,森和赖子之间的关系似乎不是那么融洽。"

"哦?什么原因?"

"虽然森本人不承认,但似乎是他又有了别的女人。直白点说,就是他玩腻了赖子,有点舍不得每月给赖子钱。赖子得知后,怒发冲冠,其实她气的是森不肯给她分手费。森的想法是:为什么要给一个再也没有用了的女人那么多钱。难怪赖子会生气。这个森是个子承父业的议员,一身纨绔子弟习气,干什么都这样,从女人到赌博,玩够了都不知道怎么收拾残局,到处招人烦。不过这种事倒不要紧,总之,这样一来,赖子就成了森的眼中钉。"

"可是因为吝惜分手费就把情人杀了,怎么说这个动机也有点荒诞。"

"非也非也,主任。这家伙就是一个认为比起给钱还不如让对方去死的幼稚家伙。而且二月二十九日,周六,有人目击到森和一个疑似赖子的女人在市内的 fox 酒吧里大闹了一通。"

"周六……"中越不知道在喃喃自语什么,"星期六……那是几点?"

"呃……啊,有了。晚上十点左右。好像是在商量分手,赖子闹得很凶,什么'你玩我玩够了,还想不给钱?'、'这个欲火焚身的死老头!'、'老色鬼!'之类的话,骂得不亦乐乎。森也很幼稚,回骂'少啰嗦,你这个飞机场!'、'当婊子还立牌坊!'之类的。结果两个人大打出手,双双被 fox 的人赶了出去,之后森的去向就不清楚了。"

"此话怎讲?"

"那之后,直到星期一,也就是三月二日的早上,他都没有回家。这期间,他在哪儿、做了什么,完全没人知道。"

"森本人怎么解释?"

"在朋友家——就这么简单。对我们爱答不理的,我们问他那个朋友是谁、住在哪里,他就说没有义务回答。实在不明白他到底清不清楚自己现在的处境。"

"你刚才说他又有了赖子以外的女人,没有可能去了那个女人的地方吗?"

"就是这个,主任。我们也想到了,而且我们还认为,那个伪装成赖子的女人有可能就是森的新宠。就像刚才主任说的那样,赖子的死亡时刻在星期六的晚上九点到星期日的早上九点之间。正好是森去向不明的那段时间。森大概就是和那个新宠在一起,两人合谋杀害了碍事的赖子,绝对错不了。"

"伪装成赖子……那么依平冢你的想法,星期日晚上九点,尾崎荣一和他的朋友目击到的赖子,其实就是森的新宠了。"

"没有别的可能了啊。森可能是因为某种理由而想制造出赖子是在星期日晚上被杀的假象。大概是小看了科学搜查的小聪明吧,我们可没好对付到会上这种当的程度。只是那个女人在从八层直行到一层的电梯里掉包赖子的手法,我们怎么也想不明白。"

"可以问一个问题吗?"中越的口气似乎在担心平冢不高兴。

"请。"

"你刚才说森因为某种理由想制造出赖子是在星期日的晚上被杀的

假象，那么你认为那个理由是什么？"

"这个嘛……这个……"

"那个理由应该会让森获利吧？只能这么想。而要说到获利，那就只能是能让森获得星期日那天晚上的不在场证明。可是实际上森并没有星期日晚上的不在场证明，而且连捏造的意思都没有。这又该如何解释？"

"这么一说……"平冢交互看着笔记本和中越，挠了挠头，"确实奇怪。是怎么回事呢？"

"我是这么想的。直行电梯里独身一人的女人变成头部、手脚消失的女尸之谜，其实并不那么复杂。"

"咦？"平冢一副"你在说什么胡话啊"的表情，瞪着中越，"什么？"

"因为这并不是有意为之的谜，而是偶然出现的。这样的谜是不能制造出来的。因为那样就必须同时在八楼和一楼都准备好目击者，而且时间上必须十分精确。只有两个人，可能做到这些吗？"

"呃……"虽然一时不能论证，但是粗略一想，还是可以想象得到这其中的步骤必定极为复杂，"……也不能说是完全不可能吧。"

"退一步来说，就算可以准备好目击者，可是这个手法还需要保证经过七楼到二楼时没有人按电梯按钮。对吧？一旦在途中停下，这个手法就失去意义了。那该怎么办？到各层把守，不让电梯在中间停顿吗？那至少还需要六个共犯。怎么想都不可能。而且费尽心机制造这个谜出来又有什么意义呢？什么意义也没有。所以这个谜只可能是偶然形成的。"

"那……"听了中越这思路清晰的说明，平冢也深以为然，他一边懊恼自己为什么没想明白这么简单明了的事，一边陶醉在中越的说明中,"是怎么样的偶然呢?"

"这个稍后再讲。这个谜无关紧要,重要的谜在别处。那就是饭田赖子被分尸之谜。这个谜才绝对需要合理的解释。"

平冢完全被中越的语气征服了。既然中越这么肯定,那事实一定如他所说。他拥有这种令人信服的说服力——或者说一种气势。

"在这样的情况下,分尸的合理解释只有一个,那就是切断了头部、左手和左脚后方便搬运尸体。"

"方便搬运尸体……"

"也就是说凶手慑于某种原因,不能让饭田赖子的尸体在她的房间被发现。无论如何都必须要让尸体在别的地方被发现。但是一具尸体的重量不轻,为了搬运方便才费力分尸。换句话说,这个事件中最大的谜就在于,为什么凶手要让饭田赖子的尸体在电梯里被发现。"

"喂,主任。"平冢已经情不自禁了,下意识地从折叠椅上站了起来,"您已经全明白了吗?是吧?别卖关子了,快点揭晓答案吧!"

"不,我还没有全明白。"

"真的假的?"

"还缺少一些证据。"

"什么证据?"坐回折叠椅上的平冢迅速翻着笔记本,"您尽管说,我基本都有记录。"

"和森一起被赶出 fox 的饭田赖子之后去了哪儿?"

"这个啊……呃……凌晨十二点左右,有人目击到她在以前待过的酒吧里喝得烂醉,之后,就不清楚了。"

"她是一个人吗?"

"是的。因为她没有同伴,所以,以前的同事把睡着了的她送上了出租车。"

"也就是说星期六深夜到星期日凌晨,赖子曾经回过一次F家居?"

"嗯,应该是。"

"原来如此。"中越满足地点了点头。平冢以为他就要开始解谜了,不觉探出了身子,没想到中越又提出了一个问题。"你说F家居附近几乎全是田地,那么附近有电器店吗?"

"啊?"

这个意料之外的问题完全弄晕了平冢。他迟疑了一下,然后急忙去翻笔记本。不过似乎没有找到有关的记录,他只好放弃,对着天花板在自己的记忆中搜索。

"呃……附近只有一家便利店。这个,因为去问询过,所以可以肯定。但是我记得应该没有电器店,要不我再查查……"

"便利店里卖录像带吧?"

"啊?"

"录像带,录节目用的。"

"有吧,大概。"

"可以麻烦你去调查一趟吗?"

"调查什么?"接到了具体的指示,平冢干劲十足。看来他是比起思考更善于行动的类型。"您尽管吩咐,要查什么?"

"我想知道二月二十九日星期六的晚上,有没有人去那家便利店买过录像带。"

"星期六的晚上……吗?"平冢完全摸不着头脑,但他相信中越自有想法,"明白了,那我这就去——"

"啊,还有……"

"还有什么?"

"能帮我调查一下尾崎荣一家的录像机的型号吗？"

"尾崎的……"

"我猜他大概有两台录像机，一种是VHS一种是β。请确认一下。"

"果然如主任所说。"平冢同时抱着期待谜底揭晓的心情和不明白自己提供的资料究竟有什么意义的困惑向中越报告，"尾崎荣一的确有VHS和β两种录像机。"

"录像带呢？星期六的晚上有到便利店买录像带的人吗？"

"要怎么说呢……可以说有，也可以说没有。"

"店员不记得了吗？"

"不是，记得倒是记得，而且还记得很清楚，因为那位客人的举动很奇怪。星期六的傍晚，大概四点前后，一位年轻客人到那家便利店买了十卷一百二十分钟的录像带。"

"是VHS机的吗？"

"是的。"平冢费了很大的劲才把想问中越如何得知的急切心情抑制住，"虽然买了，但是并没有马上拿走。年轻客人希望能晚一点来取，所以就暂时放在店里，麻烦店员代为看管。说完这些他就离开了。钱先付了，因此店员也并没有多虑。年轻客人再次出现时是将近半夜十二点。店员以为他是来取东西的，没想到他表示想要将VHS的录像带换成β的。店员觉得反正钱都是一样的，就同意了。但不走运的是，那时店里β的录像带只有两卷。本来现在就是VHS流行的时代，这种乡间小店能有β的就已经很不容易了。听说存货不足后，那位客人又问有没有录像机卖，说只要能播放的便宜货就行。可店里没有，于是客人就要求退钱。店员虽然感到莫名其妙，但是毕竟是客人提出的要求，于是就把傍晚那十卷一百二十分钟的录像带的钱还给了那位客人。结果年轻客人什么都没有买就回去了。"

"真有意思啊。"

"还不止这些，还有后续。那之后，半夜一点多，便利店已经打烊，店员正在收拾，突然有人敲门。店员以为是强盗，躲到二楼的小窗户后面偷偷往下看，没想到还是那位客人。他一脸焦急地大声喊着：'我还是想要那十卷一百二十分钟的VHS录像带！'店员啼笑皆非，但看他当时的样子实在不太正常，让人心生疑窦，于是就没有开门。过了一会儿，那人可能是放弃了，跑着离开了。就是这么回事，结果这个人没有买录像带，只是想买，这个该怎么算……"

"那个人长什么样？"

"圆脸，戴眼镜，看起来像个学生。下唇比上唇略厚，头发干枯……其实主任，有一个相关者和这个人很像……"

"是尾崎荣一的朋友，横田吧。"

"一点没错。可是横田和这个案子有何关系呢？"

"横田就是凶手，就是他杀了饭田赖子。"

平冢下意识地发出叫声。"可是横田说他从没见过饭田赖子……难道说他们两人之间背地里有什么联系？"

"不，不是这样的。横田说他没见过饭田赖子大概是实话。横田第一次见到她是二月二十九日星期六。"

"星期六？"

"晚上九点，和尾崎荣一喝酒回来，在F家居八楼的电梯前擦身而过——"

"等一下，主任，那应该是星期日的事啊。"

"不，是星期六。赖子约好那天晚上和森和宏在fox见面，出门时同尾崎和横田擦身而过,上了电梯。"

"那横田是在说谎了?"平冢愕然。这是多么拙劣的手法啊,一想到自己这些人竟然被这种小把戏骗得团团转,他就难堪得禁不住要掉眼泪。"实际上见到赖子是星期六,却骗我们说是星期日……"

"不对,平冢。横田毫无欺骗我们的必要,他这么做没有任何意义。"

"可……可是,实际上,那家伙确实——"

"横田必须欺骗的不是我们警察,而是他的朋友尾崎荣一。听好了,是这么回事。尾崎荣一在二月二十九号,星期六,邀请朋友横田来自己家喝酒。但是他没有意识到今年是闰年,也就是说他以为那一天是三月一号。"

"怎……怎么可能……"平冢叫过后转念一想,觉得也并非不可能。自己学生时代时也是一样,过着"晚上睡觉反而奇怪"的生活,经常搞不清星期和日期。如果没有来客拜访又不看电视和报纸的话,忘了今年是闰年也实在不算什么奇事。"那……那尾崎就把二月二十九号当做三月一号,而横田就——"

"没错,注意到这一点的横田没有纠正尾崎而是想要加以利用。"中越暂时停住了话头,苦笑了一下,"这不过是我的想象,以下所说的全建立在尾崎记错日期这一个前提上,所以千万要记得向他本人确认。"

后来的事实证明中越的想象完全正确。尾崎确实完全忘了今年是闰年。

"横田决定利用尾崎的'空白的一天',将他珍藏的录像带拷贝一份,据为己有。恐怕横田也有那方面的癖好,一直对尾崎的收藏垂涎三尺。"

"拷贝录像带……"平冢愣住了，因这样的动机而杀人听起来就像是低劣的玩笑，"那些Ａ片？"

"尾崎误将二月二十九当成三月一日。只要能让尾崎从那天夜里一直睡到真正的三月一日晚上，那横田就可以得到'空白的一天'而瞒着尾崎行动。"

"睡一整天，这种事可能办到吗？就算狂灌他，让他喝得不省人事，也不见得就能睡那么长时间啊……"

"横田应该使用了安眠药。"

"安眠药？横田从哪里得到的……"平冢"啊"地大叫了一声，"难道说是……综合医院贩卖的那个……"

"应该是。横田本来打算买来用作迷药，没想到在这里派上了用场。我们来整理一下他的行动吧。二月二十九日，他接受尾崎的邀请，在尾崎家附近的便利店买好录像带。因为不能当着尾崎的面拿着录像带，所以他对店员说稍后去取，然后奔赴尾崎的公寓，和尾崎在酒吧喝酒，直到九点回到尾崎的房间，这时和饭田赖子擦身而过。就像刚才说的那样，横田恐怕这时是第一次见到赖子，而且也没有把赖子放在心上。进入尾崎房间的横田应该相当焦急，因为要拷贝的录像带有二十卷之多。"

"咦？主任，尾崎的收藏应该是三十卷……"

"实际上是，但是横田以为有二十卷。平冢你问他们录像带的事时，尾崎不是订正了横田二十卷的说法吗？这个误会将会影响横田之后的行动，这个，我稍后再说。总之，横田很焦急，就算拷贝一卷录像带需要一个小时，那二十卷就是二十个小时。所以必须尽快让尾崎入睡。可是却一直没有合适的机会，等尾崎睡着了，已经十一点半了。以横田的性格，做事应该很谨慎。成功地给尾崎下了安眠药之后，横田先假装睡觉,然后确认尾崎入睡之后开始拷贝工作。先要找到尾崎收藏品的所在。大概这时横田发现尾崎的两台录像机不都是VHS的,而是一台VHS,一台β,而他准备好的录像带是VHS的,这样一来就无法拷贝了……"

"原来如此。所以他才急忙奔赴便利店,要求将录像带换成β的。可是便利店里没有β的,于是他想干脆就用只能播放的VHS录像机,然而店里仍然没有。"

"附近也没有电器店。横田束手无策,回到公寓,不得已想要放弃时,发现隔壁房间门前有个女人喝得烂醉……"

"那个人就是……赖子……"

"正是。在fox和森和宏大打出手而被赶出来的赖子,去了以前待过的酒吧,喝得烂醉被送回家。意识朦胧的她好不容易才来到八楼自家门前。看到此情此景横田急中生智:这个女人的家中可能有VHS录像机,借来的话——"

"他就那么想看吗……"平冢一时找不到更合适的话。

"横田假装去扶赖子起身而拿走钥匙,进入了八〇三号房间。果然,赖子有两台VHS录像机,正当横田要将其中一台拿走时,赖子醒过来了。酩酊大醉的赖子以为横田是小偷,和他缠打起来,横田便用录像机将赖子打倒。当然并不是想杀人,只是一种下意识的反应。由于用力过大,录像机掉在地上摔坏了,外壳变形,放不进带子了。于是横田又将另一台搬回尾崎的房间,再一次跑向便利店。"

"可是便利店早已关门,横田焦急地敲门也没人出来,只好死心回去。可是,接下来他该怎么办?"

"既然饭田赖子有两台VHS录像机,那也应该有一定数量的录像带。横田顺手牵羊把录像带也拿走了——"

"那小子没发现赖子已经死了吗？"

"我觉得他发现了。只是满脑子想着拷贝尾崎的那些收藏，根本没工夫理会这些。"

"这就叫色胆包天吗？"平冢无可奈何地说。

"偷走赖子的录像机和录像带，终于开始拷贝的横田，应该松了口气吧，不过还不到放松的时候。横田原以为尾崎的录像带有二十卷，没想到其实有三十卷。要想完全拷贝至少需要三十个小时。就算能让尾崎沉睡三十个小时，但事后也会显得不自然。起来发现已是第二天的傍晚，尾崎无论如何都会起疑心吧。那该如何是好呢？是先拷贝这二十卷，剩下的十卷以后再找机会呢，还是彻底放弃剩下的十卷呢？不，横田想，这种机会不会再有第二次了，要拷贝就全部拷贝，否则实在不甘。"

"虽然不知道是什么样的'珍品'，不过就是 A 片嘛……"

"横田终于使出了最后的手段——不用拷贝这种慢吞吞的方法，而是直接把录像带偷走。可是如果就这么偷走的话，尾崎醒来一定会怀疑自己。于是横田给自己制造了不在场证明，也就是制造出'自己绝不可能偷走尾崎的录像带'的假象。而他所用的道具不是别的，正是赖子的尸体。"

"利用尸体？"

"尾崎和横田在一起的时间实际上是二月二十九号的晚上到三月二号的早上，但在尾崎看来却是三月一号的晚上到三月二号的早上。横田就是利用了尾崎的错觉。将尸体留在八〇三房间的话，无法预测什么时候会被发现。但是，如果将尸体放置到 F 家居的居民们常用的电梯上，那么在尸体被发现之后 F 家居马上就会处于警察的监控之下。横田先将录像带运送回家，接着返回 F 家居。然后费力地将赖子的尸体肢解。之前也说过了，肢解是为了方便往电梯里搬运。接着，横田等到三月一号的晚上，将身体放入电梯，头部、左手和左脚放到楼梯上。晚上九点武井夫妇在一楼按电梯按钮完全是意外，绝非横田的计划。对横田来说，只要尸体在电梯里被发现，从而使Ｆ家居从三月一号的晚上到三月二号的早上都处于警察的封锁之中，那么，一直在八〇二号房间和尾崎睡觉的自己，就没有可能偷走录像带，于是对于错将二月二十九号当成三月一号的尾崎荣一而言，自己就有了严密的不在场证明——这就是他单纯的目的。"

第四因　解体让渡

那是张似曾相识的面孔,却无论如何都记不起来是谁,听到藤冈佳子的名字也是一样毫无感觉,或许是记错了。

祐辅逐条回想从伯母处听来的藤冈佳子的经历,却怎么也不觉得和自己有交集。她从中学到高中都就读于县里为数不多的私立学校,而祐辅一直在上公立学校,肯定不是和这个有关。她大学上的是东京有名的贵族女校,显然也不是。工作单位是海塔物产,职位是社长秘书,而祐辅是教师,也不是这个。而且她家位于市内的黄金地段,根本不是祐辅这样的人轻易会去的地方。无论怎么回想,都还是风马牛不相及。

果然是记错了吗?只能这么想了。不,没有这种可能,祐辅莫名地固执起来:我以前绝对在哪里见过她。不是自吹自擂,涉及女人时,我的记忆力可是超群的。何况眼前的还是一位在这种穷乡僻壤难得一见的时尚美女,见过一次就绝对不会忘。

然而实际上还是忘了。眼前的这张面孔和藤冈佳子的名字怎么也无法拼接。难道这就是所谓的老化现象吗?祐辅念及此,不禁有些丧气。

"不过我还真是吓了一跳。"藤冈佳子将茶杯缓缓放回托盘,微笑着说,"妈妈给我看边见先生的照片时。"

"啊。"照片有那么差吗,祐辅不禁打心眼里开始后悔,没有事先检查一下伯母用来给自己相亲而四处散发的照片,"那是那是。"

邻桌的两个中年白领在讨论上周六市内发生的杀人事件。那是一起猎奇杀人事件:一具年轻女性的尸体被肢解后,被分散装在数个垃圾袋里，又被丢弃在面向电车道的某个公寓的垃圾收集点。

"还有……"佳子若有所思地停顿了一会儿，然后抬起眼来看祐辅，"……这种事啊。"

"照片……"祐辅本来想接着说：照得那么差吗？但是又觉得未免过于直接，于是不假思索地改口道："照得那么好吗？"

"嗯。"佳子的回答令祐辅一愣，"比平常好很多，果然还是因为表情认真正经吧。"

"这样啊。"祐辅不好意思地打了个哈哈，表情像干了的水泥般凝固不动，"比平常还好？"

"嗯。"

"那个……"祐辅摸了摸脸颊和鼻子，回到正常的表情，探出身子，"我在哪里见过藤冈小姐您吗？"

"哎呀，"佳子圆睁丹凤眼，像发现学生恶作剧的女老师那样瞪着祐辅，"您没发觉吗？"

"呃，这个……"祐辅拼命地辩解，连自己都觉得做作，"我一直觉得在哪里见过，真的，但是怎么也想不起来——"

"我一看照片就注意到了。因为每周六都能在佐川书店看见你。"

"佐川书店？佐川书店……电车道上那个？"

祐辅不觉间"啊"地叫了出来。

"您想起来了？啊，莫非——"佳子轻抚盘上去的黑发，"我平常都是放下来的。"

对了，就是因为这个才没认出来。经常在书店见到的长发美女的身影和眼前的藤冈佳子重合起来了，祐辅生出一种近乎恐怖的感慨。

祐辅在市内的女校担任教师，由于排课的关系，周六可以说闲到了极点。九点半上完第一节课就再也没有课了。于是在各种杂事纷至查来之前赶紧逃离学校,一头钻进刚开门的书店,就成了祐辅每周生活的一部分。那家书店正是佐川书店,一家十榻榻米大的小书店。

祐辅一般都是直奔杂志角,而且看的都是和时事毫无关联的杂志。打着少妇自拍投稿、护士空姐制服诱惑、偷情的性爱之类的旗号,以及刊载有以各种奇怪姿势群舞的裸女……这样的杂志祐辅读破了一本又一本。刚开门的书店里顾客稀少,正是物色这类杂志的绝好时机,因此,每到周六,匆匆上完第一节课就带着解放感去充分享受女性的裸体,就成了祐辅的一项例行公事。不过要说这是天底下大多数男性消磨时间的一种常用方法的话,也真不为过。

对祐辅来说,正是因为是在丝毫不必担心被学生目击到的时间段里沉浸在色情杂志中,这种解放感才更为强烈。正是因为这个缘故,他连总是在自己身边浏览时尚杂志的年轻女性都不以为意,甚至带有一丝炫耀之情,光明正大地浸淫于遍布裸体的色情杂志中。

祐辅也并非不知廉耻,也注意到了自己身边总是有同一位女性,而且还是一位身材高挑、气质优雅的美女。在这样一位女性身边读色情杂志也确实让他有点顾忌,或者说是不自在更为准确。

可是,祐辅想,不好意思是不好意思,但如果一看见她走进书店就慌忙丢下色情杂志,转而奔向自己根本不读的文艺书架,岂不是更没出息吗?太虚伪了。确实,她总是穿着有品位的套装,气质出众,但她和自己毫不相关,没必要在意和自己的生活完全没有关系的人的目光。无论她怎么看我,我的生活也不会因此而发生变化——

祐辅清楚地想起在她身边贪婪地欣赏裸体的自己,痛苦地坐立难安。他想从依旧带着爽朗笑容看着自己的藤冈佳子身上移开视线,却没能做到。祐辅有一种想要一脚踢开桌子躺在地上打滚的冲动。

竟然还有这种事?祐辅真想仰天痛哭。如果知道星期六在佐川书店见到的那个美女能和自己的人生以如此直接的方式产生关联的话，哪怕装出阅读参考书的样子也好啊。啊啊，啊啊啊啊啊！

好不容易从佳子身上移开视线的祐辅，又想起一件令他更为绝望的事。对了，那个书店还卖廉价处理的Ａ片，三张一套。拿起那个把玩时，她……在。在啊！看得一清二楚！啊！完了！带着窥见地狱一般心情的祐辅不禁迁怒于佐川书店，在心里怒骂道："一个书店卖什么Ａ片啊！"

邻桌依旧在热烈地讨论那起杀人事件。两个中年男人略显兴奋地揶揄着已经被捕的年轻男犯人如何不细心。

被逮捕的男性叫真田，在房产公司上班，在自家公寓将和自己半同居的恋人鹿岛杀害，并在浴室中将尸体肢解。

他把尸体切碎，分装在数个垃圾袋里，并于傍晚扔到公寓的垃圾回收点。但是星期六不是垃圾回收日，正巧，某个保险推销员推销完保险，顺便和其他住户义愤填膺地讨论许多人乱扔垃圾制造麻烦，正当要离去的时候看到了真田。面对推销员的告诫，真田非但不道歉，反而大骂推销员狗拿耗子多管闲事。推销员怒上心头，找来公寓管理员，于是发现了装着尸块的垃圾袋。鹿岛的死因是脑挫伤。

真田否认自己的罪行，声称是有人设计陷害他，并且表示陷害他的人是位叫穗积的女性。

原来，真田脚踩鹿岛和穗积两条船，他声称是穗积妒火中烧杀了鹿岛，并嫁祸于自己。这个证言，在推销员那里得到了进一步证实。推销员中午也到过真田的家，那时真田不在，出来应门的是鹿岛，这时又来了一位疑似穗积的怒气冲天的女性，但似乎是发现推销员在场而改变了主意，马上就离开了。

根据这个证言，警方曾对穗积产生怀疑，但是她的不在场证明十分完美。离开真田的房间之后穗积因为和情敌鹿岛争执而过度兴奋，不小心从楼梯上跌落下来，被附近的居民送往急救医院，检查结果显示，她右腿骨折，需要三个月时间治疗。

基于这个事实，警方确定真田为真凶，并将他逮捕——这就是这起案件的来龙去脉。

两个中年男人俨然以一种犯罪评论家的口吻，一边喝着啤酒，一边嘲笑真田的掩饰工作多么拙劣。祐辅听了一会儿两个人的评论，不禁心想：哈哈，这里还有比那个真田什么的更蠢的家伙啊。

不过算了。痛苦一阵之后，祐辅突然想开了。仔细想想，就算没有站在书店看色情杂志这件事，这次相亲也没有可能成功。不是吗？自己大学读了八年才毕业，期间休学了两次。现在的工作也是伯父看不下去毕业之后游手好闲的自己而帮忙安排的。对金钱没概念，又吊儿郎当，这样的自己就是典型的准禁治产者。①

啊，还有。学生时代因为年轻气盛，还曾和人同居。那真是糟糕透顶的经历，结果害得我失去了看女人的眼光。伯母不是连这种事也说出去了吧……如果是那个伯母的话还真没准……而且就算她没说出去，对方也有可能已经调查得一清二楚了。啊啊！完了完了。越想越没戏。

"是这样啊，原来那个人是你啊。"反正我这种人就不是结婚的料——虽然有点偷换概念之嫌，但这样将错就错，祐辅反倒能从容地对佳子露出微笑了，"我完全没认出来啊。"

或许是自暴自弃之后想得太开，紧张感消失得无影无踪的祐辅不小心放了个屁。"不好意思。"

---

① "禁治产"是日本法律用词，指无行为能力。"准禁治产者"即限制行为能力人。

邻桌谈够了分尸事件的两个人对祐辅投以轻蔑的视线，祐辅在心里反省：果然还是得紧张点。

面对祐辅的响亮屁声，佳子仍然不为所动。真不愧是社长的秘书啊，祐辅心里莫名其妙地钦佩起来。道貌岸然、紧绷着脸、摆出一副傲慢架子的社长，不小心放了个屁而下不来台时，要能做出一副全然不知情的表情，她一定受过这种训练。祐辅在心里自作聪明地如此解释。

"边见先生，你总买那种杂志吗？"

"那、那种杂志？"祐辅本以为自己已经彻底自暴自弃，没想到听到这话时，却再度动摇起来，"那个，嗯，也就是说，那种杂志……"我在说什么啊？

"就是所谓的成人杂志。"佳子干脆地说，"有很多裸照的那种。"

"不怎么买，都是站着看。"受到佳子游刃有余的态度的影响，祐辅不小心把不该说的也说了出来，"有特别中意的照片才会买。"

"那种杂志有什么用途呢？"佳子自言自语似的嘟囔着，看到祐辅瞪大了眼睛，就吃吃地笑了起来，"不好意思，问了奇怪的问题。也没什么用途呢，对单身男人来说用途只有一个——哎呀，这话更奇怪了。"

祐辅注意到佳子眼角飘红，虽然还泰然自若地保持着微笑，但那稍纵即逝的害羞的痕迹，在看惯了直抒情感的女高中生的祐辅看来，别有一番新鲜之感。

"呃……嗯，基本上只有一种用途，但也不能说没有其他的。"祐辅想给佳子找个台阶下，结果完全没奏效，"比如把中意的照片剪下来贴在墙上。"

"还有这样的吗？边见先生也是吗？"

"别说墙上了，我曾经连天花板都贴满了，整个房间全是裸照。"

"啊。"

"那是上中学的时候,那场面实在太壮观了。"

"到你房间去的人一定都吓了一跳吧。"

"很可惜,还没来得及带朋友回去,就被老妈收拾得精光,她还骂我不要制造多余的垃圾。我那时年轻气盛,顶嘴说'嫌麻烦你别撕下来不就得了',结果又被骂了一顿——啊,我们说到哪儿了?"

"那种杂志的用途。"

"啊,对。总之,我都用在这种不正经的地方——"

"我想说的是……"为了不让话题扩展到不必要的复杂程度,佳子开始点出要点,真不愧是职业秘书,"男人买那种杂志是平常至极的事,一点也不值得大惊小怪。没人会认真地思考男人买那种杂志是要做什么的吧?"

"应该没有吧。"

"但是如果女人买这种杂志呢?"

"女人?"

"奇怪吗?"

"也并不是特别奇怪。"话题怎么越来越奇怪?祐辅别起手,歪着头想。"藤冈小姐怎么想?你看过那种杂志吗?"

"看过。但是我觉得那还是面向男人的东西,因为——我又要说奇怪的话了——里面也并没有什么特别的东西啊。"

"呵呵,说的也是。"

"至少对我来说,男人看见那种照片就产生性冲动是件很奇异的事。说得好听点,是男人够灵巧。"

"难听点呢?"

"想象力贫乏。"

"啊，原来如此。"

"我想不只是我，一般的女性都不会因为那种视觉媒介而产生性冲动。"

"但是也有针对女人的色情杂志啊。以前也流行过唯美艺术片，现在是耽美漫画。"

"那些东西都可以产生代入感，还可以理解。可是男人们不需要任何故事情节，只是看裸照就能产生性冲动，我觉得这实在是不可思议。"

"嗯。可能是在性的方面过于贫乏吧。在电视上看到偶像穿着大胆的泳装就会觉得不看可惜、不冲动可惜。其实那些姿色平平的偶像，即使穿上了泳装也没什么大不了的，但还是忍不住看，不看就好像吃亏了一样。"

"所以明知不会买的杂志也要看一遍？"

"差不多是这么回事吧。而且要是有一张中意的照片，就算知道价格不划算还是会买下来。觉得不买的话——这说法很奇怪——很可惜，说白了，就是你说的性方面贫乏。"

"我有点明白了。但是女人绝对不会这样。可是不久前却有一个女人买了边见先生经常浏览的那种杂志。"似乎是在强调自己的话的真实性，佳子缓缓地点了点头，"我觉得非常奇怪。"

"买，也不一定是给自己看啊。"祐辅总算对两人为何会陷在这种话题中有了朦胧的认识，松了一口气，"那个女人没准儿是饭馆或者美容店的老板，买回这种杂志给客人看，没什么奇怪的。"

"但是她一下子买了一百本！"

"一、一百本？"突如其来的极端数字让祐辅目瞪口呆，"等一下，那个女人大约多大年纪？"

"五六十岁吧。虽然一头黑发,但我觉得那应该是染的。"

"身材很高大吗?"

"个子不高,但是从体型来说,算不上娇小。"

"虽说杂志的开本和厚度各有不同,但一个人怎么也不可能搬走一百本啊。"

"是啊。所以她请店员帮忙搬到了自己的车上。"

"一百本色情杂志……"说出口,祐辅又一次被这庞大的数量所震慑,"到底干什么用啊……"

"边见先生也觉得奇怪吧?女人,而且还是一位上了年纪的主妇,买这种色情杂志本身就很奇怪了,竟然还买了一百本。准确地说是一百零一本,这个数字不会错,因为是我在惊异之下特意数过的。毫不夸张地说,那位女士几乎将书店的所有库存都一扫而光了,同一本杂志多买了五六本她也毫不在乎。而且不只图片杂志,只要有裸照的,周刊也好,漫画也好,她都要求店员帮她挑出来。"

"是在佐川书店?"

"嗯。上周星期六。边见先生刚离开,那个女人就进来了。"

"请讲得再详细一点。"

"没法更详细了。"佳子有点后悔自己挑起这个话题似的耸了耸肩,"我知道的就只有这些,那位妇人是谁我也不清楚。"

"那位大婶当场就付了钱吗?用现金?"

"是的。"

从佳子口中听到具体金额时祐辅差点晕了过去。不过,为了买色情杂志,竟然一口气花掉远超上班族每个月零用钱的大价钱,究竟是怎么回事?不是一时兴起或者哗众取宠吧?

"那个大婶看起来非常有钱吗?"

"也不太像。虽然穿得很讲究……"

"看起来像普通的主妇或者有钱的太太?"

"差不多。"

"她要发票了吗?"

"什么也没要。"

竟然是自费。祐辅完全陷入这位妇人的奇怪行径之谜中不能自拔了。

"不适合相亲时聊的话题呢。"看到祐辅过于沉溺其中,佳子似乎很困惑,打预防针似的说,"不好意思。一直在乎这件事,忍不住就——"

"你不喜欢这种话题吗?"

"那倒不是,毕竟是我提出来的……不过边见先生应该觉得很无聊吧?"

"哪里哪里,既然谈起来了,就一起想一下吧?"

"咦?"

"我觉得那个大婶一下子买一百零一本色情杂志,一定有什么合理的理由。"

"想一下?但是……"佳子原本只是随便说说,根本没想到会深入聊起来。她略显焦虑地不停握紧又松开自己那白皙修长的手指。"我一点都摸不着头脑。应该没什么合理的理由,只是一时心血来潮吧?"

"一时心血来潮——这种解释,藤冈小姐你会接受吗?"

"不。"正是因为无法理解,才会提出这个话题——被如此暗示,佳子微微露出苦笑,"完全无法接受。一定是有某种需要才会买。我一直在想到底是什么需要,买那种杂志自己用来做什么。所以今天一看见边见先生就不小心说了出来——那种杂志有什么用途?"

"这是我的荣幸。有关色情杂志的问题尽管问我。"

自己到底在得意个什么劲儿啊，祐辅想。佳子曾说自己的相亲照片比平时正经，很好。也就是说平时——站着浏览色情杂志时——的自己是何等猥琐。

"话是这么说，但是要说对上了年纪的女性有何用途，这可是个难题。如果是老大爷买的话，倒很好解释。"

"会不会是……"佳子突然把送到嘴边的杯子放回托盘，"帮别人代买？"

"代买？"

"比如替她丈夫买。其实是她丈夫想看，但是因为不好意思或者生病了等理由而不能去买，于是由太太代买？"

"不可能的，因为那样就不会重复买同一本。"

"啊……也是，确实。"

"同理，替孙子或者有恋母情结的儿子代买也不成立。"

"等一下，先不管是给儿子还是孙子买，如果有多人呢？"

"多人？"

"我只是举个例子，如果儿子或者孙子有很多的话，那同一本杂志重复买几本也就可以解释了。"

"让母亲或奶奶买色情杂志给自己做礼物的儿子或者孙子，想起来还真是很可怕。不过就算这样也还是不合理。"

"为什么？"

"作为礼物送给多个儿子或者孙子也好，毫无关系的外人也罢，都没有必要亲自去书店，只要选择送货上门就可以了，毕竟有一百零一册啊。如果有特别想要的，非得自己去找的话，倒有可能亲自出马，但听藤冈小姐的描述，似乎并不符合这一条件。"

"嗯，没有特意挑选，只是随手就拿。"

"退一步讲，就算她是个不喜欢送货上门，不亲自去书店买就不舒服的人，可是为什么连周刊和漫画都买呢？虽然她指定要有裸体图片的，但是如果真是给多个儿子或者孙子做礼物，杂志数量不够的话，那换一家书店不就可以解决了吗？何况她还有车，应该很容易做到。"

"也是啊……"像水渗入大地一般，佳子脸上浮现出理解之色。不知从何时开始，她已经比祐辅更为投入了。"真的，她有车啊。"

"或者她去了别的书店也说不定。"

"咦？"佳子眼中第一次闪过没有自信的犹豫，她似乎有点混乱，"你说什么？"

"如果是这样，她就不止买了一百零一本。"

"你是说她实际买得比这还多？"佳子犹如被一口硬塞了数个大福饼一般皱起眉头。

"也可能没有，如果在佐川书店买的就是全部的话——"

"到底有没有？"

"这没法确定。能确定的只有一件事，那就是礼物的说法不成立。还有，她可能从事社会服务工作或者是护理人员，买色情杂志安慰卧床不起的老人，这种假设也不成立。假设她在佐川书店买的一百零一册就是全部的话，那么，在有车的情况下，她为什么一定要在佐川书店不挑种类地全买完呢？反过来，假设她也去了佐川书店以外的书店，共计买了一百零一册以上的杂志，那么既然去了两家书店以上，又为什么像清空库存一般在佐川书店大买特买呢？刚才说了，实际情况到底是哪种我们无法判断。可是无论是哪种情况，都能导出一个明确的事实。"

"是什么？"

"她有不得不在短时间内尽可能多地收集裸照的理由。"

佳子靠向椅背，像在思考祐辅的结论，她盯着餐厅里的灯看了一会儿，终于表示赞同似的说："短时间内尽可能多地？"

"你同意吗？"

"呃，"佳子的表情让她看起来像正在做记录的秘书，"我觉得很有道理。"

"接下来就要发挥想象力了。"

"是啊。"佳子似乎将祐辅的话当成了对她的挑战，她交叉双手，露出无所畏惧的会心一笑，"除了裸照的用途以外，你的说法还要能解释为什么裸照越多越好，以及那位妇人为何赶时间吧？"

"正是。先说她赶时间的事。我觉得比较妥当的说法是，除了这位大婶外，这件事还涉及其他人。"

"听起来似乎很有道理。"佳子这一次的口气略带一丝挑战的意味，"但有点太普通了吧？直白地说，就是有点过于笼统了。"

"比如说她买了这一百零一本杂志后拿去了哪里？可能是她自己家，也可能是别人家。如果是别人家的话，那么她可能必须要在那人回家之前将杂志全部运进去，所以才要赶时间，这种解释如何？"

"别人是什么人？和那位妇人有什么关系？"

"这个还不清楚。"

"还有，如何能断定是送去别人家？也可能她不想被家人看见，所以必须在家人回家之前把杂志搬进去。"

"这么说也有道理。"

"是自己家人也好，毫无关系的外人也罢，不想被人看见的说法可以接受。但是她瞒着周围的人，有什么打算？"

"要是知道了这点不就全清楚了。嗯……色情杂志的用途……色情杂志的用途……"

"也可能不是利用，只是单纯地处理。"

"处理？"

"比如说知道了自己的女儿背地里在做人体模特？怕被邻居和熟人看见，就把载有女儿裸照的杂志都买了？"

"可是那就应该指定特定的杂志。实际上并没有吧？"

"指定特定的杂志的话反而欲盖弥彰，所以她不挑选地全部买下，以掩人耳目。"

"如果是因为这个的话，那不把所有书店的杂志都买光还是没有意义啊。必须回收的杂志数量非同小可，我觉得无论从精神上还是物质上都不可能做到。光是回收刊有关键照片的杂志就已经够她大费周章了。"

"说的也是。"

"这个说法怎么样？她的孩子到了思春期，为了不让孩子接触到哪怕一张色情照片而全部买下？"

"无论怎么说都太不现实了。就算再怎么有钱，也不会干这种蠢事啊。这样一来，为了不让孩子接触到，就要每周或者每月，持续买下全部带有色情照片的杂志，这不可能吧？"

"确实如此，有道理。"

推理遇到瓶颈的祐辅茫然地任由视线游弋，不觉间竟瞟到了佳子的胸部。和细长的鹅蛋脸几乎到了不相称的地步，佳子的胸部高高隆起，夺路欲出般地紧顶着罩衫。

那是真货吗？祐辅不禁心生邪念。不会是塞了胸垫或者硅胶吧？不不不，大概是真的。祐辅想起刚才落座时，自己偷窥过佳子的身体线条：身形修长苗条，腰肢婀娜，臀部丰满。哇哈哈！祐辅险些失去理智，道德感云雾般散去。佳子的知性气质和成熟的曲线达到了绝妙的平衡,像下水管道突然破裂一般,五彩缤纷的妄想涌入祐辅的脑海,进而汹涌澎湃。他不由得叹了口气。

突然,祐辅注意到佳子似乎正在催促他继续说的眼神,停止了情色妄想。不行不行,我在想什么啊,现在不是还有更重要的事吗。

"色……"本想说"色情杂志"的祐辅害怕被再次牵回到猥琐的妄想中,急忙换了个说法,"成人杂志的用途啊……"

"大量购买会不会是关键?"

"有可能。"

"那么多书,应该很重吧。利用重量这个想法如何?"

"可是这样的话,不用色情杂志,用文艺书籍也可以啊。"

"啊,是呢。"

"她既然指定有裸照的,那就表示非这样不可……"

"也就是说,没有裸照就没有意义了?"

"是啊。"

"这能不能说明买那些杂志不是就放在那儿不动?因为不打开杂志就没法知道里面有没有裸照。当然也有的杂志封面很挑逗,但并不是所有。"

"确实如此,但是有一百零一册啊,翻开一百零一册——还有可能更多——可需要相当大的空间……"

"不,不必翻开也行啊,刚才边见先生不是说了吗?"

"我说什么了?"

"中意的照片就剪下来贴在墙上。"

"美人照片啊,一百零一册的裸照的话,一定很壮观吧!即使贴满墙壁和天花板,应该还有剩下的……"比我从前干过的还了不得,祐辅低声自语。

"整个家里都贴也有可能,客厅里,厕所里……"

"整个家里都贴裸照啊……可是为什么呢?"

"为了吓人?可能有点牵强。刚刚边见先生不是也说过吗,中学时在房间内贴满裸照,可能就是那种小玩笑的感觉。"

"这已经算不上小玩笑了吧。像我那样在自己家贴就算了,如果是在别人家的话……要是对方能理解还好说,可一般情况下都会勃然大怒吧。"

"所以她应该是找能理解的人才开这种玩笑的。啊,对了,会不会是那个人的生日之类的,在生日派对之后的余兴节目呢?"

"派对后的余兴节目啊……"祐辅漫不经心地自言自语,"可是之后收拾起来就麻烦了啊,那时我老妈就很生气……"

"怎么了?"佳子讶异地看着突然瞪大眼睛、僵在那儿的祐辅。

"没,想到了些奇怪的东西……"

"奇怪的东西?"

"啊,奇怪的东西并不是指色情方面的。"看佳子瞪着自己,祐辅急忙辩解,"刚才我们假设家中贴满了裸照,一般来说不会就么贴着,早晚都会收拾起来,当做垃圾处理掉。那可是大量的垃圾。"

"嗯。"搞不懂祐辅想要说什么,佳子不解地歪着头,眯着眼睛,"收拾起来很费劲呢。"

"我想,这才是那位大姊的目的吧。"

"这才是目的……你是说制造出大量的垃圾吗?"

"更准确的说法是:通过制造大量的垃圾,让人即使极不情愿,也必须将垃圾袋扔到垃圾收集点。"

"我不明白。"

"就像刚才所说,把贴满家中的裸照收拾出来,垃圾的数量非同小可,不可能就这么放在家里,更何况公寓本就狭小,不可能堆得下。所以即使不情愿,也要扔到垃圾收集点。如果当天不是垃圾回收日的话——"

"看来,祐辅先生的思路已经飞到我跟不上的地方去了,可以为我再说得详细点吗?"

"那就从头说起吧。不过事先声明,这单纯是我的想象,而且还是离奇的想象。"

"我会带着这个前提洗耳恭听。"

"首先,上周六在佐川书店一口气买入一百零一册成人杂志的妇人并不是普通的主妇或者有钱的太太,她有正当的职业。"

"正当的职业?"

"保险推销员。她上周六早上到电车道对面的某公寓推销,在那里拜访了真田家。"

佳子惊愕地眨了眨眼,突然出现的具体人名似乎让她困惑不已,她像看诈婚骗子一样看着祐辅。

"真田本人去上班了不在家,是和他同居的女人鹿岛开门的。这时发生了一点小意外。真田实际上脚踩两条船,同时和两个女人在交往。另一个和他相好的女人穗积也来到了真田家。大概是料到了真田这时出去上班不在家,穗积一开始就做好了和鹿岛对决的心理准备。可是由于保险推销员这个旁观者在场,穗积退了回去。穗积退回去之后,不知发生了什么,推销员杀死了鹿岛。两人以前从未谋面,估计是一时冲动所致。我就有亲身经历,上了年纪的女推销员有时实在是难缠到不讲理的地步。拼命地按门铃啊,使劲转动上了锁的门把手啊,门只要开了一点小缝,就不管不顾、好像回到自己家一样闯进屋里啊,这些,我都有过亲身经历。当然了,女推销员也不全是这样的无礼之徒。鹿岛应对的这位可能比我所经历过的还要蛮横无礼,她和鹿岛吵了起来,鹿岛也是嘴不饶人,两人你一句我一句,渐渐发生肢体冲突。最后,推销员做过头了,把鹿岛杀了。可能是吵得太兴奋,顺手推倒了鹿岛造成死亡。推销员这下慌了。正常情况下应该叫警察,但她没有。她打算蒙混过关。自己和这个死了的女人之间毫无关系,所以杀了她的事应该不会暴露,这样想着的她决定溜之大吉。可正当她准备离去之际,一件不得了的事浮上她的心头。毫无疑问,就是刚才前来想和鹿岛对决的穗积。如果警察根据她的证言而锁定自己,就危险了。于是推销员心生一计:不如索性让和鹿岛同居的真田来背黑锅好了,而且要找个切实可行的方法。"

佳子的视线溜向了旁边。邻桌的两个中年男人早已没了踪影,看来佳子也在无意中听到了他们对那起杀人事件的评论。上星期发生的分尸案,佳子当然也通过媒体略有耳闻。此时她那试试祐辅有多大本事的态度已不见,取而代之的是一句话都不想错过地探出了身子。

"推销员开车到佐川书店。藤冈小姐说她和我是前后脚,那大概就是十点半左右。这个时间很重要,请记好。她将佐川书店的成人杂志买了个精光,然后回到真田家。她必须要做的事有两件,先做的是哪一件不得而知,但能确定其中一件是在真田家贴满裸照,另一件事就是将鹿岛的尸体肢解。分尸用的工具是在去佐川书店的路上顺路买的,还是真田家本就有的,无法得知。总之,她将鹿岛的尸体肢解,分装于垃圾袋中,并将剪下裸照后残余的杂志放在尸块上面以掩人耳目。这里的要点是,每一个垃圾袋都不能装得太满,要装到乍看上去看不到尸块的程度——也就是一半稍少。之后,她把这些垃圾袋放到一边。这是为了让回到家的真田用这些垃圾袋来装撕下来的裸照。果然如她的计划,真田没有发现垃圾袋里装着尸块——虽然可能也闻到有股怪味,但看到家中贴满裸照,他勃然大怒,根本无暇顾及这些,就将撕下来的堆积成山的裸照装进垃圾袋,抬到垃圾回收点。这是星期六傍晚的事。目击到真田扔垃圾的并非别人,正是推销员。要有人目击到真田丢掉装着尸块的垃圾袋,这是这个计划中非常重要的一环,但推销员不能依赖偶然,于是她选定自己作为目击者。这对她来说也是一次赌博。她现身于佐川书店是十点半,那么她在真田家推销就应该是十点左右,这个很轻易地就可以通过穗积证明。十点左右出现在真田家推销的推销员,同一天的傍晚又一次在公寓附近闲逛,这可能会让警察产生怀疑。这一点,她肯定也很清楚。真田星期六几点回家,她大概是在和鹿岛吵架时偶然知道的。正因为如此,她才有了实行这个大胆计划的决心。总之,提着装有尸块的垃圾袋的真田必须被什么人目击到,否则她的计划就全泡汤了。可是又不能抱着侥幸的心理期待有人恰好出现,所以她冒着风险,自己充当了目击者的角色。正巧那天不是垃圾回收日,她便装模作样地指责要扔垃圾的真田,而真田也很'配合'地回嘴说她多管闲事。于是她假装生气——可能就算真田乖乖道歉或者不理会她,她也会这么做——去联络管理员,以便让垃圾袋中鹿岛的尸块尽快被发现……我想来龙去脉大概就是如此。"

祐辅说明结束时,佳子的表情如同大梦初醒。平日里感觉无懈可击的她,不经意间露出毫无防备的一瞬间,让祐辅觉得弥足珍贵。

虽然有点要强,但还是很有魅力的人,祐辅想。同时,对于自己在她面前沉迷于色情杂志,以及相亲时放屁等诸多事情的无尽悔意也涌上心头。

唉!也罢。

第五因　解体守护

"今天的诗学概论停课。"高濑千帆认出正凑近公告牌的朋友,向他打招呼道。

"是啊。"匠千晓像招财猫那样有气无力地摆了摆手,打了个哈欠,"真遗憾。"

"可你的表情一点都不遗憾。"

"真的遗憾啊。"千晓心虚地擦着眼角的眼泪,"只有这门课还有点意思。"

"你是觉得诗人的落魄沉沦有意思吧?同性恋、酒精中毒、自杀癖。那个老师自己也好这口吧?总是跑题讲这些。"

"美国真是个有趣的地方啊。文学也好,其他的文化也好,总是用创新来弥补自身传统的不足。你不觉得作为创造热副产物的这种否定人性的潮流实在很有美国特色吗?约翰·贝里曼也好,西尔维娅·普拉斯也好。"

"我觉得文学家的落魄沉沦在哪个国家都一样。"千帆若无其事地说着狠话。

"但是换做在日本,就会被赋予一些奇怪的意义吧。明明就是单纯的堕落,却要自诩为'污秽的美学'啊、'思想哲学的升华'啊、'爱与信赖的挫折'啊、'理想的败北'啊之类的。相较而言,贝里曼沉迷于酒精,普拉斯投入自杀的深渊那种无意义——"

"匠仔竟然是虚无主义者啊,我都不知道。"

"也不是,高千,这和虚无主义没关系。"匠仔——也就是匠千晓急忙纠正,"我只是说能凭人力孕育出这种无意义的力量实在很有美国特色——"

"好、好。明白了、明白了。我明白了,请停止你的户外教学好吗?"高千——也就是高濑千帆,拉着千晓的胳膊离开公告牌,"停课的喜悦都被你弄没了。白井老师听见你那些高谈阔论一定会感动得痛哭流涕吧。'这年头像这样值得教的学生再也没有了!'"

"会吗?"

"你看来很困啊,晚上出去玩了?"

"我在读《尤利西斯》。"

"乔伊斯那个?有什么课把它当教材了吗?"

"不,只是我个人的兴趣而已。只是想试试看,读完青年诗人主人公的一天是不是真需要二十四个小时。"

"哎?"高千目瞪口呆,"然后结果呢?"

"不行。"千晓又一次打了个极大的哈欠,"十一个小时就失败了。下次我准备试试伍尔夫的《达洛卫夫人》。"

"对了……"

在穿梭于其中的学生们已经换上秋装的校园内,高千和千晓慢悠悠地散着步。总是执著于展示自己美腿的高千,今天也是一身超短裙配彩色紧身袜的打扮,脚上却穿了一双平底胶鞋,这样不搭配的装扮,在她身上反而有种不可思议的美感。

"小漂呢?今天没在一起?"

"不在。"

"难不成又走了?这次去哪儿了?"

"不知道。但是他说过下次要去希腊。"

"我还以为他的活动范围仅限东南亚呢。"

"似乎不是。学长说那是极大的误解。还说:'我可是被称做波边米亚的人。'"

"他说话还是那么有意思。"

小漂——也就是边见祐辅,是和匠仔、高千同一所大学的学生,是一个常年反复留学、休学,将放浪海外、尤其是东南亚地区作为生存意义的人,自称"波西米亚"。匠仔和其他学弟学妹们将他的自称和名字结合,称他为:漂边米亚,简称漂撒。高千更是进一步将之简化为小漂。

"他怎么那么喜欢到处游手好闲啊。"

"不知道。"高千用下巴指了指食堂,示意一同前往。千晓点头表示同意。"不过匠仔,你知道吗?"

"嗯?"

"听说小波其实考上了东京有名的私立大学。"

"哎——真的?"

"但是他的双亲却劝说他留下读国立学校。"

"前辈确实说过自己是独生子之类的话。"

"听说实际上还有一个弟弟,但是因为一些原因过继给了亲戚。"

"你知道的可真多啊。"千晓不由得佩服起来,"你直接从学长那里听来的?"

"不是,是杂七杂八的传言。大概都是他喝多了,自己说出去的吧,或者是泡妞的时候。"

"不会吧。"

"总之,他是独生子,所以从双亲的角度来看,就希望他尽可能留在身边。"

"这倒可以理解……然后呢?"

"所以啊……"高千买了清汤乌冬面的餐券,却拦住要买套餐餐券的千晓,"等一下。"

"嗯?"

"其实我有这个。"高千打开包,拿出一个大保鲜盒,掀开盖子给千晓看,"小豆饭。一起吃吧,你不会介意吧?"

"嗯。但是这是哪儿来的啊?"

"小宫山给我的。"小宫山是高千打工做家教的地方,"小宫山妈妈做了很多,就分给了我一些。"

于是千晓也点了清汤乌冬面,两人在角落里的桌子落座,先把高千带来的小豆饭当菜吃起来。

"所以说啊,"高千拿出橡皮筋,把一头波浪长发束在脑后,将椅子向后搬了搬,像要将交叉的双腿炫耀给坐在一旁的千晓看一样。接着她拿起筷子,像指挥家拿着指挥棒一样挥舞。"我觉得小波的这种放浪性情可能就源于此。"

"因为没能去东京上大学?"

"虽然他本人并没说过,但我觉得小波还是想去东京上大学,但最后被双亲说服,来到了这儿,所以——"

"所以为了泄愤才到处放浪?"

"他是想做一些若去了东京读大学就没有精力再做的事吧?当然是无意中的。如果独自一人在东京生活的话,就算去打零工也还是会手头比较紧吧。学费也比这里高,所以没办法像现在这样游手好闲。但他遵从了双亲的意愿,上了本地的国立大学,也就是所谓的自我牺牲。于是他就想至少让这种牺牲变得有意义一些。"

"变得有意义……"

"我也不是太明白。"高千耸了耸肩,马上又回到了平日里的轻浮语调,故意大声地吸起乌冬面来,"我就是突然想到,那个看起来无拘无束的小波也可能有这样一种心理呢。"

"原来如此。"歪着头的千晓注意到高千正在微笑，便收起了苦相，"这小豆饭很好吃啊。"

"是吧？"高千仿佛这是她自己做的一般得意起来，"小宫山妈妈很会做饭。"

"她常做给你吃吗？"

"家教每周两次，每次她都请我在她家吃晚饭。老实说，比起家教费，还是吃饭更有诱惑力。每一次都很好吃，样式又多——娶了她可真是幸福。"

"嘿。"千晓露出打心眼里羡慕的表情，"都有什么啊？"

"很多很多啊！"面对千晓那毫不掩饰的羡慕，高千觉得十分好笑，"有煮的，有炒的，他们家有三个小孩，有时还会做汉堡，豆腐的。对了对了，前不久还做过飞鱼刺身呢！上面涂了一层蒜末。"

"哇——哇——"

"好吃极了！"看着似乎马上就要流出口水的千晓，高千满足地坏笑起来，"没什么油脂，爱吃鱼的人可能觉得不够味，但是很有咬头，我很喜欢。真的，不能招待匠仔，在下感到万分遗憾！"

"可恶！"或许是食欲受到了刺激，转眼间千晓就风卷残云般扫光了乌冬面和小豆饭，"今晚要弄点好吃的吃。"

"不然我给你做吧。"似乎突然想到了什么，高千将送到嘴边的玻璃茶杯又放回桌上，"对了，看你的表现，请你吃饭也无妨。"

"真的？"千晓觉得自己的反应有点过于积极，有点不好意思，又战战兢兢地说，"可是……好吗？"

"反正我刚拿到家教费。但是作为回报，你得和我一起想一件事。"

"一起想一件事？"

"小宫山家昨天和前天遇到小偷了。"

"小偷?"突然转变到如此危险的话题上,千晓一下子没反应过来,"昨天和前天?连着两天?小偷偷了什么?"

"该怎么说呢,"高千的视线左右游移,"什么也没偷。"

"什么都没偷?"什么都没偷怎么能叫小偷呢?千晓想,但看到高千似乎在反省没能找到更合适的语言来表达,就没有把疑问说出口,"怎么回事?"

"从前天的事开始说吧。小宫山家有三个小孩:长女由江,我们都叫她小由,上中学二年级,就是我教的学生;次女沙贵,我们叫她沙沙,我猜大概小学四五年级;最小的男孩叫典行,我们称呼他为小典,现在四五岁吧,还没上小学。这个小典有个心爱的布偶玩具。"

"布偶玩具?什么样的?"

"小熊布偶,蓝灰色的。"高千用双手比划出一个和自己的头大小差不多的圆,"有这么大,抱着一个红色的心形坐垫,非常可爱。"

"抱着坐垫?是指连着的?"

"本来并没有这个坐垫,是后来小宫山妈妈手工做了一个缝上去的。小典非常珍惜这个小熊,睡觉和吃饭时都带在身边。还每天早上都问妈妈'可不可以带到幼儿园去吗',简直喜欢到了让他妈妈不知如何是好的程度了。"

"那个小熊怎么了?"

"手臂被……"刚才还滔滔不绝的高千突然像吃了发霉的东西一样表情扭曲,"弄断了。"

"什么?"千晓也吃了一惊,仿佛在窥视自己手臂上新添的一道伤痕,"弄断了?怎么弄的?"

"抱着心形坐垫的左臂被连根弄断了。我前天没去小宫山家,是从小由那里听来的。小熊倒在浴室和厕所之间的走廊上,旁边放着剪刀。"

"那就是用剪刀剪的了?"

"小宫山爸爸看了切口认为很有可能。那把剪刀是小宫山妈妈的,平常应该是放在针线盒里的。"

"这是前天几点钟的事?"

"我们还是先换个地方吧。"高千将已经空了的保鲜盒收回包里,端着餐盘站了起来。差不多到了午餐时间,食堂里开始人头攒动。

"可以是可以,可是去哪儿啊?"千晓也跟着高千将餐盘放到回收窗口,走出了食堂。

"不如去街上转转?"

"哎?特意去市里吗?"

"今晚不是要请你吃饭嘛,你先想好吃什么。"

"可是我还没帮你解决问题呢。"

"废话,因为我还没展开说明。"

出了学校,两人走到电车乘车点。没过多久,去往市中心的电车就来了。车上人很少,只有老人优先座位上坐着一位拄着拐杖的老婆婆。

"可是……"千晓和高千并排坐着,又一次像查看伤势一样畏畏缩缩地说,"真有人下得了这种狠手啊。"

"就是呢。"高千用足以用来杀人的凶狠语气说,"小典真是可怜,哭个不停,摸着小熊的手臂反反复复地问妈妈:'还出血吗?还出血吗?'"

"对小孩来说,玩偶也是有生命的,就像朋友受了伤一样。听着心里真是不舒服。"

"还有,有关前天的情况。"高千的身体随着电车晃动,就像跳舞一样,重新开始说明,"据小由说,那时家里只有沙沙和小典。大概是傍晚五点多,妈妈去买东西了。"

"大门的钥匙之类的呢?"

"似乎没锁。所以才想到可能是有人闯入家中。"

"小熊那时放在哪儿?"

"和平常一样被小典带在身边。似乎是上厕所时才放在了别处一小会儿。至于放在哪儿了,小典本人也记不清了。小由说大概是厨房的餐桌上或者客厅的沙发上吧。小典从厕所出来时,小熊的手臂就已经被剪断了。"

"小典和沙沙都没有看到有什么形迹可疑的人?"

"没有,小典看到小熊的惨状只顾着哭了,沙沙想到可能有陌生人潜入家中,吓得不行吧。听说她的样子很反常,脸色苍白,瑟瑟发抖。"

"报警了吗?"

"小宫山爸爸回来后,全家商量了一下,最后没有报。因为警方大概不会因为玩偶坏了而出动吧。"

"这就是前天的事?"

"不止这些。"高千换了一下坐姿,"还有。"

"还有?"

"前天晚上,在玩偶小熊的事之后,小由的手帕不见了。"

"手帕?擦手的那个手帕?"

"手帕本身倒是普普通通,并不是什么名牌,但是对小由来说很有纪念意义。在她所上的初高中一体的女校里,有一个社团里的高中前辈,非常帅。"

"非常帅?不是女的吗?"

"是啊,情人节的时候,她从学妹们那里收到了一百多份巧克力哦。"

"哇——"别说一百份了,连"人情巧克力"都没收到过的千晓开始诅咒起这个世界的不合理来,"这世界也太混乱了!"

"小由也送了巧克力,而学姐也回赠了礼物。"

"那个手帕?"

"对。那个学姐不可能给所有人都回赠礼物,毕竟有一百多人,简直像偶像一样。"高千见千晓一副打心眼里羡慕的表情,不禁莞尔一笑,"但是小由和她是同一个社团的,而且她们的父亲不仅是同一个保险公司的同事,还在同一个部门。因为这层关系,那个学姐才回赠了小由礼物。小由以为只有自己收到了回礼,乐翻了天。"

"越来越混乱了!"

"别嫉妒,别嫉妒,匠仔不也收到过巧克力嘛。至少今年我送你了。"

"哼,送是送了。"千晓一脸不悦,"那个在白巧克力上面用黑巧克力写了大大的'人情'两个字,而且嘴上说是给我的,最后自己全吃光了的人是谁啊?"

"哎呀,是这样吗?"高千笑着打哈哈,"总之,就是因为这样,那个手帕对小由来说就像宝贝一样,怎么说也是崇拜的学姐送的。手帕这一丢,又引得小宫山家一阵骚动。"

"丢之前放在哪儿了?"

"据说最后一次看见,是在放待洗衣物的篮子里。"

"那个篮子放在哪儿?"

"浴室。"

"如果是被偷了的话,犯人应该就是和剪断玩偶的是同一人吧。"

"还不好说。实际上关于这个手帕,后面还有很多事情。"

"嗯。"看起来千晓还没有从一百份巧克力的冲击中缓过神来。看他那努力装模作样的表情,高千觉得十分好笑。"那么昨天又发生了什么?"

"呃——"

百货公司进入视线,两人下了电车。百货公司前是最近刚刚改建的公园,千晓和高千在喷水池旁的长椅上坐下。刚才还阴沉沉的天空,不知何时已经放晴。

"昨天是我去做家教的日子。我晚上六点到了小宫山家。"

高千用脚尖逗着摇摇晃晃凑过来的鸽子,但鸽子们毫不理睬,只顾着啄食石路上的饵。

"和平常一样,小宫山妈妈出来迎接,带我去了小由的房间。这时小由就压低声音告诉我,昨天发生了什么什么事。我这才知道玩偶的事,还附和着:'哎——什么啊,真恶心。'小由又告诉我还不止这些,实际上当天也发生了怪事。因为没有社团活动,小由那天比平时早回家。小宫山妈妈去接小典了,家里没人。小由用钥匙开门进屋时并没有发现什么异常,但当她走进客厅之后,发现小熊坐在沙发上……"

"小熊是指那个玩偶吧?"

"嗯。断了一只手臂的。小由看了大吃一惊,因为小熊断了的左臂上竟然缠着她的手帕……"

"那手帕当然就是……"千晓觉得一一确认的自己有点像白痴,"前天丢失的、小由的宝贝吧。崇拜的学姐送的。"

"对。那手帕紧紧地缠着,像要把被剪断的左臂和身体连在一起似的。我说过小熊抱着一个心形的坐垫吧,小熊的手和身体也是通过坐垫连着的,所以被从肩部剪断的手臂还连在身上。手帕就缠在肩部,感觉就像绷带。而且更让小由吃惊的是,手帕上沾满黑色的污渍,而且是带深红色的黑,简直就像……"

"简直就像?喂!"看着高千脸上的表情像被涂了蜡一样越来越僵硬,千晓不自觉地发出了胆怯的声音,"不是吧,你不会是想说那是血吧……"

"没错。手帕似乎被洗过,但真是血的话,不会被轻易洗掉吧。但小由说怎么看那都是血痕。然后,她不经意间发现,冲着院子的窗户开着……"

"呃——"千晓从长椅上站起身,眺望着马路对面的大楼前的天桥,"昨天小典上幼儿园时,小熊玩偶放在哪儿了?"

"似乎在小典的房间。也就是这么回事:前天,一个神秘人物潜入小宫山家。虽然家里还有沙沙和小典,但那个人不以为意,趁小典上厕所时,用小宫山妈妈的裁缝剪刀剪断了放在门口的小熊的手臂,顺便还偷走了小由放在待洗衣物篮子里的手帕。接着,第二天——也就是昨天,那个人又从窗户再次潜入小宫山家,从二楼小典的房间里把受伤的小熊拿到楼下,再用昨天偷来的小由的手帕把小熊的手臂缠在肩上,放在沙发上后离去。这个人是谁?他的目的是什么?如果能把这两个谜解开,我今晚就如你所愿请你吃饭,寿司、牛排都行。"

"神秘人物?这种人真的存在吗?"

"什么意思?"

"我们暂且把剪断小熊手臂的目的放在一边。凶器才是重点。你说平常这把剪刀放在小宫山妈妈的针线盒里。我不知道那个针线盒放在哪里,但是放玩偶的地方也好,放手帕的地方也好,你不觉得这个人对小宫山家的情况很熟悉吗?熟悉得有点反常。"

"你是说……"高千猜到了千晓要说的话,叹了口气,也从长椅上站了起来,"是内贼?"

"就算玄关和起居室的窗户都开着,也不可能像空气一样自由进出于别人家,这种事太不自然了。与其说是神秘人物,不如说是家里的某个人做的更妥当。"

"小由担心的也是这一点,所以才找我商量。小由怀疑是沙沙。"

"沙沙?为什么?"

"前天晚上,小宫山妈妈出去买东西后,家里只剩下沙沙和小典吧?小由猜测他们俩可能大吵了一架。平时他们俩好得让小由直羡慕,但是关系再怎么要好也有吵架的时候。没准儿正因为关系太好了,吵起架来才更无所顾忌。那天沙沙样子奇怪,也许不是像小宫山夫妇想象的那样,是因为家里有外人闯入而害怕,很有可能是因为她剪断了小典玩偶的手臂,小由是这么想的。"

"沙沙她……"

"但是沙沙后来后悔了。就算再怎么生气,那也是弟弟最心爱的小熊,于是她就偷用了小由的手帕来修复小熊。"

"那血痕呢?怎么解释?"

"剪断小熊时沙沙可能不小心受伤了……"

"原来如此。"

"匠仔你也这么认为?"

"不,"思考问题时的习惯促使千晓在公园里走了起来,同时也是为了驱赶艳阳天下不断袭来的睡意,"不是沙沙。"

"为什么?"高千连忙追上千晓。

"如果是沙沙做的,那无论她怎么瞄准小典上厕所的空当,小典也会发现。如果他们真的大吵了一架,而心爱的小熊又在自己上厕所的那段时间内被剪断了手臂,且家里除了自己只有二姐,那么小典肯定会认为是二姐为了泄愤而做的。比起陌生人神不知鬼不觉地闯入家中，这么想要自然得多吧。可是小典从来没有做过这种暗示。也就是说他们俩并没有吵架，自然，沙沙也就没有剪断小熊手臂的动机。"

"这样啊。"高千松了一口气，在走在前面的千晓背上狠狠地拍了一掌，"就是呢，说得没错，匠仔。"

"再说，"千晓疼得直耸肩，而刚刚散去的睡意又袭来，他拼命地眨眼，"用手帕来缠小熊，这做法不是很奇怪吗？如果真想修复小熊的话，没有必要非用手帕不可，用绷带就可以了。为什么一定要偷走放在待洗衣物篮子里的手帕呢？而且沙沙肯定知道那手帕是姐姐的宝贝吧？"

"应该知道吧。小由说她曾经高兴地在全家面前展示过。"

"嗯。"走到绿化带前的长椅旁，千晓不由得打了个哈欠，"什么来着……"

"嗯？"

"你好像曾经说过一个很重要的信息……现在怎么也想不起来了……"

"和这个事情有关系吗？"

"大概有。只要能想起来应该就都明白了……"

"那你就快点想起来！"

"嗯……总觉得脑袋运转得不太灵。"千晓的语尾紧连着又一个哈欠，看来熬夜连看十一个小时《尤利西斯》还是相当有影响的。千晓坐上长椅的动作看上去疲惫万分，简直像一个老人。"脑袋里面一团烂泥一样……"

"喂，我说匠仔——"高千刚下，千晓的身体就倒了过来，高千连忙躲开。"喂！"

千晓把头靠在高千肩上,已经熟睡过去。呼呼、呼呼地发出泥巴堵在水管似的不通畅的鼻息声。

"保持距离,喂!"高千粗暴地把千晓的头推回去,然而丝毫不起作用。

"真睡着了?不是装的?"

千晓没回答,还是发出泥巴堵塞水管似的呼呼声。没办法,只能让他先睡一会儿了,高千大发慈悲。当千晓犹如发条用尽的玩具一样痉挛着醒来时,太阳早就已经下山了。

"我想起来了。"一睁开眼睛千晓就跳了起来,"我明白了,高千,明白了……咦?"

大概是没发觉自己睡着了吧,突然看到繁华的街道上霓虹灯缤纷闪烁,千晓一下子呆住了。刚才天气还那么好……难道这就是传说中的穿越时空?

"高千?"

"知道这是什么吗?"坐在长椅上的高千用冷静得出奇的声音说,并指了指自己的肩膀。

"什么?"

"你的口水!"

"啊!"千晓急忙看向她外衣的肩部。在夜晚的街灯照射下,可以清楚地看到那里有一块水渍。千晓感到血液直冲头顶,像倒流的瀑布一般。

"不、不好意思。"只能赔礼道歉了。好像高千说过这件外衣她很喜欢……千晓感到后脑勺像是放了冰块一般寒冷,只能一个劲儿地道歉。"等我这次打工的钱发了,就给你付清洗费……"

"清洗?别开玩笑了!"高千耸了耸肩,哼了一声,声音还是异样地冷静，反而让人感到更加恐怖，"这种东西可不容易见识到。匠仔的口水痕迹，可以做纪念品了。一定要给大家都看看，小波看到了一定会笑疯。"

"别、别，"要是让她这么做了，那就成了一辈子的耻辱了，"实在抱歉。对不起。让我做什么都行，我什么都做。还是让我拿去清洗吧！"

"我可听见了。"高千的声调中突然带有恐吓的意味，"你什么都做。好，我知道了，那就走吧。"

"去、去哪儿？"

"你怎么样，我不知道，反正我可是饿坏了。"高千也不回头看千晓，只顾向前走，"啊，肩酸。做枕头还真累啊，你知道吗？"

"对不起。"千晓看了一眼表，发现自己睡了五个多小时，在夜晚的寒风中，他却羞愧得几乎流下了一加仑的汗水，"你叫醒我就好了啊。"

"哎呀？你以为我没有叫你吗？亏我又打又踹，不知道是谁，还在那里呼呼呼地鼾声大作。"

"真是惭愧。"见高千快步钻进居酒屋的门帘，千晓也连忙跟上，嘴里还在嘟哝着不该说的话，"看来牛排和寿司都没了……"

"废话。亏你还好意思说。"高千坐在吧台前，迅速点好了自己想吃的菜，"但是看你似乎解开了谜题，我还是请你吧。想吃什么就点吧。"

"诚惶诚恐。"千晓看着菜单，眼睛瞧向价格便宜的。

"来点生鱼片吧？新子很好吃哦！"

"新子？咸菜吗？"

"笨蛋！"高千一气之下一把夺过菜单自己点了起来，"是鱼。怕你不知道,我先说好,这可不是鲭鱼的幼崽,而是鲔鱼的。"

"鲔鱼?"

"就是金枪鱼。"平心而论,千晓是个聪明伶俐的人,至少高千这么认为。可是他为何会无知到这种程度呢?越是人们共知的事他知道得越少,这一点总是让高千吃惊不已。"亏你还是本地人,连这都不知道?这个季节的新子最好吃。你加上腌黄瓜,蘸着酸橘和酱油吃着试试,好吃得能让人落泪。"

"哇……"

"那你就开始解谜吧。"看到千晓真心实意的佩服之情,高千连气都生不起来了。喝啤酒干杯时,她的一肚子愤懑已经消失得差不多了。"我丑话说在前头,如果你拿一些毫无说服力的胡诌来搪塞我,那这顿饭就AA制。"

"也没什么谜值得解,答案就在高千你的包里。"

"咦?"高千急忙把放在背后的包拿在手里。

"中午吃的小豆饭,你说这是小宫山妈妈给你的,那是什么时候?"

"就是昨天啊。我去做家教,要走时……"

"一般来说,做小豆饭都是有什么喜事的时候,也就是说昨天或者前天,小宫山家有什么喜事。"

"喜事?"

"次女沙沙上小学四五年级,对吧?高千是在那时候,还是之后?"

"啊!?"高千吃了一惊,杯中的啤酒差点儿洒出来,"……初潮?"

"对。前天沙沙月经初潮了。可能事先小宫山妈妈教了她许多应对方法,而且虽然是第一次,但也应该有些前兆吧,不过她还是因为事发突然而乱了手脚。这时她想去厕所,要是她去了厕所,就会使用卫生纸吧。可是月经突然来临时她人正在浴室前,眼前就是装着待洗衣物的篮子,最上面的是小由的手帕。为了不弄脏衣服或地板,情急之下,沙沙便使用了那条手帕。小学五年级就月经初潮应该算早的吧?而且第一次的话量也不会太多,其实当时完全没必要手忙脚乱。可能是性格问题吧——这都是我的想象。用完之后,她才发现那是姐姐最心爱的手帕,不知如何是好。当然,她想到了去洗,但是当时她正因为自己身上的异变,身子却手足无措,满脑子想着该怎么办、该怎么办而无法动弹。如果小宫山妈妈在,应该就没事了,但偏巧她不在。在家的只有弟弟小典……"

"那么……"高千张大了嘴,就像被车灯照到的猫,"前天沙沙样子反常是因为……"

"没错,就是因为月经初潮。小典虽然还是孩子,但也知道姐姐遇到了麻烦,肯定想要为姐姐做些什么。虽然他并不懂得是怎么回事,但毕竟见到了血,就以为一定很严重。而且那血还弄脏了大姐的宝贝。小由有多么爱惜那条手帕,小典也一清二楚。他一想到沙沙要被小由责骂,就从妈妈的针线盒里拿出了剪刀。"

"呃……"

"接着,剪断了小熊的手臂。他的想法是:这条手帕上的血迹是小熊受伤弄上去的,这样说的话,小由就不会生气了吧。"

"那……小典反复问还出血吗,其实那是……"

"对,不是说小熊,而是在担心沙沙。但是这时,发生了与小典的想法背道而驰的事情。对小典来说,小熊也会出血,因为它是有生命的朋友,所以会流血。可沙沙并未理解他的行为。对沙沙而言,玩偶就是普通的物体,没有生命,当然也不会流血。她一时无法理解弟弟为了包庇她而牺牲珍视的友人的行为。总之,不想被小由骂的她,将带着血的手帕在其他家人回来之前扔掉了……"

"这样啊……"高千的表情由哑然渐渐转变为陶然,"原来是这样啊……"

"我想,沙沙大概只向妈妈讲了实话,从初潮的事到手帕和小熊的事。小宫山妈妈一开始也没有理解小典的行为,但最后还是理解了。证据就是,她将手帕捡了回来缠在小熊身上,并将小熊放在了沙发上,之后才去幼儿园接小典。她这么做的目的是想让小典最先看到小熊的样子,让他知道,他的努力没有白费,是有意义的。可能是她没有想到什么更好的方法让小典的这种行为更有意义吧,总之,她就是不想让小典做出的那么大的牺牲白费。没想到那天小由没有社团活动,提前回家,她当然不知道详情,所以才会大吃一惊。下次你去家教时她应该也知道真相了,我想她一定会告诉你的。"

第六因　解体出处

似乎有什么人在看着我。隐隐约约感觉到令人痒痒的视线。

应该是错觉吧。大学毕业后连固定工作都没有，靠着打工度日的我，哪有惹人注目的理由。

"我啊，只是想让香里幸福。"泽田直子不耐烦地搅拌着刚注入牛奶的咖啡，用充满责备意味的眼神盯着我，"你能理解吗？"

"那是当然了。"我躲开她纠缠不休的视线，赔笑道。

"那你可要帮我，好吗？香里要是遇到什么事，小匠你也会睡不好的，是吧？肯定睡不好，因为这又不是外人的事。"

要说惹人注目，在这个咖啡馆里，绝不会是我，而是泽田直子——也就是我的阿姨。

她是我妈妈的妹妹。确实如她所说，我们不是外人。但是在第三者看来却相当不同，比如，富婆和她的小白脸。看着她那充满肉欲的眼睑和嘴唇，不得不让人涌上这种桃色妄想。我这个亲戚倒真是长了一张适于夜晚的脸。

"说到帮忙，"我搔了搔头，趁机偷看阿姨，发现她的眼睛正一眨不眨地紧盯着我，"我又能做什么呢？"

"这要小匠你自己想啊！"

我的名字是匠千晓，简称匠仔。亲戚阿姨们一般叫我小千或者小晓，只有这个直子阿姨叫我小匠。

"就交给你了。实在不行，你去勾引香里也没问题。"她取出细长的香烟，忧愁地正要点上火，突然双眼放光，说，"对啊，这主意不错。小匠，上吧，和香里上床！就这么办！我不会有意见的，然后你们俩就结婚！"

"您别开玩笑了。"

香里是直子阿姨的独生女，也就是我的表妹。和她妈妈一样，虽然算不上美女，但香里浑身充满颓废的风骚，真让人担心她的将来。香里高中毕业后在本地的银行找了份工作，工作已经一年了。

"您说的那些，香里怎么可能同意呢。"

"哼，"直子阿姨点上香烟，"比和那种男人结婚好多了。"接着，就像面前的我就是"那种男人"一样，狠狠地冲我吐了口烟。

这是一个星期六的中午。我被直子阿姨叫出来，完全是因为现在正和香里交往的"那种男人"。

"那种男人"叫做若木彻，比香里大五岁，毕业自同一所学校。据说香里第一次遇见他，是他以校友身份去香里所在的网球部做指导时。

通过这层关系，若木彻又做了香里的家庭教师，在这期间两人的感情急剧发展。我虽没有亲眼看见，但据说他长得宛若明星，香里已经被迷得神魂颠倒了。

"我真是不明白啊，为什么阿姨您对那个叫若木什么的那么看不上呢？"

虽说若木彻大学毕业刚刚一年，也只工作了一年，但是他在一家大证券公司上班，可以说前途一片光明。再怎么说，也比因为切北京烤鸭切烦了而刚刚辞去中华料理店零工的某人要光明得多。

"比起这个，更令我感到不可思议的是，阿姨您之前竟然毫不干涉他们两个人的发展，一句话也不说，香里会误认为您赞成他们的交往也有情可原。您既然那么反对，为什么还袖手旁观呢？直接对香里说出来不就完了，说你绝对不许她和那种男人在一起。对那个若木什么的说，不要再打自己女儿的主意，把话这样明明白白地讲清楚不就好了？一定马上就解决了，根本不用牵涉我。嗯，不明白。为什么这一次您这么小心在意啊，实在不像阿姨您的作风，毕竟这可是关系到香里将来的事。"

"什么嘛，小匠，一段时间没见，变得能说会道了嘛。你这话说得，好像我是个尖酸刻薄的女人似的。"

不是好像，实际上直子阿姨就是个尖酸刻薄的女人，说蛮不讲理也行，总之，很泼辣。和前夫，也就是香里的父亲离婚时，她曾大放厥词，说自己本来是冲着钱才嫁给他的，没想到别说赚钱，连个女人都满足不了，这样的废物我怎么能跟他过日子，说完，立马领着女儿出了家门。

因车祸而半身不遂，此后的漫长余生正需要妻子献身照顾的丈夫竟被如此对待，婆家的人理所当然地暴怒不已。

一时间，婆家的人想要将直子阿姨告上法庭。但是直子阿姨的前夫重病在身又受到她强行分居的打击，搞得心脏都出了毛病，最后，连像样的赔偿都没要就同意了离婚。

结果他只能过着让没成家的姐姐照顾的瘫痪卧床生活。当然，别说亲戚，连世人都对他满怀同情。而我们匠家的人，也因为和直子阿姨有一层亲戚关系而被当成过街老鼠般唾骂。反倒是直子阿姨本人对她的暴言暴行毫无反悔之意，就像行使自己应有的权力那般理直气壮。阿姨就是这种人。

如今，女儿要和她不同意的对象结婚，那如同凶器般的嘴皮子竟然会乖乖闭上，任谁都会觉得奇怪吧。

"哪里哪里，只是单纯的一点小疑问。没有别的意思。"说实话，我不太想和这位阿姨打交道。明明已经多年不通音信了，现在她有事，就不管不顾地径自找上门来。总之，很蛮横。所以我的策略就是尽量避免和她扯上关系，怎么可能轻易地答应她阻止女儿结婚这么没头没脑的要求呢。

"明白了。"大概是识破了我借指出这事的蹊跷之处来回绝她的意图，直子阿姨掐灭香烟，放下高高架起的双腿，"我信任小匠，所以你要保密，对谁也不要说，知道吗？这是只属于我们两个的秘密。"

她那充满威严的声音变得温柔起来。我正在苦于无法表达自己并不需要她那单方面的信任时，她又向我投下了一颗炸弹。

"那个叫若木的男人是个大花花公子。嗯，这么说还有点客气，简直就是个大色魔。"

生得一张明星面孔，当然受欢迎了，我想。"正常的男性多少都会有那方面的倾向吧。"

"咦？"直子阿姨的表情又变得充满肉欲的挑逗意味，"小匠也是吗？"

"我很平常啊。"

"那，只要是女人，你就会和她上床？"她张开涂得丰厚的嘴唇，露出牙齿说出"上床"这个词，看上去十分不雅。

"这样的称不上正常了吧。"

"但他就是这样的。谁也不挑，只要是女人就行，不管年纪大小，也不管长相如何，连男人都行。"

"真的？"

"当然了！"

"那香里知道吗？"

"谁知道。大概不知道吧，不过也可能察觉到他有点花心。但她还以为现在自己占据着他的全部注意，真是傻得够可以的了，让父母操心。"

"但是阿姨您为什么会这么了解他的为人啊?"

"他本人说的,在床上。"

"啊?"

"实际上就是……"直子阿姨装模作样地摆出一副原本不想说的嘴脸,其实丝毫不知廉耻,"我和阿彻大概一周做一次,床上的摔跤运动。"

"一周一次……"这种情况下,即使不愿承认,但我确实因为如此露骨的说明而禁不住展开无边的淫乱想象,说这样的我可鄙,我也真是无法反驳。"哦,原、原来如此。一周一次呢,嗯。"

"从他做香里的家教开始直到现在。你明白了吧?我都已经和阿彻说过不止一遍了,他和香里结婚会很麻烦。"

"那种男人"不知何时变成了"阿彻",而她叫"阿彻"的声音也透露着淫荡的意味。

"可他却说:'香里已经陷得很深了,现在还能说什么。''要不,你去和她说明她妈妈和我的关系。'呸,真是不要脸!"

"也就是说他也想和香里结婚?"

"啊,真是可恨。"

"那……"虽然不能说是对她露骨的性告白造成的狼狈的回击,但我确实有点坏心眼,"那不就没办法了吗,就算若木有作风问题,但他们双方两相情愿啊。我认为即使是阿姨您,也没有权力干涉。"

"才不是,你真是不明白啊。阿彻并不是真心喜欢香里,只是对她的身体感兴趣。"

"咦?他不是想和她结婚吗?"

"对啊。"我还来不及惊讶,话题就突然转向了奇怪的方向,并且在诡异地继续,"但那只不过是因为他想和我在一起。"

"……"

"和香里结婚的话，就可以和我住在一起了吧？阿彻现在住在公寓，结了婚，一定会搬到我家来。我家又是独楼，他肯定打的是这个主意。实际上阿彻想和我结婚，但是顾及社会影响，所以表面上以香里丈夫的身份出现，实际上想和我在一起。"

"那……"我拼命思考着这些话有几分可以当真，忍不住问道，"那若木倾心的实际上是阿姨您了？"

"啊哈哈，什么倾心不倾心的，小匠你真是的，文绉绉的。对啊，阿彻迷恋的不是香里，而是我。"她慵懒地捋了捋头发，似乎不抱有丝毫疑问，"不过那也是理所当然的事。"

"那阿姨觉得若木怎么样？"一个人能自恋到如此程度也不容易。

"阿彻？当然不错了，长得好，技术又好，没话说。"

"那让他和香里结婚……"

"那可不行。"她拉着脸，蛮横地说，"谁和那个色情狂结婚啊，那样只会招致香里的不幸。"

"那不如，干脆，阿姨您和若木结——"

"那也不行。"

你给我适可而止！你个蠢货到底想怎么样啊？我差点脱口而出。可阿姨全然没有察觉到这一点，继续说道："那样我会被香里杀了的——等等，对了，对啊！只要让香里和别的男人结婚生子，等热情冷却下来就可以了啊！那样我就可以和阿彻在一起了。是吧？我怎么才想到啊，多妙的主意啊，太妙了，实在是妙！所以你要加油，小匠，鼓足干劲追到香里。"

"您可别乱说了。"这样一来还是撒个谎吧，反正相比这个阿姨，多么扯的谎话也无限接近真实，"我有心仪的女生了。"

"啊啦,是吗?"本以为她会就此罢休,没想到反倒变本加厉,"那你可以不必勾引香里了。仔细想想,小匠也不太像是擅长这种事的人。"真是多操心!"总之,你要去说服阿彻放弃香里。"

"要怎么说服啊?"亏她这么轻易就说得出口。

"那就要小匠你来想了。到时候酬谢你的可是我。"竟然还说什么酬谢,一开始你怎么不说?"我给你阿彻的电话,你们两个男同胞要好好商量哦。"

"我的房间没装电话,您写了也没用。"

"是吗?那就写地址吧,安槻公寓一〇三。"她全然无视我的讽刺。

"那种事我办不来啊。"

"为什么?明天是星期日,小匠你也没事可干吧?又没有工作。"

所以就必须去帮你的忙?哪有这样的歪理。泽田直子将便笺塞到被她的蛮横搅得目瞪口呆的我的手中后,立马离开了咖啡馆。

这时,我才恍然发觉桌子上还放着阿姨的咖啡账单,这一击太致命了。强烈的无力感突然袭来,我差点进入假死状态。虽然那种被人注视着的感觉还在,但我已经顾不得这许多。

可一直僵在这里也不是办法。于是我付了阿姨的那份咖啡钱,决定回自己的公寓。

来到公寓前,我再也不能忽视那得寸进尺的视线了。进入房间后,我从窗户向外张望,却并没有发现可疑的人。

今天真是个怪日子。我从兜里掏出阿姨塞给我的便笺,我当然不打算去和若木谈,而且没有义务去和他谈,可是也没将便笺扔掉,自己也真是窝囊,结果还是穷人心理在作祟。

等不及太阳下山,我就出去喝酒去了。要想驱散阿姨喷出来的毒气,只有这个方法。

平常，我也就喝个两三小时，没想到今天怎么喝也不醉，回到公寓时已经快十二点了。我一边感叹着刷新了在一家店喝酒最长时间的新纪录，一边脱下鞋子。这时，一个白色的东西掉落到了脚边。

是便笺。上面只写着：星期日凌晨三点安槻公寓一〇三。

一看就是女性的笔迹。但我却一时无法理解便笺上信息的意义。安槻公寓一〇三，最近好像听说过这个地方，用塞满酒精的头脑思考良久，我总算记了起来。

哈哈，原来是直子阿姨啊。趁我不在，偷偷把便笺塞到门缝里，好让我去说服那个姓若木的。

好，既然你这么执著那我就去一趟。平常的话，我一定会拒绝这种要求，但一时趁着酒劲，我下了决心。如果冷静地思考，一定会怀疑凌晨三点是否适合谈话，但我当时趁着酒兴，完全没有多加考虑，把一切的责任都推给了酒精。

如此这般，星期日凌晨两点五十五，我站在了安槻公寓里。大概是在冷澈的夜晚中快步行走的缘故吧，我的头脑清醒了许多，一下子失去了刚才一口气冲到一〇三号房间前的气势，陷入了该如何是好的沉思中。周围是白天也很肃静的住宅区，现在更是安静得连一丝生命的迹象都感觉不到。夜灯似有若无，比一片漆黑还要瘆人。

我想先确认一下若木彻是否在家，万一直子阿姨没有事先和他说好，没准儿他会先让我饱尝一顿老拳。阿姨做事那么草率，这种可能性极大。而且话又说回来了，既然都来了，怎么能什么都不做就回去呢。

独自伫立在仿佛触手可及的寂静中，醉意渐渐散去，我更加不知如何是好。这时，一〇三号房间的门缓缓地开了。

我急忙躲到电线杆后，虽然并没做什么亏心事，但下意识地，还是躲了起来。

定睛看去，从一〇三号房间里走出一个纤细的人影，戴着棒球帽，黑眼镜，白口罩。面对眼前这个明摆着让人起疑的古怪装扮，我不禁眨了眨眼。可疑的人影穿着一身类似工装的衣服，让我一开始以为是一个男人，但从其瘦削的身形上来说更像是个女人。她手上的白手套在我已习惯了黑暗的眼中很刺眼。

可疑人物抱着一个宅急便纸箱，放在了停在路上的小轿车的后排座位上。

接着，她又回到一〇三号房间，这一次她抱出两个纸箱，放进了小轿车的后备箱。如此这般又重复了几次。由于箱子挡住了她的脸，我看不清她的容貌。

我数了一下，她一共搬出来六个箱子。搬完之后，她就一屁股坐进车里，扬长而去。

我像蚂蚁趋向砂糖一般，迂回到一〇三号房间前。房门并未关死，里面还露出星星灯光。我小声念叨着"打扰了"，进了房间。突然发现脱鞋处飞溅的深红色污迹，我立刻开始后悔起来。

可是已经迟了。事已至此，就要确认到底。

先说结论吧，一〇三号房间里一个人也没有。当然也没有若木彻的身影。取而代之的是以浴室为中心，四处飞溅的视觉艺术般的深红色污迹。起居室和和室的墙和地板上溅满污迹，仿佛用喷雾器喷的一般，散发着刺鼻的血腥味。浴室里的污迹似乎被清洗过，但不过是杯水车薪。浴缸旁，一把潮湿的电锯散发着油亮的光泽，电线还盘在一起，连接着电源。

看来此事非同小可。我决定报警。出去找了一圈，没有找到公共电话，最后只得回到一〇三号房间打。

我报上本名，简洁地表示自己来拜访友人却没见到人，反而看到了屋内有疑似犯罪的痕迹，希望警方能过来调查。不一会儿警车就来了。

"我是安槻署的平冢。"

来的有一位是看起来和我年纪差不多的年轻刑警，另一位是已经开始谢顶的中年刑警，他一边扶着眼镜，一边混在鉴定人员中观察血痕。

"请详细说明发现这些血痕的经过。"

我一边感慨着这不是电视剧里经常出现的场面吗，一边开始说明。只是我完全没有电视剧中的出场人物那样，在前面故意隐藏对后面有用的信息的兴趣，对刑警全盘托出。

我和住在这个房间的若木彻并不相识，从这个前提开始，直到阿姨让我劝说若木彻放弃和她女儿结婚的经过，我都说了出来。

"真是诡异。两个素不相识的人竟然要在半夜三点见面。"平冢刑警以估价的眼神打量着我，这也是在电视剧里看惯了的，"可以让我看一下那个便笺吗？"

我当然没有扭扭捏捏不拿出来。扫了一眼便笺后，刑警说："你确定这个来自你的阿姨泽田直子吗？"

我一直对此深信不疑，现在被刑警这么一问，竟也没了自信。"应该是吧……"如果能辨别出阿姨的笔迹就好了，思及此，我突然想起在咖啡馆阿姨写给我的另一张便笺。"对了，请看一下这个吧，这个绝对是阿姨的笔迹，就在我面前写的。"

"让我看一下。"刑警比较着两张便笺，"确实很像，应该是一个人写的。不过没经过正式的鉴定，还没法断言……"

这时，刑警突然问了一个完全不同的问题，我本就相当紧张，又不得不快速切换头脑，就更加紧张起来。原来，所谓的调查问案是这么回事啊，我感到一种莫名的参与感。"你确定戴着墨镜和口罩的人是女人？"

"不，只是感觉是女人。毕竟那个人穿着宽松的工装。男人的话也有身材那么瘦削的吧。"

"嗯，说的也是。匠先生有什么线索吗？"

"完全没有。"

"那个可疑人物是若木彻本人的可能性有多大？"

"这个……我完全没见过若木彻这个人……"

"啊，也是。小轿车是黑色的吧？车牌号呢？"

"没看见。我确实注意了，但是太黑了看不清楚……不过，"如前所述，我没有隐瞒事实的兴趣，只是想到什么就说什么，"我记得应该和阿姨的车是同一型号，而且都是黑色的。"

刑警"哦"了一声作为回应，从他的表情上看不出他对这一条信息抱有多大兴趣。"你说可疑人物往车里放了六个箱子，箱子里面是什么？"

"一点也不清楚。完全没看见。"看见了屋内的血痕和电锯后，我对箱子里面的东西进行了一番想象，眼前的平冢刑警肯定也做了同样的想象，但我还是只能如此回答。

刑警问我要了直子阿姨和香里的联系方式后就把我放了。一〇三号房间里肯定发生了犯罪之事已经毫无疑问，只是刑警能相信我的证词几分就不好说了。

没准儿——不用没准儿，几乎就是有准，第一嫌疑人就是我了。这也是理所当然的。只不过虽然发生了犯罪行为，而且很有可能是恐怖的杀人事件，但是关键的尸体没有发现，也无法判断死者的身份，无论警方怎么怀疑，也无法拘留我，仅此而已。

之后的几天，我大门不出地窝在家里。虽然没经过确认，但我肯定警察在监视我。这个时候还是不要做出不谨慎的举动为妙。事后回想起来，我似乎有点自我意识过剩。

平冢刑警来拜访我的公寓，是在那之后第二周的星期五。"发现若木彻的尸体了。"他用仿佛我早已得知此事的口吻说。我只得说明自己最近没读报纸，也没看电视。

"若木的尸体被切成数块，包在塑料袋里，分装在六个箱子中。"

说着，平冢将照片拿给我看，是随处可见的宅急便箱子的各种角度的照片。刑警问我看到的是不是就是这种箱子。虽然我记得不是太清楚了，但和那个可疑人物抱着的箱子确实很像，于是我如实回答。

"详细情况是头部、左右手——这两只手被切得尤其细碎，简直到了偏执狂的地步——胸部、腹部、右脚、左脚都被分成三段，总计六个箱子，散布在河边、弹子球店的停车场、公园、垃圾场等半径五公里的范围内。"

"死因和推定死亡时间之类的呢？"大概他不会告诉我，不过我还是姑且一问。

"头盖骨凹陷。有可能是被重物殴打所致，也有可能是撞到了什么东西上，具体的还不清楚。推定死亡时间是上周六的晚上九点到周日的上午九点。"

"可是我目击到可疑人物是在凌晨三点啊。"

"嗯。所以可以将推定死亡时间从十二小时缩小到六小时。问题是犯人泽田直子如何——"

"你是说阿姨杀了若木彻吗？"虽然我已经有了一定的心理准备，但还是受到了相当的冲击。

"应该没错。推定死亡时间内没有人看到过她，也就是没有不在场证明。独生女香里星期六、星期日两天都住在朋友家。不过就算在家，亲人的证言也是无效的。决定性的证据是现场的电锯上有泽田直子的指纹,而且她在跳楼时,手里还握着若木彻的命根子。"

"跳楼?"后来可能会无限后怕的事现在就发生在眼前,我却完全感觉不到真实感,"那么阿姨已经……"

"去世了。她于星期日的早上从写字楼的逃生楼梯上跳下,自杀了。没有留下遗书,取而代之的是……"

手中握着若木彻的命根子,应该是分尸时特意留下的。这让我不由得想起了历史上有名的那起猎奇事件。眼前的平冢刑警想必也是如此吧,我们两人心知肚明,都没把案名说出口。

"可是阿姨真的是自杀吗?我这么说可能不太礼貌,但阿姨因为性格的原因有很多仇敌。说白了就是被很多人怨恨着。你也应该知道她狠心抛弃前夫的事了吧?不会是因为这个而被杀了吧,还让她背上杀害若木彻的罪名……对了,比如是她的前夫——"

"这一点我们也想到了。"

"是吗?"也对,再怎么说,这也是他们的本职工作。我这么想着时,平冢刑警却若无其事地说出了更惊人的事实。

"泽田直子的前夫佐佐冈伸幸已经过世了。"

"啊?"原来阿姨的前夫姓佐佐冈啊,我都忘了。而悠闲地想着这些的自己实在很好笑。"什么时候?"

"上周的星期六。他以前心脏就不好,晚上十点左右时恶化了,照顾他的姐姐急忙呼叫了医生,但医生赶到后已经来不及了。"

"真是心脏的问题吗?"不是亲眼所见的事总觉得可疑,说起来也真是具有讽刺意味。不过说起来,星期六的晚上十点不正处于若木彻的推定死亡时间之内吗?这只是单纯的偶然吗?

"这一点没有疑问,医生的诊断也是心脏衰竭。"平冢露出一直是他自己说话实在很累的苦笑，"我今天来的目的是，确认泽田直子到底有没有杀害若木彻的动机。确实，她很反对若木彻和自己的女儿结婚，可是我觉得，作为杀人动机来说，这稍显薄弱。怎么样，对于泽田直子杀害若木彻的动机，你有什么想法吗？"

"之前也大略说过了。"我把若木彻不仅和女儿香里，还和母亲直子阿姨也有关系的事又说了一遍，"阿姨对自己独占若木彻的爱这一点深信不疑。但是，再怎么看，这都是她的自恋。阿姨确实是个狐媚的女人，但是还没有到能将性欲旺盛的年轻男人紧紧拴在身边的程度。对若木彻来说，阿姨不过是他众多性对象中的一个而已。这种认识上的差距，因为某一契机而显露出来，阿姨觉得自己被若木彻背叛，于是勃然大怒……"

"原来如此，冲动之下杀了若木彻，将尸体肢解也是这种憎恶的一种发泄吧。"

平冢刑警似乎很满意这个解答，说了句"打扰了"就匆匆离去了。

我当然不知道他是否真正接受了这个解答。他虽然说阿姨是凶手，但这也不见得就是警方的结论，就算是，也未必是平冢的真心话。况且，警方也不会将调查内容对一般市民全盘托出，即使不能说平冢刑警所说的全是谎话，也还是将其当做对外公开的官方论调来接受更为妥当。

这样一来，不就说明事件另有隐情吗？我越想越肯定。

为了不引起误会，我要事先说明，作为我个人来讲，事件是以直子阿姨是凶手来了结，还是另有隐情，都无所谓。如果是另有隐情的话，我也丝毫没有自己充当侦探，解开真相，为直子阿姨洗冤的志向。

只不过，比较棘手的是，警方判断事件另有隐情后将怀疑的矛头指向了我。刚才平冢刑警的来访，说不定就是为了先让我放松警惕，再进行观察。也有可能是我多心，但现在有必要重新审视一下整个事件了。

先举出其中的几点可疑之处吧。首先，如果阿姨真对若木彻有杀心的话，为何还要留下便笺让我去安槐公寓呢？

可能是阿姨虽然已经下定决心行凶，但是内心深处还是对此抱有一丝罪恶感，从而希望什么人能去阻止她。换句话说，就是给自己准备一个预警装置。如果这一推测正确的话，也就说明我这个预警装置并没有起到应有的作用。

但是那个泼辣的阿姨会搞这样的小动作吗？令人生疑。

其次是指纹。肢解尸体用的电锯留在现场，但是上面留有阿姨的指纹这一点不太合理。如果阿姨是凶手的话，那将那六个箱子搬进小轿车里的人毫无疑问也是她，但那个可疑人物明明戴着白手套，为什么会留下指纹呢？

等一下。我重新在记忆中搜寻——可疑人物穿的工装上沾满血迹了吗？不，并没有。也就是说凶手在肢解尸体时脱去了工装。为了防止血溅到身上，可能连手套都脱了。

这么说来，是凶手完全忘记了擦去电锯上面的指纹，这实在奇怪。凶手为了不被人看到长相，特意戴上黑眼镜、口罩和棒球帽，怎么会独独忘掉擦去指纹呢？

想到这里，我注意到了更不自然的一点。凶手进行分尸作业的地点是哪儿？当然是浴室，因为方便清洗溅到身上的血。

可是实际上血痕遍布整个一〇三号房间，从起居室到和室。确实，将一个成年人的尸体肢解不是一个轻松的活计，空间越大越方便，但是实际上的空间未免过大了吧？

这还只是一个小疑问，还有更可疑之处，那就是将尸体肢解的理由。

直子阿姨因为自己的爱是一厢情愿怒而杀人，这可以理解。杀人之后为了泄愤而将尸体大卸八块，这也可以理解。

无法理解的是，为什么分尸后还要将尸体分装在六个箱子里到处丢弃？有做到这一步的必要吗？

分尸后直接留在现场不就可以了？就算想要毁掉物证，那血痕也必须要擦干净，电锯更不能留在现场。更何况，特意分散到各处的箱子被警察轻而易举地找全了。

半径五公里内？既然是开车来的，为什么不处理到更远的地方去？拿到深山里烧掉或埋掉，不是要合理得多？凶手真的是想弃尸灭迹吗？

直觉告诉我，这几处就是事情的关键。为什么阿姨——假如阿姨是凶手的话——要把尸体分成六箱？这绝不是为了处理尸体。无论怎么看，我都不觉得凶手有弃尸灭迹的想法。弃尸地点离现场过近，选在河边及公园这种地方，简直就像在盼着早被发现。这样一来，将尸体分散就应该别有目的和理由。但又是何种理由呢？

到这里，思路都还颇为顺畅，但却难以更进一步。将尸体分装进六个箱子的理由。理由、理由，究竟是什么理由？

我全然没有头绪，大脑只是一味空转。为了转换一下心情，我决定出去散散步。传说著名的乐圣贝多芬不也是散步时获得作曲的灵感嘛。到公园走走吧！

将尸体剁成数块后分装于六个纸箱内并弃置于半径五公里内的不同地点。这个行为背后隐藏了什么合理的意义吗？如果不是为了弃尸灭迹……

突然，一个奇妙的想法浮上我的脑际。凶手并无弃尸灭迹之意明确无疑，那么反过来说，是否意味着凶手希望尸体被发现呢？毕竟凶手把箱子弃置在了恨不能早点被发现的地点。对,说不定就是如此。不,且慢。

这有点不合理。假如凶手希望尸体被发现,那就根本无须分尸,也没有必要分散弃置,只要直接留在现场即可……然而凶手却没么做,为什么?

我本来打算去往公园,但回过神来,眼前却是安槻署。我未加思索,便前往刑事课。

我向就近的女警表明想见平冢刑警之意。假如他不在,我也做好了等的打算,但幸运的是,女警立刻往里头呼唤:"总一郎!"

"有些事想向你请教。"面对似乎正在思索该如何委婉地问我究竟为何而来的平冢刑警,我抢先开了口,"泽田香里星期六、星期日住在朋友家,这一点确定无疑吗?"

"嗯。"平冢反射性地点了点头,接着却皱起了眉头,似乎在后悔不该轻率地肯定寻常百姓的问题,"应该没错。她和那个家的主人及另一个朋友,共三个人在一起,其他两个人的证词连细节部分都完全一致。"

"原来如此。"我想到在署里多少该为平冢刑警考虑一下,便压低了声音,虽然可能并没有多大意义,"对于尸体被切割且分散放置的理由,警方是怎么想的?"

"泽田直子企图消灭证据,这是最妥当的看法吧。"

"恕我冒昧,刑警先生,你个人也是这么想的吗?"

我将刚才思及的不自然之处复述了一遍,意外的是,平冢刑警也压低了声音说:"咱们出去一下吧!"

"啊?"

"在这里不方便。你明白吧?现在警方认定泽田直子是凶手,调查小组已经解散了。"

进入警署附近的咖啡馆后，平冢刑警的表情立刻放松下来。"其实从我个人角度来说，凶手分散弃尸也很古怪，但要是现在重新翻案，上面恐怕不会给好脸色看。"

"这么说，已经来不及了？"

"也不见得。"露出恶作剧般表情的平冢刑警看上去更为年轻了，说不定年纪比我还小，"也会有一两个明理的上司。"我不知不觉地联想到了那位额头宽阔、戴着眼镜的刑警。"要是你说的话能让我觉得有报告那位上司的价值，就能翻案。"

"我也不知道有多大说服力……"早知道他会这么认真听我说话，就该缜密地整理一下思路。没办法，只好边讲边整理了。"凶手并没有将作为物证的尸体处理掉的意思，这点明确无疑。那么凶手究竟有何打算？凶手不是要处理掉尸体，他的目的恰恰相反，也许正是希望尸体被发现。"

"不过，假如只是希望尸体被发现，那完全不需要分尸，把若木的尸体放在安槻公寓一〇三号房即可啊！"平冢刑警展示出敏锐的一面，这样说明起来就轻松多了。"这就说明凶手不只是希望尸体被发现，还有不得不在分尸状态下被发现的理由。"

"正是如此。我先说结论吧！凶手的目的只有一个，那便是借分尸后的尸体是从安槻公寓运出的，让我们认为凶案现场是安槻公寓一〇三号房。"

"现场？"平冢刑警一瞬间瞪大了眼睛，但立刻回复到职业的严肃表情，"这么说来，若木是在其他地方被杀的？"

"对。凶手用那张便笺引我过去的理由也在这里，也就是让我目击运尸的一幕，以强调凶案现场是安槻公寓。"

"原来如此。所以你刚才要向我确认泽田香里的不在场证明。"和嘴上说的正相反，平冢刑警显得有些难以释怀，"请继续说。"

"尸体是从一〇三号房搬出的，屋里也残留有血痕。这样一来，就会让人先入为主地认定一〇三号房是现场。然而事实上凶案并非在一〇三号房发生。而凶手必须留下痕迹，以强调一〇三号房是现场。所以凶手才进行分尸，并带着其中一部分来到安槻公寓。我想那一部分应该是两条手臂。凶手用电锯把两条手臂锯得零零碎碎，连手指都一一锯下，给屋内装饰上大量血迹。"

"所以只有双臂被锯得那么细碎。"平冢刑警突然抬起头来，"这么说来，匠先生目击到的那些纸箱是……"

"对，除了装有双臂的那一箱外，剩下五箱应该都是空的。真正装有尸体的箱子被弃置到各个地点是在凶手到安槻公寓做伪装工作之前还是之后，我不清楚。但只要真正装有尸块的箱子被发现，再加上我的目击证词，被搬出来的纸箱自然就成了装有尸块的真货，凶手让人以为现场是一〇三号房的目的便达成了。"

"不过，就算凶手想以便笺将匠先生引到现场——不，现在该称为疑似现场才对——他又怎么知道你一定会上钩呢？"

"因为他偷听了我和阿姨在周六白天的谈话。"我说明了和阿姨在咖啡馆碰面时始终感觉被人盯着，直到我与阿姨分别，回到公寓之后，"这个案件的导火线，应该就是我和阿姨的谈话。谈话中，阿姨暴露了若木彻的性格，也暴露了自己和他的关系。我想凶手直到听了那段谈话才知道这些事。"

"匠先生认为泽田直子的女儿香里是凶手吗？她杀了和母亲发生关系的若木，又杀害了母亲并将母亲的死伪装成自杀，以此来报复背叛自己的两人？但假如是这样，要怎么解释她的不在场证明？难道她的两个朋友也是共犯?"

"我也曾这么想过,但本案的最大关键,便是凶手伪装现场的理由。为何凶手处心积虑地隐瞒真正的现场?"

"这当然是因为……"平冢刑警的语气似乎在说"这时候了你怎么又说起这个","只要知道现场在哪儿,凶手的身份就暴露了。比如现场是凶手的家之类的。"

"正是如此。也就是说,一般情况下,计划杀人时,只要凶手有正常人的智商,都不会选择在自家犯案。然而凶手的家却成了犯案现场,这说明了什么?"

"冲动杀人!"平冢刑警喃喃道。他一定是想到了若木彻的头盖骨凹陷是因为被推倒而致的可能性。"或是单纯的意外。"

"对,凶手根本不想杀害若木彻,只是偶然听到了我和阿姨的谈话,心想绝不能让自己的女儿和若木彻那种男人结婚,一定要全力阻止不可——"

"等一下!"不出我所料,平冢刑警果然打断了我,"佐佐冈伸幸不可能是凶手,他半身不遂,瘫痪在床,更何况他早已在星期六晚上因心脏衰竭而去世。"

"但他的确是凶手,至少杀了若木彻的是佐佐冈伸幸。"

"那……"

"偷听我和阿姨谈话的,应该是他的姐姐,听说她还是单身,照料着瘫痪的佐佐冈伸幸,名字我就不清楚了。"

"她叫多惠。"

"她告诉弟弟,香里上了一个罪不可赦的男人的当。即使佐佐冈和妻子已经离婚,但香里毕竟是他的亲生女儿,他担心不已,便决定和若木彻谈一谈。不过他本人无法移动,只能拜托多惠带若木彻来。住址之类的多惠偷听了我和阿姨的谈话已经知道。若木彻来到佐佐冈家后和他谈了什么我不知道，但他们应该都很激动。激愤中的佐佐冈一把推倒了若木。当然，他没有杀害若木的意思，只是若木撞到了要害，因而身亡。见此情景的佐佐冈也因为受到的打击过大，给心脏造成负担而身亡。"

"哦……"平冢刑警喃喃道，"就是那时……"

"他们谈话时多惠应该也在场。两个男人同时死亡，让她大为震惊，但当时的情况并不容她震惊，情急之下，她将若木彻的尸体藏了起来，并将主治医师叫到家中。她大概以为弟弟还有救，不过却为时已晚。让医生回去后，她陷入烦恼中。这样下去，虽说是过失，弟弟还是因为杀了人而无法超生。她认为会造成这种局面，全都是泽田直子那个贱女人的错。因此她下定决心，要让那个女人负起应负的责任。于是，她决定利用白天与直子阿姨谈话的我。多惠找了个借口约直子本人出来，让她写下便笺并握住电锯以留下指纹。多惠是怎么骗她的我不知道，也有可能是将她绑起来以暴力相迫，又或许是骗她写下字条后，才将她绑起来硬按上指纹。总之，多惠拘禁阿姨后，便开始将若木分尸。我想地点应该是在她家的浴室。

"她先用便笺引我出门，然后带着若木的双臂，开着阿姨的车到安槻公寓，把双臂更细地分为数块，制造大量血迹，伪造好现场后等着我到来。确定我到场后，她便刻意在我眼前将空箱堆到阿姨的车上。接下来的这些步骤或许与事实有前后差异，总之在开车离去后，她便把真装有尸体的纸箱四处弃置，又把阿姨推下楼，并让坠楼的阿姨手中握着若木的命根子……"我不自觉地长叹了一声，大呼了一口气，"就是这么回事。"

说来匪夷所思，但平冢刑警似乎将我的胡言当真了。因为数天后，就有佐佐冈多惠因杀人、损坏尸体及遗弃尸体等罪被捕的报道。详细经过我不清楚。听说是在佐佐冈家的浴室验出了血迹反应，成了关键证据。案件的全貌似乎与我的想象大致吻合，或许细节有所不同，但没人告诉我详情。

然而我却提不起劲头来。我虽并未直接见过那位名叫佐佐冈多惠的女性，但我总觉得与其让她被捕，不如让直子阿姨继续背着凶手的罪名更合适。

当然，我也不愿亲戚之中出现杀人犯。但令人困惑的是，比起别人，由直子阿姨来当凶手要更能让我坦然接受。

第七因　解体肖像

挂在门上的铃铛发出冰块落入玻璃杯中的声响。匠千晓看到常客小菅亚纪子走了进来,露出了微笑。

"欢……"迎字还未像平时一样出口,千晓就瞪大了眼睛,毫无意义地在围裙上擦着手。注意到亚纪子一脸坏笑,他急忙补上:"……迎!"

"你好啊,匠哥。"在柜台前的老位置上落座后,亚纪子催促着跟在她后面的同伴在一旁坐下,自己则像捉住耗子的猫一样狡黠地笑个不停。"怎么了你? 像看见幽灵似的。"

"吓我一跳。"千晓像哭泣的小孩一样用双手揉着眼睛,"竟然有两个小菅。"

"看,我都说了吧。"亚纪子喜不自禁地对同伴笑着说,"匠哥绝对会中意这招。"

"亚纪你啊,真是的。"用目光对千晓行了一礼,小菅麻纪子轻轻拂动了一下披肩发,"像个孩子似的。"

"这是我姐姐。"

"我叫麻纪子。刚才失礼了。"对着千晓低头行礼的姐姐虽然和妹妹长得一模一样,身上却散发着一股和年纪不相称的淡泊气息,"我们从来没有玩过这种把戏,只是亚纪子说你绝对会喜欢才……她还要我和她穿一样的衣服。"

"真的是一模一样。"把湿巾和水放在两姐妹面前,千晓仍然不住地在感叹,"我的同学里也有双胞胎兄弟,可都没有你们这么像。"

"你中意这招吧。"说着,亚纪子抬起了右脚,"快看,快看,匠哥，从袜子到鞋，全都是一样的哦。真是费了不少事呢，就为了博匠哥一笑。"

"很不错，我很高兴。"

"那作为回报，今天的特价套餐就免费……"

"亚纪！"和喋喋不休的亚纪子恰成鲜明的对照，麻纪子一直在强调自己和这个恶作剧没有任何关系，"你有点分寸！"

"不好意思。特价套餐已经没了。"

"呃——"亚纪子似乎十分期待今天的特价套餐，她失望的程度让麻纪子不禁莞尔一笑。"已经没了？怎么这样啊……还没到三点呢……"

"直到刚才还像打仗一样地抢呢。"千晓环视了一圈几乎已经没有客人的店内，"有不少常客没赶上今天的特价套餐。"

"哎呀——再早点来就好了。"

"都怪你让我连发型都要和你一样，时间就浪费在这种蠢事上了。你自作自受。"

"对了，老板呢？"

"他说他去去就来。"千晓做出摇动弹子机操纵杆的手势。

"他还真是喜欢那东西呢。这么说来……"亚纪子已经在这家店里吃过数次千晓做的食物了，却似乎是为了刺激姐姐而故意出言不逊，"如果我点这个意大利肉酱面的话，就是由匠哥来做了？你行吗？"

"亚纪，说话别太无礼！"麻纪子果然轻松上钩。

亚纪子则一副没事人的样子。

匠千晓是亚纪子大学的前辈，但是实际上亚纪子入学时千晓已经毕业了。他们并不是在校园里相识的，而是在亚纪子和大学同学第一次来这家店时通过店主介绍认识的。"这家伙是你们的前辈哦。"再一打听，原来千晓大学毕业已有多年，但一直没有固定工作，只是偶尔像突然想起来一般现身这家大学时代打工的店里赚点零用钱。说起这些，店主就像是说起不孝子的父亲一般，给人一种操心不已的感觉。

更多的细节亚纪子就不得而知了，匠哥匠哥地叫着，其实连他的本名叫匠千晓都不清楚，只是觉得他给人一种无论多么恶劣的玩笑也会笑着奉陪，就像常去的咖啡馆里的小哥一般的感觉。

"咦？"随着飘来的肉酱香气而面容舒缓的亚纪子突然注意到店内墙上张贴着的海报，发出惊讶的呼声，"我说姐，看那儿……"

"哎呀，"麻纪子也自从进入店里以来第一次毫无保留地露出吃惊的表情，"真的啊……"

"真是想不到，这张海报竟然还有……"

那是一张名叫"天际景色"的三十层大楼的宣传海报。虽然区区三十层就号称"天际景色"让人觉得这名字有点夸张，但在这种穷乡僻壤，简直就是摩天大楼。大楼顶层甚至还有直升飞机场，让人有穿越时空的错觉。

海报的构图是从空中鸟瞰大楼，一位穿着紧身衣的女孩在旁边面露笑容。大楼的广告和紧身衣有什么关系呢？原来顺便也宣传了一家位于大楼一楼的健身俱乐部。

"'还有'是指？"千晓一边将做好的意大利肉酱面端到两姐妹的面前，一边询问。因为两姐妹的口气突然变得很阴郁。"这座大楼不是刚竣工吗？我听说才刚刚开始分售。"

"这张海报为什么还贴在店里？"麻纪子一扫之前的成熟气概，"沦落"到和妹妹一个水平线上，也就是回复成了对八卦嗅觉异常灵敏的年轻女孩子。

"建这座大楼的是……嗯……叫做南建筑公司吧，那里负责宣传的人和老板是朋友，让老板也帮忙宣传。似乎这座大楼盖得很豪华，但是实际上的销售很不理想，让他们很发愁。"

"那这个可能就是因为在店里才幸免的吧……"亚纪子盯着海报看得入神，都忘了把用叉子卷起来的意大利肉酱面塞进嘴里。

"'幸免'是指……"

"你不知道吗？"大概是习惯了千晓的言行，麻纪子的口吻仿佛是在责备他的无知，"这张海报被回收了。"

"然后又重新印制了新的，现在这个老版本的，大街上已经看不到了。"

"那又怎么了？"千晓一边擦着手一边凑过来凝视海报，"这个构图有什么问题吗？"

"被人恶搞了。"亚纪子总算开始吃意大利肉酱面了，"街上贴的所有。"

"而且全是这位女模特。"

"头的部分被整个——"

"用剪刀挖了下来。"

"头的部分？"在姐妹俩的立体声广播说明中，千晓直翻白眼，一时之间分不清哪个是姐姐，哪个是妹妹，"……这该怎么说呢……还真是恶劣啊。"

"恶心人吧？"

"我们也看到过一次被恶搞的海报，那感觉实在是很古怪。只有头的部分黑乎乎地缺了一块。"

"嗯……"千晓目不转睛地盯着海报中微笑着的模特，想象着两姐妹说的情景。原来如此。正因为她穿着紧身衣，优美地摆出体操中的伸展动作，所以头的部分被整个去掉的话会显得相当不和谐。"所有贴出来的海报都被恶搞了吗?"

"好像不是全部。"

"据说贴在公司前台的还平安无事。但是贴在电线杆和住宅墙上的几乎无一幸免。"

"那要有几十张吧。不,说不定不止几十张。要将这么多张,一张一张地只挖去头部,看来这不是普通的恶搞啊。"

"说的就是啊。"亚纪子太激动了,似乎将肉酱洒了出来,慌忙去擦拭溅到上衣上的,"其实我们认识这位模特。"

"嗯?"

"她和我们在丘阳女子高中是同级生。"

"丘阳。"千晓叫起这名字来就像是在叫自己的至亲。或许是在丘阳有熟人,也有可能只是单纯地感叹原来两姐妹出身自县内有名的贵族学校。"你们是丘阳毕业的啊,我都不知道。"

"她的名字叫岛冈万里子。"

"其实她就是刚才提到的南建筑公司的老板的女儿。"

"哦。"千晓不由得又看了一眼那位模特。醒目的小虎牙,眼尾稍有点上翘,但还是颇为娇媚可人,有点像某个著名的播音员。"她被选作自己老爸公司的宣传模特啊。"

"我想是她自己主动要求的。"麻纪子自信满满地说,"这是因为也和我们同级的有位叫渡边有里的女生,现在和她……"说着,她用下颌指了指亚纪子,"读同一所大学,经常出现在地方节目的广告中。渡边是被星探发掘的,长相无可挑剔,身材也很棒,被选中也是理所当然的。"

"但是性格嘛……"亚纪子似乎想起了什么,嘻嘻嘻地窃笑着,"有点傻乎乎的。"

"万里子从高中时代就对渡边怀有竞争意识。每次渡边上了广告我们大家都会发出赞叹之声,只有万里子说'那算什么啊,我要是想,地方节目的广告算得了什么'之类的。"

"然后据说她觉得好机会来了,撒娇地求她爸爸用她。因为是从万里子身边的人那里听来的传闻,所以我觉得很可信。"

"嗯。"千晓将餐后咖啡放到两姐妹前,抱起胳膊,"我倒觉得这个叫岛冈的女孩很漂亮。"

"确实如此。"麻纪子颇为满意地看着不停眺望海报的千晓,"其实无论渡边如何美貌,万里子也不必焦虑,因为她自己也同样富有魅力。"

"但还是焦虑了呢,因为学历上被拉开了。"

"亚纪!"

"本来就是嘛。万里子似乎有种偏见,认为去国立大学的都是丑女。所以当渡边考上安槻大学时她相当受打击,因为她一直以为渡边也会和自己一样直接就读丘阳短大。"

"真是可笑,为了这种事。"麻纪子忧郁地说,"明明丘阳短大在地方企业的就业率一直都很高,至少对女孩子来说。"

"要说万里子可怜也确实可怜,无论她怎么抱有竞争意识,渡边那边都是傻乎乎的不当回事,就像独自相扑一样,有劲却没处使。"

"费了那么大的劲,好不容易当上了海报模特,竟然还被恶搞了。"千晓一边刷着盘子一边叹息道,"这个女孩还真是不走运。"

"就是呢。"麻纪子一副英雄所见略同的口吻,"怎么想都是变态所为吧?万里子吓得提心吊胆……"

"据说一开始他们把被恶搞的海报都撕下来重新贴上了新的,但是无论重贴多少次还是一样,只有头的部分被挖掉了。连万里子都开始哭着说别再贴了。"

"于是这个海报就被回收,重新改版印刷了。新的海报里没有了模特,只有大楼的特写。"

"新的海报没有被恶搞吧?"

"嗯,完全没事。"

"也就是说,"千晓用抹布擦拭盘子的动作缓慢下来,"对方并不是针对'天际景色'和南建筑公司在挑衅。"

两姐妹互相看了一眼,脸上显出一种近似共犯的表情。

"意思就是对方只是针对岛冈万里子个人。难道是和她有什么个人恩怨吗?还是只要是漂亮的女孩就恶搞的纯变态?"

"其实——"

"这些话请一定、一定、一定保密。"看到亚纪子畏畏缩缩地开了口,麻纪子急忙打断了她,粗暴的口气有点不符合她的性格。

"等一下。"正要探出身子的千晓突然想起来什么似的闭上了眼睛,"需要保密的事情最好还是别和我说,我这个人嘴很大,可没有保守住秘密的自信。"

"咦?"丑闻和谣言正要如怒流般从口中倾泻而出的两姐妹像吃了对手一招的相扑选手一样僵住了,"那个……"

"匠哥有很多朋友吗?"亚纪子跃跃欲试地张着嘴,似乎里面有千言万语即将奔流而出。

"基本上没有。有一个当老师的师兄——这么说起来,同学里当老师的还真不少呢。还有一个在东京的广告公司工作,大概就是这样。"

"好像你说过你是单身,住在公寓里吧?"

"是啊,怎么了?"

"房间里有电话吗?"

"没有。"

"那就没关系了。"亚纪子"哈哈哈"地干笑了几声,抢过了话头,"姐,和匠哥说了也没事吧?"

"管理人那里有电话,如果打那个电话的话……"

"其实,"麻纪子像没有听到千晓的话一样,又把话头抢了过去。看起来她喜欢八卦的程度丝毫不逊于妹妹。"我们已经知道谁是凶手了。"

"凶手是指挖去海报中模特头部的那个人?"

"对。你说过有可能是有人和万里子有个人恩怨吧,实际上确实如此。因为万里子做了一些实在会招人怨恨的事,或者说……"

"咦?"虽然没有能守住秘密的自信,但千晓还是对这种话题十分感兴趣,"她做了什么?"

"去年的学院祭——不是她们的,是我们的。"麻纪子强调了一下,"我是安槻女子大学的。去年安槻女子大学学院祭时万里子来玩了。刚才亚纪也说了,万里子对学历有自卑倾向,实际上也确实如此。因为在学院祭上,安槻大和医大、工科大的男生来了不少。在这些男生面前她总想装出自己是安槻女大的学生的样子。现在回想起来她确实是刻意那么做的,当时我们还单纯地以为她是出于同学感情帮忙呢。"

"嗯……"千晓又为两姐妹添了点咖啡,顺便将店主亲手做的点心给她们切了点做为免费招待。无意识中做着这些的千晓看来也完全沉浸在了这个话题中。"原来如此。去参加安槻女大的学院祭,看到在那里热心忙活的女孩,肯定会以为是安槻女大的学生。"

"就是这么回事。万里子去帮忙的还是联谊斡旋会。"

"联谊……咦?斡旋会?"

"电视上播放过东京的女子大学曾经做过这种活动,就有人提出模仿一下。简单地说就是，来参加学院祭的男生都是抱着泡妞的心理来的，当然也不能以偏概全……"

"还有什么别的目的吗？"做为安槻大学学生的妹妹口气有点辛辣。大概是亲眼见过男生们去女子大学的学院祭泡妞的经过。"没了这种乐趣，谁还会去那种无聊的地方啊。"

"匠哥你——"第一次这么称呼千晓的麻纪子迟疑地左右看了一圈，最后还是问出了口，"也是这样的吗？"

"我连自己学校的学院祭都没去过啊。"千晓不知为何，不好意思似的搔了搔头发，"不过即使我去了，大概也是抱着想接近女孩子的想法吧。"

"她们就抓住了男生们的这种心理来骗钱。"亚纪子的口吻依然很是辛辣。

"我可得先把话说明白。"圆睁眼睛的麻纪子看起来像是在讨好，"我和那个计划可没有关系。不过结果上来说还是通过我的介绍，万里子才去帮联谊斡旋会活动的……或者不如说，万里子成了中心人物。"

"毕竟她长得那么漂亮。"亚纪子像横纲[①]上场一样，双手向海报高举，"男生们嘿嘿一笑就轻松上钩了。"

"具体做什么呢？"

"什么都不做。"

"咦？"

"就是让想参加联谊的男生在这里提出申请，把学校名、联系方式留下——实际上就是做这个。然后她们将男生的名单贴在女子大学的通知板上，招集看见这个名单后想参加联谊的女生，招集到一定数量

[①]横纲，日本相扑运动员资格的最高级别称号。

后她们就会主动联系男生们——只是这么说说而已。"

"你漏掉了重要的部分。"

"现在正要说。"妹妹冷笑似的口气惹火了麻纪子,她不自觉地提高了音量,"到这一步为止都是免费的,也就是说可以免费将名字放到名单上。接着,万里子她们对名单上的男生们说,如果付三百日元就可以贴上照片。"

"照片?"

"也就是说交了钱就可把照片也贴在通知板上。因为只看见名字和学校名,女生们不见得会想和他们联系。这时候如果能附上照片这种可以作为判断依据的东西,就会十分有利——这么一说,不会有男生拒绝。于是他们就乖乖掏出三百日元,用快照拍下照片。"

"实际成本就只有照照片的钱,有数量保证的话,还真是个好买卖。"

"数量绝对有保证。可以说是相当赚钱。"

"就像诈骗一样。"

"诈骗?"千晓歪了歪头,"那么实际上那些交了钱的志愿者的照片会被贴在校园里吗?"

"不,虽然她们按照约定贴了一段时间,但是——"

"但是根本没人看。"

"安槻女子大学的学生联谊已经有了固定的渠道,安槻大和医大、工科大之间都有关联。说的不中听点,完全没有必要为了找长得帅的男生而开拓新的渠道。那些凑到联谊斡旋会的男生也都是剩下的破烂货,这大家都再清楚不过。平时不招待见,才会这么轻易上钩。当然了,看见照片后会对他们有兴趣的女孩也不是完全没有,但是她们心里也明白,这样一定会被其他人嘲笑:专门去捡人家挑剩下的,真傻。

所以没有人去看通知板上的名单。"

"知道了这些还做这种买卖，实在和诈骗差不多。"

"不是差不多，就是诈骗。哎呀哎呀，同样作为学生，我真是替她们感到羞耻。"

"男生们一定很生气。"麻纪子已经顾不上妹妹的冷嘲热讽，带着点自嘲意味地叹息道，"当然了，也没有男生上门来抱怨。因为他们自己也很明白做这种事很丢人。而且就算来抱怨，只要说还没有招集到人，就可以把他们打发回去了。"

"真是缺德啊，听起来就让人想叹息。"

"最缺德的就是万里子。"似乎又有了反击妹妹的心理，麻纪子顶嘴道，"明明不是安槻女大的学生，竟然堂而皇之地坐在收款台前，还拿走了一半的钱。"

"你在说什么啊。让万里子坐在收款台，就肯定会有大批的男生涌过来，你们就是这么想的吧。让他们以为会和那么漂亮的女生联谊。其实你们也利用了万里子，谁也没资格说谁。"

"那……倒也是。"大概是觉得自己完全没必要这么生气，麻纪子也突然染上了亚纪子的辛辣口气，"事情会发展成那样，也都是万里子她自作自受。"

"'发展成那样'是指？"

"男生名单里有一个叫兼松健夫的工科大学生，据说他偶然在街上遇见了万里子。要只是单纯的邂逅也就无所谓了，问题是兼松君不知从哪里知道了万里子诈骗的事。当然他个人的损失只有三百日元，但他大概是觉得道义上说不过去，就和万里子吵了起来，或者说理论了起来。"

"当然这不是我们亲眼看到，而是后来听说的。"

"万里子的考虑是，自己没有做错什么，就算错了也不只是她一个人的错。据说她也没和兼松君多费口舌，只是大骂兼松君是色狼，大声向周围的人求救。这时兼松君要是赶紧走开就好了，可没想到这反倒激起了他的正义心，更加咬住万里子不放。接着一群高中生听信了万里子的求救，上来要兼松停下……"

"与其说是打架，不如说是群殴。毕竟对方有五个人。虽然并不是小混混，但下手却毫不知轻重，又打又踢，打着打着兼松君就瘫成了一团……"

"不是……死了吧？"

"嗯，"麻纪子像是喉咙上被刀子划过一样发出嘶哑的声音，"不知是谁报了警，那些高中生被带走了。万里子那时趁乱逃跑了，所以可能直到现在，警察和高中生都不知道引起事情的女生到底是谁。"

"咦？"带着沉痛表情倾听着的千晓一愣，"那你们是怎么知道这些的？"

"万里子向朋友炫耀的。"麻纪子急忙补上一句，"不过那时万里子还不知道兼松君已经死了，所以才能得意洋洋地对别人说：'真受不了，竟然把我当坏人，啰啰嗦嗦的，被打了真是活该。'之后通过新闻得知兼松君的死讯后，她就什么也不说了……"

"那些朋友里面没人对警察说明吗？"

"她们都觉得说了也于事无补，而且一旦打小报告的事被揭发了，就会到处遭人白眼。"

"嗯……"

"匠哥觉得这么做不对吗？"亚纪子这回明白无疑地流露出了共犯意识。

千晓似乎在沉思着什么。一段时间内，屋里只剩沉默，似乎连空气都不流动了。"我能把这个问题的答案留到最后再说吗?"

"嗯?"

"等我听全了小菅同学的话之后再回答刚才的那个问题,可以吗?"

"要说全部的话……其实也没剩多少了……从那之后,万里子的海报就开始被挖去头的部分……"麻纪子与亚纪子互相看了一眼后说道。

"你们刚才说已经知道犯人是谁了吧。"

"已经过世的兼松君和母亲生活在一起。他妈妈——应该是叫敦子——对于儿子的死非常悲痛。甚至在兼松君的葬礼上扬言要杀了害死儿子的人。"

"所以犯人就是这位母亲?"

"虽然她说要杀人,但实际上也没那么轻易能杀得了。所以就拿海报里的万里子出气作为补偿。这就有了将几十张海报逐张破坏的怨念——"

"你想的太简单了,姐。"

"怎么简单了?"

"以为只是为了出气才这么做,实在是太天真的想法。这样就能满足的话,岂不是还有很多可以做的?比如说挖去身体的其他部分,或者在上面写一些告发性质的话,'你这个杀人凶手'之类的。"

"你想说什么?"

"将大街上遍布的海报都只挖去头的部分,这是相当深的怨念。她执著于这一点就说明她不只是想破坏海报,而是有别的意图——难道不应该这么想吗?"

"别的意图是什么?"

"警告。"

"警告?"

"比如:我早晚会让你真正的头也变成这样……"

"喂喂,别说了,亚纪。"麻纪子像是一瞬间头发都要倒竖起来一样往后退去,"真是过分,这种杀人预告之类的……"

"很有可能。"

"可万里子不还是活蹦乱跳的嘛。"

"以后就不好说了。没准儿就在咱们现在说话的这个时候……"

"都说了让你别说了!"麻纪子直起腰,似乎真的很害怕,一副要哭出来的样子看着千晓,"那种事不可能发生吧,匠哥?只不过是一种心理补偿吧?"

"唉呀呀,这种事谁知道啊,是吧匠哥?"

"我想问你们一两件事。"处于两姐妹立体问话夹击下的千晓为难似的挠了挠鼻子,"可以吗?"

"什么事?"

"去年的学院祭是在秋天?"

"嗯,十一月。"

"那兼松君去世的时间呢?或者说他偶然遇到万里子是什么时候?"

"好像是上个月月末。"

"也就是二月末。那万里子的海报开始张贴又是什么时候?"

"今年的年初。"麻纪子向亚纪子征求同意,"一过元旦就开始了吧?"

"决定启用万里子作为模特是什么时候?"

"去年的……嗯……大概是圣诞节的时候。当然,摄影应该早就结束了。但是什么时候决定的就不知道了。"

"开始出现挖去头部的事件是什么时候?"

"兼松君死了之后马上就开始了。"

"原来如此。"千晓点头的同时店铃响了,两个上班族模样的男人走了进来。千晓趁着将水和湿巾端到他们的桌上时对两姐妹说:"不用担心。虽然也不是全然不用担心,但至少万里子不会被杀,这种危险我觉得不存在。"

麻纪子和亚纪子都被挑起了好奇心,十分想听下文,可是接着又进来了一群学生模样的人,店里一下子忙了起来。似乎是预料到了这种状况,店主也适时归来,这实在不是两姐妹独占千晓问这问那的时机。千晓的打工要干到傍晚,所以两姐妹和他约好到他常去的酒馆等他,之后就离开了。

"说是要说明怎么回事,但是大部分都是我的想象。"平常千晓都是来此独酌,今天却带来了两位年轻女孩,老板娘也变得殷勤有礼,千晓向她点了啤酒之后就开始进入正题,"但我觉得大体上不会错。"

"万里子真的没有危险吗?"

"没有。"

"但是兼松君的妈妈……"

"恶搞海报的并不是兼松敦子。"

"咦?"

"怎么可能……可是……"

"因为兼松敦子不可能知道造成儿子死亡的人是岛冈万里子。"

"可能调查到了,利用信用调查所之类的。"

"也可能是海报贴出来之后才注意到的。"亚纪子把一扎啤酒往桌子上使劲一放,"兼松君有可能弄到了万里子的照片。如果是那样,那他妈妈应该也见过。她一定听儿子谈起过学院祭上诈骗的女孩子,然后一看见海报就灵机一动……"

"说不定她就是从那时开始调查万里子的身份，询问南建筑公司的。"

"那种事去问别人就会说吗？"

"应该比去学校询问简单。如果打电话到大学想要询问某某学生的联系方式，人家肯定不会说吧？就算同是学生也不行。肯定会告诉你'我们会告知这位学生有什么人和他联系过，请他再联系你'。那都是为了保护学生不受推销之类的骚扰。"

"那企业也不会说吧？同样涉及个人隐私的问题。"

"我觉得应该有办法。比如打电话说看了你们的海报，对上面的模特很中意，想请她也给我们做模特。"

"原来如此，装成同行。"

"顺便能不能请您给我介绍一下那位模特所属的事务所呢——这样拜托的话，就算不愿意也没法拒绝吧？万里子的情况下就会说'其实这是我们老板的千金'之类的话吧。"

"正是如此。"听到这里，千晓重重地点了点头，"这一点正是这次事件的关键。"

"嗯？"

"怎么回事？"

"这就是为什么万里子的海报只有头部被挖去的理由。挖去头部也就看不到模特的脸了，只要看不到脸就好——万里子就是这么想的。如果长相没被看到，哪怕兼松君的妈妈弄到了自己的照片，又出现了在街上目睹自己曾碰见兼松君的人，他们也无法通过海报调查到自己身上。"

"咦……"

"咦?咦咦?"

两姐妹将扎啤送到嘴边的动作几乎同时停了下来。这两姐妹从语尾声调提高到吃惊地张大嘴,一切都很相像。

"那……其实是万里子……"

"你是说那是万里子自己做的?自己挖去了自己的头……"

"知道兼松君被殴打致死后万里子慌了神。她一定觉得虽然自己是事情的起因,但自己没有做错什么,不想被卷进事端。幸好兼松君一直以为她是安槻女子大学的学生。就算他的家人知道,也不过是'安槻女大的学生',警察大概不会查到她身上,暂且可以安心。但是不久她注意到了一件大事,那就是'天际景色'的海报,满大街都是自己的照片。如果兼松君的家人完全不知道自己的长相也就算了,但如果像刚才你说的那样……"

千晓一时忘了刚才提到那些的是麻纪子还是亚纪子,迷惑地对比着看了看两姐妹,转念一想,无所谓了。

"兼松君从别处弄到自己照片的可能性无法排除,而且万一出现了曾在街上目睹兼松君和自己发生冲突的人怎么办?毕竟闹出了人命。万里子极力想从这件事上全身而退,所以就必须对海报做点手脚。可是做模特是她毛遂自荐的,现在反悔的话也无法说出口。因为她不能将实话全盘托出,随便找些理由搪塞的话又不会被接受。她也许曾经想过一张张地撕下来,但想想也知道,肯定会被重新贴上。于是她为了不让人认出自己而将头部挖下。当然她不可能把所有海报上的头部都挖去,我们店里就还有一张。但是她有自己的算盘。待时机成熟,她就去哭诉,表示这一定是什么人在针对自己,不要再贴那张海报了。事情如她所愿,海报被回收,换成了别的构图——就是这么回事。这样一来她的脸就从街上完全消失了,她也就和那起事件完全脱离了干系。她唯一的漏洞就是把和兼松君相遇的事向朋友们吹嘘，但这也没有办法，当时她还不知道兼松君已经死了。"

麻纪子和亚纪子在惊叹之余并未感到太多意外。也可能是熟稔万里子的性格，比起千晓更容易接受他的假说。

"兼松君的妈妈就是挖去海报头部的人，你们是这么想的吧？"

"不……那个……"

"其实……有传言说……"

"那个传言流传的地点一定很有限吧。要想制造这个传言就一定要知道万里子和兼松君之间的因缘。也就是说，只有万里子和她周边的人才能传出这样的传言。没准儿正是万里子本人，她不想让人知道自己的所作所为，当然需要一个替罪羊。"

麻纪子和亚纪子没有再说什么。她们已经突破了共犯意识，显现出了明显无疑的惭愧。

"你们问过我，没把万里子的事告诉警察是不是不对。现在我就说说我的想法。就算去向警察说明，万里子也不太可能受什么具体的惩罚。所以你们对此事沉默不语的判断我觉得也无可厚非。会成为兼松君死去的导火索，某种意义上来说也不是万里子的意志能决定的。只是，如果真是她有意让兼松君的妈妈成为挖去海报头部的人的替罪羊的话，那她就真是卑劣小人了。尽管如此，如果小菅同学你们的最终判断还是沉默不语的话，我尊重你们的想法，不会因此而责怪你们。但就我个人而言，既然已经知道了，我无法保证不对任何人泄露万里子的事。特别是兼松君的妈妈，她应该有得到万里子谢罪的权利。这就是我的回答。很遗憾，就像我白天说的那样，我这个人口风不紧。"

第八因　解体照应

第一幕
最初的胴体

(三月十日星期二)

演员表：水田显枝——小学教师

水田康昭——显枝的丈夫

唐岩修造——显枝的父亲

唐岩孝子——显枝的母亲、A市的女市长

警部

部长刑警

刑警

场景：A市公立第一小学教员停车场。时间是晚上九点左右。

　　帷幕升起，舞台上一片黑暗。只有中央打着圆形灯光，一位身穿运动服的女性躺在那里，头上盖着黑色的布。黑布融入暗黑的背景中，看起来就像没有头。

　　随着灯光渐亮，画着停车场和学校建筑物的远景渐渐清晰。配合着这些，两个身穿制服的男人登场。

部长刑警	（夸张地摇了摇头，咂着嘴）真是可惜，实在是太可惜了。
警部	什么？你说什么可惜，老长？
部长刑警	什么可惜？当然是死者了！主任也看过这个死者生前的照片吧？漂亮得给小学生当老师真是太浪费了。真是心痛啊！明明这世上美女就快绝迹了。你不觉得吗？啊啊，心痛！明明世界上到处都是随便杀也无所谓的丑女。
警部	老长。（低声）拜托你能不能别说这些失礼的话？死者家属马上就要来了。
部长刑警	哎呀。（根本没有低声）主任不喜欢这种类型的吗？啊，对了，主任喜欢上了年纪的。这种可爱型的有点太嫩了——
警部	（粗声）我的个人口味不重要吧。你注意一下自己的立场！
部长刑警	是是是，我知道了。（自言自语）喊，所以说大学毕业的精英就是——

这时，第三位警察小跑上台。

刑警	死者的家属已经到了。是死者的丈夫和双亲。
警部	好，知道了。

刑警一动不动。

部长刑警	发什么呆，笨蛋！快把他们带过来！
刑警	嗯，那个，其实……（似有难言之隐，语尾含混）
警部	怎么了，说清楚。
刑警	是。其实死者的母亲是唐岩孝子女士。
部长刑警	唐岩孝子？谁啊？明星吗？能要签名吗？没听说过啊。
刑警	您在说什么啊。（惊呆状）她是A市历史上第一位女市长啊。
部长刑警	什么？啊！（声音高八度）那个一副欲求不满的狐狸样子的老太婆吗？
警部	老长。（声音发尖）求你了，注意一下自己说的话。
部长刑警	不是吗？主任，前一阵的电视您也看了吧？她接受那个什么什么节目的专访，满脸皱纹笑嘻嘻地自吹自擂，张口闭口女性独立和人权之类的，别的就什么也说不出来了。我看就是她老公对她教育得不够。什么女性的时代啊，由女性来创造女性的城市啊之类的。虽然前任市长也有对政府职员差别对待之类的问题，也是个问题多多的老头子，不过比起这位老太婆来说，要好多啦！
警部	（吹胡子瞪眼了一阵，接着又一转念）确实，（压低声音）她总是大话连篇。那种女强人都一个样，就是想把男人拉下马。
部长刑警	对，太对了。（深得我意的样子）真是愚不可及。大概是老公不够疼爱她吧。好好照顾她的话，女人怎么会发狂到对政治产生兴趣的程度呢？绝对不会。

刑警	（看着两位上司）问案时说这种话，是不是有点……那个……
部长刑警	嗯？你怎么还在这儿？快去把老太婆给我叫来！
警部	不过既然女儿被杀，就算是她也不会再摆出接受专访时那副满面春风的德行吧。
刑警	（不知如何是好）我、我先去叫他们。
部长刑警	你磨磨叽叽地搞什么呢？嗯？等一下，对了，先把死者的丈夫叫来。
警部	为什么，老长？
部长刑警	主任，这种时候最可疑的一定是死者的老公。毕竟是那个市长的女儿。肯定成天吹嘘女性的人权之类的，不做饭、不洗衣服，搞不清楚权利的意义，光明正大地搞外遇，不把老公当回事。一定是这样。大概是觉得自己的母亲是市长就牛气冲天。这样一来，窝囊废老公的怨恨一天深似一天，终于忍不住干掉了她。
警部	（看着跑去传唤的刑警）原来如此。很有可能。
部长刑警	绝对跑不了。死者的头可是被割下拿走了啊，这说明凶手对死者抱有极大的憎恨。这样的人除了她老公，哪里还有别人？

刑警带着一个男人出现。

部长刑警	哦，终于来了。你就是水田康昭吗？
水田康昭	是、是我。（手足无措地）是真、真的吗？我妻子

被、被杀了？

警部 我们正要请你确认。（指着没有头躺在那里的尸体）请到这边来。

水田康昭 啊，啊啊啊！（奔向尸体）显枝、显枝！啊啊，啊啊，太悲惨了！

部长刑警 （狐疑地）喂，我说你！

水田康昭 谁、是谁干的？这、这样狠心的事……警察先生，这是谁干的？凶手是谁？还没有查明吗？

部长刑警 我说啊，你怎么这么快就知道这是你的妻子？

水田康昭 咦？什么？

部长刑警 这还用问吗，尸体没有头。头被割下了，哪儿都找不到。

水田康昭 咦？怎么会……还没找到头吗？啊，真是可怜。警察先生，请一定要尽快找到，让我的妻子能完整地入殓。

部长刑警 你听不懂别人说话吗？听着，明明尸体没有头，你是怎么知道这是你的妻子的？不可疑吗？不会是你从一开始就知道她被杀了吧？

水田康昭 （视线在警部和刑警之间游移，似乎是在寻求帮助）这、这是什么意思？

部长刑警 没什么意思。你现在装出一副善人面孔，没准儿其实就是你杀了你的妻子。嗯？是不是？

水田康昭 （震惊）开、开玩笑吧。我为、为什么要杀我的妻子？别胡说八道，你有什么根据？

部长刑警 刚才我不就说了吗？你就不能好好听人说话吗！为

	什么尸体没有头你还能认出是你的妻子？那说明你在警察之前就知道了妻子死在这里。为什么你会提前知道这些？答案很简单。就是你自己下的手。怎么样？没错吧？
水田康昭	愚不可及。（惊诧）你脑子没问题吧？我知道这是我的妻子是因为她的身体。
部长刑警	身体？
水田康昭	没错。这样娇小而超群的比例，虽然不大、形状却很完美的乳房，这绝对是显枝，错不了。警察先生们是如何断定这是水田显枝的？
警部	从她随身携带的驾驶证。
水田康昭	原来如此。可是警察先生们从来没见过我的妻子吧。也就是说你们看到驾驶证上的名字是水田显枝，就认为这个人是水田显枝，真是消极的判断。
部长刑警	怎么着？你那些身体上的判断就积极了？
水田康昭	当然了。我每晚都会爱抚这个身体，绝不会看错。
刑警	（战战兢兢地）他这么自信，我觉得可以相信他……
部长刑警	（爱答不理的）少废话，你给我闭嘴。
警部	这个问题暂且搁置，先问别的。
部长刑警	（痛快地）说的是。有对你妻子心怀怨恨的人吗？
水田康昭	不清楚。毕竟我妻子长得漂亮，人又高贵体面，大家都喜欢。
部长刑警	不过还是被杀了。钱包里还有现金，所以不是谋财害命。在工作中的矛盾、冲突之类的，你听说过吗？
水田康昭	完全没有。

部长刑警	你妻子不是有外遇了吧？
水田康昭	你是说她在外面有男人？那不可能。因为我每天晚上都很疼爱她。
警部	知道了知道了。你很了不起。可是就算你妻子完全没有这方面的想法，对方一味单相思的情况也存在吧？如何？类似的听说过吗？
水田康昭	不知道。至少我没听说过。
部长刑警	你自己呢？
水田康昭	什么？你说什么？
部长刑警	我问你在外面有没有女人？也有可能是你的外遇妒火中烧，下手杀了你的妻子。
水田康昭	我可没有搞外遇。根本没有那个必要，因为我妻子漂亮娇小又有魅力。
部长刑警	你说你每晚都疼爱她，是吧？
水田康昭	对。那是相当地热烈……
部长刑警	够了。如果想起什么就马上和我们联络。哦，对了，今天下午四点到七点之间，你在哪里？做了些什么？
水田康昭	咦？什么意思？
部长刑警	没什么意思。就是问你下午四点到七点之间在哪儿、做什么，以及谁可以证明。
水田康昭	啊，难道是在怀疑我？真过分。我都说了我那么疼爱妻子。
警部	好好好，知道了。只是走走形式。
水田康昭	五点下班后就和同事们去喝了点小酒。回到家大概是八点左右。

部长刑警	嗯——算了，这种事一查就知道了。主任，您还有什么要问的吗？
警部	你妻子身体上有什么特征吗？比如装了假牙之类的？
水田康昭	没有。妻子的牙就像珍珠一般美丽，出现在牙刷广告里都毫不为奇。

警部点点头，刑警把水田康昭带走了。

部长刑警	真不愧是主任，真敏锐。您是在想那起走私案吧？
警部	嗯。（得意地）正好想起那件事。当然那起走私案和这起杀人案之间没什么直接联系，不过手法上倒有点相像。
部长刑警	那起案件倒是很像漫画。伪装成柬埔寨难民的样子——在哪里来着？九州吧——登陆。在被送往收容所的途中集体逃脱。其中一个被抓获之后，警方竟然在假牙里发现了钻石的原石。哇哈哈哈，真是好笑。就像漫画一样。
警部	那个集体逃脱的走私犯曾潜伏在A市的事你听说了吗？
部长刑警	第一次听说。真的吗？
警部	嗯。但是被抓获的时候钻石已经被处理了。似乎是处理给了常在A市活动的"佐古田组"的成员。
部长刑警	哦。那个杂鱼田组。那么他们把这些走私来的钻石当做资金来源了？
警部	应该是。可是调查了那些成员，却没有发现关键的

钻石。追问那个成员——叫羽鸟还是什么的,他非说是被一个叫横井的小混混抢走了。

部长刑警 那个叫横井的是什么人?

警部 自称侦探。只要有委托就什么事都干的那种便利屋。据说也做一些见不得人的事。

部长刑警 那么,调查那个横井了吗?

警部 嗯。但是据说连个"钻"字都没查出来。

刑警带着一对上了年纪的男女出现。被警部和部长刑警挡住,从上了年纪的男女的角度看不见尸体。

部长刑警 哎呀,市长,百忙之中真是抱歉。前几天的电视演说我洗耳恭听了,实在是令人感动不已。您说到从现在开始女性也要努力为社会做贡献时,我真是醍醐灌顶。

唐岩孝子 (嫌麻烦地挥了挥手)警察先生,我女儿被杀了是真的吗?没弄错吗?

部长刑警 啊,实在是遗憾。刚才贵婿已经确认过遗体了。

唐岩孝子 这样啊。(傲然地耸起肩)然后呢?我女儿是怎么死的?

部长刑警 是管理员在给停车场上锁时发现的。是被勒死的。应该是想要上车时遇袭。至于凶手为何在将您女儿杀死后再割去头——

唐岩孝子 什么……(瞪大眼睛)

部长刑警 更不可思议的是,凶手将头带走了。

唐岩孝子	太可怕了。（靠向身旁的丈夫）多么可怕啊！这样罪大恶极的事件竟然发生在我所管理的市内，而且还是发生在我女儿身上……（激昂地）警察们到底是做什么的？
部长刑警	也不是因为我们才发生这样的事……
唐岩孝子	你们这些吃白饭的。（指着部长刑警）税金大盗！
部长刑警	哦？竟然说得这么过分。恕我直言，市长，若说吃白饭和税金大盗，恐怕咱们半斤八两——
警部	（打断部长刑警）十分抱歉。我们一定全力搜查，第一时间告知您结果。另外唐岩市长，今天下午四点到七点之间您在哪里、在做什么？
唐岩孝子	哎呀，（身体后仰）你、你这是什么话？只是无能的话还可以原谅，竟然还敢怀疑本市长，（冲向警部）敢怀疑我……
刑警	（从后面抱住孝子）形式而已。只是形式而已。请您冷静，市长。不要发火。
部长刑警	（故意大声）喊，真是的，是谁投票给这个疯婆子的？比起市长办公室，还是监狱更适合她。
唐岩修造	（之前不知所措，突然激愤起来）你、你刚才说什么？刚才？真、真是失礼。对我最爱的妻子说话注意点。
部长刑警	（无所谓地）啊，您在啊，唐岩先生。存在感太弱了，我还以为是幽灵呢。快点好好调教一下这只猛兽吧。正好，也问一下你的不在场证明吧。（侧眼看了一下正在刑警怀中奋力挣扎、想要踢向部长刑警的孝子）我先说在前头，您说和您夫人在一起可是

	不行的哦。家人的证言本身就无效,何况是这种毫无辨识能力的。
唐岩修造	(激昂状)这、这种无礼的问题没有回答的必要。孝子,我们走。
唐岩孝子	(挣脱刑警抱住丈夫的手臂)老公,我不甘心。(带着哭声)被这种无能之辈、这种无知蒙昧的蠢货侮辱。
唐岩修造	(抱着妻子退场)你们会后悔的。告诉你们,A 署的署长是我伯父的表姐妹的公公以前手下的员工的邻居。孝子,走。
部长刑警	不交代清楚不在场证明,后悔的是你们。啊,走了。真是没有幽默感的夫妻,是吧,主任?
警部	(拍着刑警的肩)待会儿你去问问他们的不在场证明。
刑警	咦?(不愿意地)他、他们是?
部长刑警	当然是市长和她老公。
刑警	我?(快要哭出来)我去问吗?
警部	就交给你了。

　　警部和部长刑警快速退场。茫然站着的刑警像是求救一般环视四周,看到了没有头的尸体横陈在地上——

——快速落幕——

第二幕
第一颗头和第二具胴体

(三月十一日星期三)

演员表：栗山千秋——超市营业员

　　　　栗山悟——千秋的丈夫

　　　　伊贺上千春——千秋的妹妹　主持人

　　　　伊贺上巧——千秋的父亲

　　　　伊贺上祐子——千秋的母亲

　　　　横井让二——便利屋

　　　　警部

　　　　部长刑警

　　　　刑警

场景：公园。除树木、长椅和厕所等背景之外再加上超市的远景。
　　　　时间是下午三点。

　　幕布升起，长椅旁躺着一位身穿超市营业员制服的女性。头被灰色的布盖着。灰布融入背景中，看起来就像是没有头。在她所枕的地方有一个不透明的塑料袋，里面装着一个人头大小的东西。

有三个男人围着躺着的女性,从观众的角度来说,站在右边的是警部,左边的是部长刑警。

部长刑警　(对站在中间的男人嬉皮笑脸地)唉呀呀,真是说曹操曹操就到。没想到会以这种方式和大名鼎鼎的横井君见面。

横井让二　你什么意思,警察先生?

部长刑警　赚了不少吧?用那个亮晶晶的石头?

横井让二　别提这事了好不?前一阵子对别的警察我也说过,我根本就不知道钻石的事,我已经证明了自己的清白。

部长刑警　啊,这么一说好像确实去你家搜过了。虽说没搜到,但也不能说明什么。没准儿放在了(竖起小指①)这里。

横井让二　我可以回去了吗?

警部　不必着急,不必着急。我们还想听你给我们慢慢地说明呢。

横井让二　我没什么好说的。只是偶然路过公园发现了尸体而已。仅此而已。总不能装作没看见吧?我可是尽到了市民的义务。

部长刑警　哎呀,那我们可是感激涕零。

横井让二　没有什么别的可说了。

部长刑警　别啊,别啊,还有好多话可以说吧?比如说横井君,你这个时间出现在这种场所,是为了什么?

横井让二　什么叫这个时间?现在不是大白天吗?我也要散散

---

①在日本用竖起小指表示情人。

	步之类的，有什么奇怪的？
警部	（摩挲着下巴）你的事我们有所耳闻。你妹妹是RAK电视台的记者横井真理吧？
部长刑警	哦？那个美女啊。
横井让二	（急躁地）我妹妹的事与此无关吧。
警部	那倒也是。你还做侦探一类的事。
横井让二	那又如何？
警部	没有活儿的时候一般不是应该睡到傍晚吗？
横井让二	我也有早起的时候——
警部	这个公园虽然离超市很近，但白天似乎没有人经过，在学校放学前几乎可以说一个人都没有。
部长刑警	而且你的住所离这里很远。我说横井君，爱睡懒觉的你特意早起到这么远而且空无一人的公园来悠闲地散步，这么说连小学生都要嗤笑吧？
横井让二	等一下，你们不会认为是我杀了这位太太吧？我真的只是偶然路过这里——
部长刑警	哈哈，你说太太？横井君，横井君，你是怎么知道这位死者已经结婚了的？嗯？
横井让二	（一副大事不妙的表情）没怎么，就是这么觉得。不行吗？
警部	（盯着横井的脸）死者的姓名你也知道吧？
横井让二	不、不知道。我怎么会知道？
警部	你应该知道。我告诉你我为什么会这么想吧。你在调查这位死者，对不对？
横井让二	（慌张地）没——

部长刑警	别装蒜了。你跟踪了死者，对吧？所以才会出现在这里。也就是说你目睹了杀人的现场，当然也见过凶手的脸。你只交代发现尸体而不说别的，是为了包庇凶手，还是说你就是凶手？
横井让二	等等，这太荒谬了。
警部	你知道死者的名字吧？
横井让二	（不情愿地点头）啊，栗山千秋，二十八岁，（愤愤不平地）已——婚——
警部	你为什么跟踪她？外遇调查？
横井让二	（犹犹豫豫地）差不多吧。
部长刑警	那么委托人就是她丈夫了？
横井让二	喂，这个就算了吧。（发脾气）委托人的身份要保密。
警部	那就算了。然后呢？
横井让二	没有然后了。（困惑地）只有这些。警察先生，您就饶了我吧，确实，我在调查这位太太，这我承认。但是我没看见是谁杀了她，更不是我干的。真的。我来的时候（指着尸体）她就已经变成无头尸了。
部长刑警	可是横井君，你是怎么知道这具尸体就是你跟踪的栗山千秋呢？既然尸体没有头。
横井让二	（愣了一下，马上恢复正常）这是不是栗山太太我也不知道。不过她穿着超市的制服，这条路又是她回家的必经之途，我就想当然地认为是她。就是这样。

这时刑警出现。

刑警	死者家属来了。
警部	知道了。带他们过来。
横井让二	(看着退场的刑警)喂,我可以回去了吧?
警部	只是今天。你要是想起什么,能主动通知我们就太好了。

横井没回答,径自离去。在退场前从兜里拿出香烟,点上火之后抽了一口,似乎很是享受,脸上现出放心的表情,叼着烟迅速退场。

部长刑警	主任,您怎么想?
警部	那家伙一定在隐瞒着什么。
部长刑警	我也有同感。
警部	上一起杀人案和这一起之间有多大的联系现在还说不好啊。
部长刑警	没准儿,(看向尸体边的塑料袋)是一起了不得的案子啊。
警部	没错。
部长刑警	又是头被割下。而且本以为这次把头留下了,(再次看向塑料袋)没想到里面竟然是上一次的死者水田显枝的头。
警部	也就是说栗山千秋的头被同一个凶手拿走了。凶手葫芦里卖的到底是什么药啊?
部长刑警	主任,将昨天的凶手和今天的视为同一人应该没问题吧?

警部	嗯。因为昨天被带走的水田显枝的头被扔在了这里。
部长刑警	也就是说凶手对水田显枝和栗山千秋都有杀人动机。但就算这样，就这么轻易地将昨天特意割掉带走的水田显枝的头扔在这里，也实在让人费解。
警部	确实费解。作为凶手来说，一般情况下应该尽早离开杀人现场。反过来说就是，凶手冒着待在现场的风险也要割去头，一定有其相当迫切的理由。
部长刑警	没错，就是这么回事。
警部	（窥探塑料袋里面）比如，被拿走的头上的假牙里镶有钻石之类的。
部长刑警	（拍了一下手）这方向不错。也就是模仿那起难民走私案。这样一来横井那家伙就马上有嫌疑了。
警部	可是这个水田显枝的头没有任何异常。要说不同的地方（一边窥探塑料袋一边歪着头），就是头发。被剪得短到不成样子，这是凶手干的吗？
部长刑警	（不在乎地）大概是吧。我看过水田显枝生前的照片，是一头漂亮的长发。
警部凶手	为什么要把水田显枝的头发剪得这么乱七八糟呢？
部长刑警	（没兴趣地）谁知道呢。大概是心血来潮吧。比起头发，头才是重点啊。
警部	嗯。水田显枝的头也已经调查过了，什么手脚都没动过。这到底是怎么回事，老长？
部长刑警	手脚不是动在水田显枝的头上，而是这一次被带走的栗山千秋的头上，难道是这样？
警部	可是那样一来拿走水田显枝的头又是为了什么目

的呢？

部长刑警　关于这个，主任，我有个想法——

这时刑警带着三个人出现。

部长刑警　呃，你们是？

栗山悟　我是栗山千秋的丈夫。那、那个，警察先生，我的妻子她……呃……死……不对，被、被杀了的是——

部长刑警　（无视栗山悟）这二位是？

伊贺上巧　我是千秋的父亲。

伊贺上祐子　我是她母亲。警察先生，我女儿在哪儿？请让我见她。

部长刑警　这个嘛，妇女最好还是不要看了，毕竟头都被割下了。

伊贺上祐子　头被割下了！（大叫一声，翻着白眼倒下）

伊贺上巧　喂，喂！祐子！（抱着妻子）振作点！喂！振作！

警部　先请丈夫看一下吧。（给栗山悟指点尸体的方向）怎么样？啊，不要碰旁边的塑料袋，里面有人头。

栗山悟　人头！（大叫）千、千秋的，人、人头……（无语昏倒）

警部　不是，这不是您妻子的人头。喂，喂喂，栗山先生，喂喂，真棘手啊。

部长刑警　真是没出息的男人。没办法，这时候就交给父亲吧。

伊贺上巧　我、我吗？（畏缩不前）可、可是……

部长刑警	真是没完没了。快点,到这边来。(拉着伊贺上巧)好好看看!
伊贺上巧	啊、啊、啊,等、等一下,我还没做好心理准……(被部长刑警拉着,不得不放开了怀中的妻子)
警部	怎么样?
伊贺上巧	(深呼吸)应该是千秋。
部长刑警	应该?不能确定吗?
伊贺上巧	不看见脸的话……(慌张地)啊、啊,不是也让我看、看这颗头、吧……
警部	不。这不是您女儿的。
伊贺上巧	这是怎么回事?
部长刑警	你不用多管。今天中午到下午两点之间,你在哪里,在做什么?
伊贺上巧	没在哪里,就在家呢。工作。我家是开印刷厂的。
警部	哦,那您夫人也和您在一起?
伊贺上巧	是的。一直在一起干活。
警部	您是和夫人两个人吗?还有谁可以证明?
伊贺上巧	有三个员工。问问他们应该就可以了。
警部	那么您女婿(指着昏倒的栗山悟)也和您在一起?
伊贺上巧	没有,他在别的地方工作。
警部	那栗山先生今天中午到下午两点之间在哪儿,做什么,您知道吗?
伊贺上巧	不知道,你还是问他本人吧。
部长刑警	(拍打栗山悟的脸)不行啊,快点醒醒。还是等会儿再说吧。对了,伊贺上先生,您对水田这个名字有

	什么印象吗？
伊贺上巧	水田？没有啊。
部长刑警	亲属和朋友里有叫这个名字的吗？
伊贺上巧	（想了一会儿，肯定地）没有。
警部	那么唐岩呢？
伊贺上巧	唐岩吗？和现在的市长同姓啊。
警部	您和市长有私交？
伊贺上巧	哪里哪里，没有。只在电视上看过。
警部	您夫人呢？听说过她认识姓这些的人吗？
伊贺上祐子	（像是打断丈夫的回答似的突然站起来）完全没有。
部长刑警	喂喂，连你老丈母娘都醒了，（踢昏倒的栗山悟）你还要睡到什么时候啊？
栗山悟	（快速站起来）我对姓水田和唐岩的也没有印象。我想我妻子也一样。
部长刑警	对了，你知道你太太有外遇吗？
栗山悟	咦？果然。那个男、男人是谁？什么来头？
部长刑警	哎呀，你不知道啊。真是怪了。不是你雇了侦探来调查你妻子的吗？
栗山悟	怎么可能。我怎么会干这种事。
警部	你听说过一个叫横井的侦探吗？
栗山悟	横井还是竖井我都不认识，我绝对不会雇用侦探这类来历不明的家伙。确实，自从到超市做起收银员的兼职之后，千秋就变的有点奇怪，让我很是怀疑。但我发誓我绝对没有雇用侦探这种鬼鬼祟祟的东西。我发誓。

部长刑警	那就怪了。那是谁雇用了横井那家伙？算了，最后问你一句，今天中午到下午两点之间你在哪儿，在做什么？
栗山悟	一直在公司。很忙。连吃饭都没时间。
警部	还有，（依次看着栗山悟、伊贺上巧和伊贺上祐子）印象中有谁对你太太心怀怨恨吗？人际关系或者社交上的麻烦之类的听说过吗？

栗山悟·伊贺上巧·伊贺上祐子

（齐声）完全没有。

刑警带着栗山悟、伊贺上巧和伊贺上祐子三人退场。

警部	更复杂了。根据家人的证词，没有人有杀害栗山千秋的动机，和昨天的死者水田显枝也丝毫没有联系。
部长刑警	主任，不要泄气啊。
警部	（不悦）也不是泄气。老长，我开始觉得这可能就是一起普通的杀人狂无差别杀人案。
部长刑警	你别说这种漫画对白一般的话啊。主任，这种看上去复杂难解的案子只要解开了，真相往往异常地单纯。
警部	那么那个单纯的真相是什么？
部长刑警	凶手就是横井。不会有错。动机就是为了夺回钻石而将女人们杀害，并割去头。
警部	喂喂，老长，你从刚才开始不就一直在这么说吗？水田显枝没有装一颗假牙，更别提钻石的原石了。

部长刑警	所以说横井那家伙搞错了。
警部	（提高声音）搞错了？
部长刑警	对，您听好了。大概是这么回事：横井必须将从杂鱼田组的小混混那里抢过来的钻石藏起来。他不敢放在手上，更怕杂鱼田组报复。如果物证在手上，那被抓住时就没法找借口了。从这开始我大胆推理，恐怕横井的这个（竖起小指）的工作和牙医有关。
警部	（讽刺地）与其说是大胆推理，不如说是异想天开。
部长刑警	（不以为意地）于是横井的女人就听从横井的指示，在患者的假牙里镶上钻石。横井那家伙本打算等到风头过去，但可能是突然急需用钱，不得不赶紧回收钻石。
警部	（表情认真）为了回收钻石而杀了水田显枝？
部长刑警	（用力地）没错。不过他的女人传话传错了，横井搞错了回收对象。水田显枝的头里连个石头都没有。于是横井又急忙杀了栗山千秋，回收她的头。（得意地）怎么样？
警部	（点头）原来如此。（深表赞同）原来如此！
部长刑警	（得意洋洋）是吧，是吧？
刑警	（回到警部和部长刑警身边）那为什么横井要特意把水田显枝的头带到栗山千秋的尸体旁呢？
部长刑警	笨蛋。这种事还用想吗？里面没有钻石的水田显枝的头已经没用了，留下只会成为麻烦，而且十分危险，不处理掉怎么行！
刑警	那随便找个地方扔掉不就行了？

部长刑警	嗯……(一时语塞,但马上眉开眼笑)这个嘛,肯定是横井那家伙想给搜查制造混乱。尸体旁边放着别人的头,看起来不是颇有深意吗?
刑警	(不满地)是这样吗?那为什么水田显枝的头发被剪成那样呢?
部长刑警	(冷冷地)肯定是一时心血来潮。
警部	唐岩市长夫妇昨天的不在场证明呢?
刑警	是。两人出席了姐妹城市的留学生欢迎典礼,拥有完美的不在场证明。
部长刑警	那个凶老太婆的事无所谓。主任,快把横井那家伙抓起来吧!
刑警	栗山千秋的妹妹来了……
部长刑警	妹妹?不用不用!真凶是横井已经定下来了。现在栗山千秋的妹妹的证言已经不重要了。
刑警	那、那怎么办?既然都特意请来了,什么也不问就让她回去吗?
警部	(沉思)是啊,那你就随便问她点什么吧。
刑警	(十分高兴)我?真的可以吗?
部长刑警	(眼尖)嗯?等一下,你好像很高兴啊。
刑警	(动摇)咦?没、没有啊。
部长刑警	你在隐瞒什么?(凶狠地低声道)快说!
刑警	没隐瞒什么啊。只不过想到能和伊贺上千春小姐说上话就觉得很兴奋。
部长刑警	(翻着眼)什么?伊贺上千春?那个AUTV的主持人?你这个浑蛋!(打向刑警)竟敢动色心!既然

是伊贺上千春小姐大驾光临,你为什么不早说!

刑警 （抱头鼠窜）可、可是、可是……

警部 （心神不定）你还磨蹭什么,快去把伊贺上千春小姐请过来。

刑警连滚带爬地退场。不久后带着一位女性出现。

部长刑警 （喜色满面）唉呀呀,百忙之中您还前来这种又脏又乱的地方,真是感谢感谢,十分感谢,快,请请请!

警部 （小声对刑警说）你发什么呆,快去买签名纸!啊,费用算署里的!

刑警退出。
部长刑警搂着用手绢掩面的伊贺上千春。

伊贺上千春 真、真的啊。姐、姐姐真被杀了啊……啊,可怜的姐姐。连孩子都还没有……

部长刑警 请节哀顺变。唉呀呀,真是惨无人道。暴行横行的社会里哪里还有什么正义和青天。但话虽如此,如果不是发生了这样的事件,我也不会有幸和您见面,所以我的心情也很是复杂。唉呀呀,你看起来真是比电视里还要漂亮。

警部 （瞪着部长刑警,草率地）恕我单刀直入,你知道你的姐姐被什么人怨恨吗?

伊贺上千春	（擤了一下鼻子）不知道。
警部	你姐姐有和丈夫以外的男人有亲密的关系吗？
伊贺上千春	没有没有。这种事完全没有。姐姐对这种事从来都开诚布公，虽然只是对我。
警部	（表情认真）不太对劲啊。不论是谁雇用的横井，都应该有一定的依据才让横井去调查的啊。
部长刑警	主任，您在说什么啊。调查之类的肯定是横井顺口胡说的，实际上谁也没委托他做这种调查，因为他就是凶手。
警部	嗯，这样啊。（突然抬起头）可是就算这样，为什么横井要特意成为栗山千秋尸体的发现者呢？如果是他杀了栗山夫人，他明明应该不去通报而是快速离开才是啊。
部长刑警	肯定是为了扰乱我们的思路。不过没能逃过我的法眼。只是外行的小聪明罢了。
警部	伊贺上小姐，今天中午到下午两点之间您在哪里，在做什么？
部长刑警	嗯？主任，不太好吧。不用问千春小姐的不在场证明吧。太不知趣了。
伊贺上千春	一直（抽抽噎噎）在电视台里。
警部	你对水田或者唐岩这两个名字有印象吗？
伊贺上千春	没有，没有，没有。完全没有。啊，等一下。我对水田没印象，（又擤了一下鼻子）但我采访过唐岩市长。
部长刑警	哦，那个错乱的老太婆啊。虽说是工作需要，但也

够辛苦您的了。哎呀呀呀呀，能见到您真是太高兴了，我是您忠实的支持者，一直都看您的节目。真的，比起电视上您的外貌和声音都更美了。无论多么无聊的新闻，只要是您播报的，就都会有一种无法言表的韵味。实在是不可思议。

伊贺上千春 新闻。（翻着眼）对、对了！（惊慌失措）我是主持人啊。啊啊，怎么办啊！警察先生，我姐姐的事也会上地方新闻吧？

部长刑警 啊，一般来说，是。

伊贺上千春 啊，这可怎么办啊！（哭出声来）我、我是今天六点半新闻的主播。怎么办好啊，我播不出来，姐姐被杀的新闻我死也播报不出来。呜啊啊啊，哇啊啊啊！！

部长刑警 别担心。（扶起伊贺上千春）替换的人多得是。我当然不是说像您这样美丽又有能力的人到处都有，您是独一无二的。不用担心，局长也不是魔鬼，一定会找到替代者的。我也可以替您去交涉。请交给我吧。哇哈哈。（牵着伊贺上千春的手迅速退场）

警部也慌忙尾随部长刑警和伊贺上千春而去。

舞台上一个人也没有。

随后拿着签名纸的刑警出现。

刑警 主任，我买回来了！还有部长刑警的份，以及……嘿嘿……我的，一共三份。主任？主任？

去哪儿了？部长刑警？千春小姐？大家、大家都去哪儿了？

——落幕——

第三幕
第二颗头和第三具胴体

（三月十二日星期四）

演员表：村上美佐——A市高中一年级学生

　　　　松江裕次——美佐的前辈

　　　　村上茂昌——美佐的父亲

　　　　村上京子——美佐的继母

　　　　入来恒代——美佐的亲生母亲

　　　　池 一彦——恒代的同居者

　　　　警部

　　　　部长刑警

　　　　刑警

场景：空地。背景是二层的住宅楼。时间是早上五点。

　　幕布上升，舞台渐亮，但还不是完全亮。只有舞台中央打着圆形灯光，照着一位身穿水手服的女性，她横躺在地上，头部盖着灰色的布，布的颜色和地面的颜色融合在一起，看起来像是没有头。

在身着水手服的尸体所枕的地方，放着一个不透明的塑料袋。

尸体旁站着警部和部长刑警，从观众的角度来说是在右边，他们像是故意要和尸体留有一些距离一样站在边上，一齐一反常态地抱着胳膊。

警部 （怒声）这到底是怎么回事？

部长刑警 （怒声）我还想知道呢。

警部 昨天丢失的栗山千秋的头（指着尸体边上的塑料袋）竟然这样出现了。但是关键的钻石在哪儿？栗山千秋确实有两三颗蛀牙，但是没有一颗假牙，更别说钻石了，连玻璃球都没有一颗。（声音更加粗暴）现在又多出来一具尸体，而且又是无头尸，头又被凶手拿走了。也就是说，老长，（坏心眼地）钻石的原石其实既不在水田显枝的头里也不在栗山千秋的头里，而是在这第三位死者村上美佐的被拿走的头的假牙里，对吧？

部长刑警 （可怜地）您别这么说啊。村上美佐不但没有假牙，连虫牙都没有，这都已经查明了。她这几年连牙医都没看过。可是（突然怒声）主任您昨天不也说我的想法是个好主意吗？

警部 总之（愤然地）把横井利用假牙的这条线索丢掉。老长你可能会说这是漫画里的情节，但现在必须重新考虑杀人狂无差别杀人的可能性了。

部长刑警 差不多。毕竟死者除了都是女性以外毫无共同点和相互的联系。年龄和职业也全不相干。前天发现的水田显枝是二十三岁的小学老师，昨天发现的栗山千秋是二十八岁的主妇兼超市收银员，今天发现的村上美佐还只是个十六岁的高中学生。

警部　　　　（肯定地）变态。而且是以割头为乐的变态。嗯？不仅如此。（弯下腰去窥探塑料袋里面）栗山千秋的头发也被剪得乌七八糟，和水田显枝的头一样。看来这个凶手的口味挺古怪。

部长刑警　　A市创立以来的特大猎奇事件。

警部　　　　（站起来）不赶紧抓住凶手的话会引起骚动。

部长刑警　　行凶手法都是勒死然后割头，没准儿这会成为关键呢。总之尽快先把可疑者的名单列——不对，（摩挲着下巴）等一下。主任，稍等一下。搞不好凶手是在故意把我们引向这个方向。

警部　　　　什么？怎么回事？这个方向是哪个？

部长刑警　　就是（不耐烦地）让我们以为这是变态的行为。

警部　　　　你在说什么啊，老长。看看这个情况，肯定是变态干的，别的还能想到什么？

部长刑警　　（大胆地笑）看看，主任已经完全中了凶手的计策。听好了。三位女性被残忍杀害了，很明显是同一凶手。可是三位死者毫无瓜葛。我们当前最大的障碍就是找不到拥有杀害这三人的动机的人——就是这个。

警部　　　　（怃然地）动机什么的不需要，因为是变态所为。就是那种疯子的逻辑。

部长刑警　　（大方地）您先听我说。如果说前天和昨天的两起事件是障眼法的话，如何？

警部	（谨慎地）什么意思？	
部长刑警	凶手根本没有杀害水田显枝和栗山千秋的动机，但是拥有杀害村上美佐的动机。	
警部	什么？	
部长刑警	也就是说凶手真正想杀的是村上美佐。可是如果只杀她的话，拥有动机的自己就会被怀疑。于是凶手为了隐藏真正的动机而先杀了水田显枝和栗山千秋，来迷惑我们。	
警部	（目瞪口呆）你脑子没问题吧，老长？你可没资格说别人的说法像漫画。为了隐藏自己的动机而将两名毫无关系的女性杀掉，这比现在的漫画还荒诞无稽。	
部长刑警	（不在乎地）别急别急，听我说完。按这个说法就能解释凶手割去死者头的行为了。也就是说，凶手借由在第二和第三具尸体旁放上第一和第二个死者的头来强调这一连串事件都是同一人犯下的。	
警部	（表情变得严肃）哦？	
部长刑警	您明白吧？如果我们不断定三起杀人事件是同一人所为，那对凶手来说就没有意义了。所以凶手才会费这么大的劲来调换头和尸体。（得意地）怎么样？完美吧？	
警部	嗯。	
部长刑警	是吧？哼哼。很好。接下来只要弄明白是谁杀了村上美佐就可以了。	
警部	可是老长，你想说的我明白了，但是按照你的说法，如果——	

这时刑警带着一个男人出现。

刑警	这是发现者松江先生。
部长刑警	是吗是吗？（十分高兴）很好很好。请到这边来。松——松江裕次先生对吧？（肉麻地）还在上高中吧？
松江裕次	不是。（不悦地）这个月就毕业了。加油站的工作都找好了。别用那么恶心的声音和我说话。
部长刑警	哦，这样啊。也就是说可以把你当社会上的人对待喽？（坏笑）如果是高中生的话还可以手下留点情。
松江裕次	（有些扫兴但很快恢复常态）不知道你要手下留什么情。不过警察先生，现在不是和我说话的时候吧，快点抓住杀害美佐的凶手，那才是你的工作吧？为了不浪费我们的血汗税钱，快点抬起屁股干活儿吧！
部长刑警	（肉麻地）好，好，那是当然。我们一定会倾尽全力的，小少爷。不过小少爷，能顺便问您几句话就最好不过了。
松江裕次	我忙着呢。和你们这些抓抓违规就能混饭吃的家伙不一样。
部长刑警	哎呀，奇怪啊。（故意地）你是社会人士吧？协助调查是一般市民的义务哦。在学校没学到吗？
松江裕次	少啰唆。你想问什么？
部长刑警	首先，大清早的你在这里干什么？
松江裕次	这种事是我的自由吧。
部长刑警	（眼神凶恶，低声）问你你就好好回答，少爷。

松江裕次	（撅起嘴）算了，早晚你们都会知道。我是来和美佐约会的。（指着背景的二层楼房）等她的家长睡着了，她就从二楼她的房间下来。
部长刑警	原来如此。你们一直这样私会的吗？
松江裕次	私会之类的词真是过时，大叔。
部长刑警	（加重口气）少说废话。然后呢？
松江裕次	然后（耸肩）今晚也应该是老样子。可是我怎么等美佐那家伙都不来。我觉得奇怪就来了这儿，发现她倒在地上。
部长刑警	嗯。要撒谎就要撒得更圆啊，公子哥儿。
松江裕次	什么？我什么时候撒谎了？
部长刑警	全是撒谎。不是你怎么等她她都不来，她明明来了，而等她的你把她勒死，然后割下头带走了。（一口气说完，低声威迫）你把村上美佐的头带到哪儿去了？
松江裕次	你他妈说什么呢！（激昂）你说我杀了美佐？大叔，你他妈脑子有问题吧？
部长刑警	闭嘴！杀了三位女性还割去头的家伙才有问题。你这个疯小孩！
松江裕次	什么？（慌张）等、等一下。什么？你说什么？三个女人？你在说什么？
部长刑警	看来你还没有把握事态啊。听好了。你是杀害村上美佐的头号嫌疑人。闭嘴！（威吓要说什么的松江裕次）好好听着！你和死者关系不寻常，还是第一发现者。一般来说只要满足其中一个条件就已经足够让人生疑了。你倒好，两个都满足。不论谁说什

么，现在你都是最可疑的。少废话给我听着！（再次威吓要开口的松江裕次）听着，不管舆论批评还是警视总监丢了饭碗，你都最可疑。你要是不明白这点的话，就由我来亲切地告诉你，小少爷。三天杀了三个女人，每一个女人都被割去了头，这当然是同一个凶手所为。你很有可能杀了村上美佐，所以你也有可能杀了另外两个人。就是这么回事。你无论怎么否定警察都会怀疑你，舆论没准儿也会闻风而动。这些你都明白吗？笨蛋小毛孩子。喂，不考虑好自己的立场就说话可是要后悔的。《少年法》已经不适用了，杀了三个人搞不好是死刑，就算便宜你也是无期徒刑。等到特赦的那一天，你已经是个老头子了。你可要考虑好。明白了吗？你这个蠢货！

松江裕次 （泄了气）就算你这么说，（惊慌失措地向警部和刑警求助）我没干就是没干。你让我怎么办？

部长刑警 想要证明自己的清白就老老实实地回答问题！（大吼）你这个大蠢货不孝子！

松江裕次 （捂着耳朵）我又不是大叔你——不对，警察先生你的儿子。等等，等一下。（慌忙制止又要发作的部长刑警）知道了，我知道了。那我说实话了啊。我可不是什么嫌疑人，还有比我更值得怀疑的家伙。

部长刑警 哦？（探出身子）是谁？

警部 是什么人？

松江裕次 反正你们早晚都会查到，我就说了吧。美佐的老爸

	再婚过，也就是说现在美佐的老妈是继母。
警部	哦？那又怎样？
松江裕次	美佐的亲生母亲是那个入来恒代。
部长刑警	入来恒代？那是谁？有名吗？
警部	老长，你不知道吗？有氧运动健身教练啊，早上新闻秀里穿着紧身衣跳舞的那个。
部长刑警	啊，那个啊。（提不起兴致）我和主任可不一样，对中老年妇女没什么兴趣。
警部	（不悦地声音一变）我的趣味不重要吧。（对松江裕次）然后呢？
松江裕次	然后入来恒代现在的丈夫，还是叫同居者呢，总之就是一个叫池一彦的大叔。
部长刑警	你是说是池一彦杀了村上美佐？证据呢？
松江裕次	那家伙其实（狠狠地）骚扰过美佐，想把娘俩一锅端。连个正经工作都没有，想得还挺美。
部长刑警	嗯。（赞同地点了点头）确实有点贪心，或者说不要脸。
松江裕次	对吧？所以我教训过他。
警部	喂喂。
部长刑警	（拍着松江裕次的肩）了不起。男人就应该这样。主任，对自己女人出手的家伙，教训他几下理所当然啊。
松江裕次	所以说，（用力地）那家伙想占美佐便宜却碰了钉子，于是由爱生恨杀了美佐。肯定是这样。
警部	好，我们知道了。

刑警带着松江裕次离开，又带着一对男女出现。

警部	是……村上茂昌和京子夫妇吧？美佐的双亲？
村上茂昌	是、是的。
警部	不好意思，昨天夜里的十一点到今天凌晨的三点，你们在什么地方、做什么？
村上茂昌	我和内人都在家里睡觉。
警部	女儿从房间里溜出来了都没发觉？
村上茂昌	是的，没发现。
警部	以前您女儿好像也用同样的方法溜出来好多回了，您一次也不知道？
村上京子	（抢过话头）隐约有所察觉。
村上茂昌	（慌张地）喂喂。
村上京子	（无视他）那孩子有点早熟，或者说不太检点。应该是受母亲的影响。亲生的那个。
村上茂昌	喂，京子。
警部	您女儿经常和入来恒代见面吗？
村上京子	以前是这样。但是最近（冷冷地）被那个女人的情夫盯上了，为了避开就不怎么去了。
村上茂昌	喂，我说京子。
警部	您女儿被谁怨恨，或者在学校里卷进了什么严重的纠纷，这类事听说过吗？
村上京子	（露骨地遮住要说什么的丈夫）要说那孩子遇到的大麻烦，那就是避孕失败吧。
村上茂昌	（尖声）京子。

村上京子	（抢过要说什么的警部的话头）别一口一个京子的。（用拿着的手提包打丈夫）今天就和你离婚！
村上茂昌	什、什么？（发出悲鸣）这种时候……
村上京子	竟然给我脸上抹黑。家里发生人命案，实在是奇耻大辱。我还有什么脸去见亲戚？发生这种事都怪你和那个淫乱的女人，放纵那个孩子，让她成了一个白痴色情野兽。你家破人亡就算了，把我拉下水可不行。竟敢弄脏我的户籍，你这个（拿手提包打丈夫，踢他）浑蛋男人！
村上茂昌	住手！叫你住手！（开始抽泣）京子，别闹了。我们明明那么相爱。一起过的那些日子……
村上京子	还说这种梦话，你这个（继续踢）吃闲饭的，大浑蛋！

刑警带着村上茂昌、村上京子退出。京子直到从舞台上消失都一直在踢打丈夫，口中骂个不停。

警部	怎么了，老长？你应该最讨厌这种女人啊。我还以为你会大喝一声"不要太过分"之类的呢。
部长刑警	说来惭愧。主任，看见那个叫村上京子的女人我就想起了自己的老婆。啊，真是可怕，可不是闹着玩的。
警部	那是那是。接着说我刚才说的。如果啊，如果老长你那个为隐藏本来目的而连续杀人的说法正确的话，那么真正的动机不是杀村上美佐而是水田显枝和栗

山千秋的可能性也存在。比如就是要杀水田显枝。杀了她之后为了隐藏动机而杀了接下来的两个人来伪装。这也有可能吧?

部长刑警 （表情认真）原来如此。确实。不一定最后一个才是真正的目标。啊，等一下。没有证据表明这第三起杀人案是最后一起啊。

警部 （跳起来）少开玩笑。别说这种危险的话。之后再有第四起的话……（脸部痉挛）哈，哈哈，哈哈……怎、怎么可能。

刑警带着一对男女出现。女人穿着单色的紧身衣。

部长刑警 （怃然）啊啊，啊啊。您不用介绍，我知道，非常知道。您是入来恒代女士吧？村上美佐的亲生母亲。

入来恒代 是的。（耸肩）你说得没错。

部长刑警 那这一位就是盯上美佐的小白脸池先生了？

入来恒代 呀，（瞪着眼）真是失礼！

部长刑警 咦？不对吗？奇怪啊，我觉得应该是池一彦先生啊。

入来恒代 （愤然）确实这一位是池一彦先生。可是——

部长刑警 啊，那就没错。把母女通吃当成美事的池先生。

入来恒代 （没明白什么意思）母女通吃？

池一彦 （冷淡）恒代，我们回去。这样感觉我们好像是来自找侮辱的。

部长刑警 啊，池先生，池先生，请不要担心。我们都是绅士。不会像自己的女朋友被人骚扰了就怒发冲冠的青少年一样狠狠教训您一顿的。

池一彦 （满面朱红）真、真是没礼貌。愚弄人也要有个限度。

部长刑警 咦？我只是在说一般情况啊。（厚脸皮地）哪里刺痛您了吗？

池一彦 （激昂地）我、我、我要去告你！浑蛋！我绝对要去告你！

入来恒代 （甜言蜜语）亲爱的，干吗发这么大的火啊。真笨。这位警察先生不就是为了让你多说才故意惹你发火吗。你还真上当了。真笨。

池一彦 （越来越激昂）你、你、你才是笨蛋。你才是。你他妈算老几，敢叫我笨蛋？

入来恒代 （吃惊）你激动什么啊。我说的笨蛋是亲切的意思，这都听不出来？真像个小孩似的。

池一彦 （狂怒）小、小孩？说得好，我要是小孩的话，你就是个老太婆！

入来恒代 （瞪眼）什么？（压低声音）你再说一遍。

池一彦 （嘲笑）不就是个老太婆吗？不知廉耻的疯老太婆。看看自己的德行吧。把一身肥肉硬塞进年轻人穿的花里胡哨的紧身衣里。极丑无比。（大声喊）极丑无比！

入来恒代 太过分了。（变成哭腔）实在是太、太过分了。

警部 （认真地）就是啊。池先生，你说得有点过了。入来女士的紧身衣非常漂亮。不是很性感吗？作为她的支持者我不同意你的说法。

入来恒代 哇，我真高兴！警察里也有明白事理的人。（眼睛闪亮）而且这位警察（靠向警部）又年轻又潇洒。我快被迷住了。

警部　　（暗自得意）那就请您迷着时顺便回答一下问题。

部长刑警　（感叹）不愧是工作狂人。

这时似乎是被谁叫走了，刑警从舞台上消失，但是谁都没有注意。

警部　　你们二位昨天夜里的十一点到今天凌晨的三点之间在哪里、做什么？

入来恒代　（激昂地）您听我说，警察先生。我那段时间在和这个笨蛋（指着池一彦）做床上运动呢。啊，真是后悔。早知道是这么没出息的人的话，就不该给他小费。

池一彦　　哼，我也不稀罕要。女人还是要年轻的好。

入来恒代　啊，你果然（迫近池一彦）对美佐动手了。

池一彦　　啊，当然动手了。妈的，美佐那家伙，我明明那么爱她，竟然在我上她之前被杀了，太可惜了。妈的，太可惜了。（指着入来恒代）被杀的是你就好了。你这只老母猪。你去替美佐被杀就好了。

入来恒代　你这个浑蛋！（跳向池一彦掐住他的脖子）我杀了你！

池一彦　　（翻白眼）嗯……哇……

警部　　哇，请冷静。入来女士，入来女士。（从背后抱住入来恒代，顺便在她的胸部和腹部上下其手）不可以使用暴力！不可以使用暴力！

这时刑警脸色大变，跑着登场。

刑警 不、不、不好了！主任，主任！又发生命案了！

警部・部长刑警

什么？

刑警 被、被、被害者（拍着自己的胸）是祖父江道子。家庭主妇。四十六岁。在自己家附近的田地里被杀了，头、头、头又被——

部长刑警 主任。

警部 嗯。（放下发狂的入来恒代）走！啊，你（示意要跟来的刑警留下）给这两个人调解一下，拜托了。

刑警 咦？我？（可怜兮兮地）怎么这样……

警部和部长刑警一同退场。

舞台上入来恒代继续掐着池一彦的脖子，刑警束手无策地看着。

——快速落幕——

第四幕
第三颗头和第四具胴体

(同为三月十二日星期四)

演员表： 祖父江道子——家庭主妇

祖父江佳人——道子的丈夫

祖父江智寿——道子的女儿　Ａ大学的学生

横井真理——记者

警部

部长刑警

刑警

场景： 广阔的田地。背景是农家的住宅。远景是山。时间是上午十点。

幕布升起，舞台逐渐变亮。舞台中央躺着一位身穿运动服的女性，头部盖着绿色的布，那颜色融入背景的草木中，看起来就像没有头。尸体所枕的地方滚着一个装有人头大小的东西的不透明塑料袋。

警部站在尸体的右侧，部长刑警蹲着窥探塑料袋里面。

警部	你不说我也知道,老长。是村上美佐的头吧?
部长刑警	应该是。
警部	头部没有任何异常?不,我不是在讽刺你。我是说假牙以外的异常之处,伤痕之类的。
部长刑警	还真是没有啊。(站起身)只是——
警部	只是?
部长刑警	头发又被——
警部	(叹息)被剪短了是吗?剪得乱七八糟的。
部长刑警	嗯。与水田显枝和栗山千秋的一模一样。凶手这么做到底是什么意思呢?不会是有理发的兴趣吧。可是(抱臂)我越来越倾向于主任的说法。
警部	你是说无差别杀人?
部长刑警	对。也不是完全舍弃那个隐藏真正动机的线路,不过为了隐藏真正的目的而杀了三个素不相识的人,还是有点……那个……太不寻常了。
警部	就算杀两个也不正常啊。对凶手来说可能杀两个和杀三个都没有什么区别。
部长刑警	可是杀人越多凶手被抓住的风险就越大。对吧?风险过大的话,就算能隐藏真实动机,总体上来说也不划算。简直就是本末颠倒。
警部	嗯。(抱臂仰天)也就是说还是变态犯下的无差别杀人。

这时刑警出现。

刑警	可是为什么凶手要特意割下死者的头呢？还将第一个死者的头放到第二个死者的尸体旁，第二个死者的头放到第三个死者的尸体旁，这样做有什么好处吗？
部长刑警	（嘲笑）蠢东西。这不就是变态之所以叫做变态的原因吗？有个屁好处。割头高兴就割头，把头错位放置也是觉得好玩。当然咔嚓咔嚓地剪死者的头发也是觉得好玩得不得了。这就叫幼儿性杀人淫乐症。
刑警	（歪头）在这种小地方会有像《十三号星期五》里的杰森那样的杀人魔吗？
部长刑警	（受不了）我说你啊，变态这种东西到处都有。跟小地方大都市没关系。（突然想到）杰森是什么？
刑警	（对警部说）主任，无差别杀人的话，就没有明确的动机了吧？
警部	差不多吧。
刑警	可是真的没有动机吗？
警部	想象不到。
刑警	我在想，是不是死者之间有我们还没有注意到的共同点呢？啊，疼疼疼……
部长刑警	（扯着刑警的脸）你小子说什么大话？什么共同点？
刑警	（捂着脸）现在还不清楚。可是我想，如果能查明这个共同点的话，是不是就能搞清楚凶手的动机了。
警部	也就是说，你的意思是凶手并非无差别杀人，而是有明确的动机。
部长刑警	（抢过点头的刑警的话头）哪有这种蠢事？至今为止

的死者，水田显枝，栗山千秋和村上美佐之间一面都没见过。家属之间也是一样。完全没有连接点。而且我现在就敢说这第四个死者（指着倒下的尸体）也一样，和前三个毫无瓜葛。

警部 （慎重地）如果——我是说如果——（对着刑警）存在你说的那种我们还没掌握的死者之间的联系。确实如果有那种东西的话，可能就会猜测到凶手的动机。可是，凶手并非单纯地杀人，他还将头错位摆放了，甚至还看起来没什么用地将死者的头发剪得乱七八糟。如果不假定凶手神经错乱的话，这实在难以解释。只是割头就已经很麻烦了，再玩这种毫无益处的接力把戏，更是让人费解。

刑警 （不服气地）可是……

部长刑警 （不让他继续说）凶手的精神状态不正常，连续杀人这种行为也是这种不正常的精神状态的产物，这么考虑是最自然的。这样一来这起连续杀人案就没有通常意义上可以理解的动机了。明白吗？这就叫理性思考的结论。（拦住要说什么的刑警）话说回来，死者的家属还没到吗？

刑警 （慌张地）啊，不好意思，我现在就去叫。

部长刑警 （怒吼）你磨磨蹭蹭地搞什么！说话之前先把自己该做的做好了！（咂舌）真是的。

刑警跑着退场。

警部	这样一来（叹气）谁也保证不了这第四名死者是最后一名啊。
部长刑警	（同样夸张地叹气）真头疼。竟然是理性动机屁用不起的凶手。他究竟要杀多少人才够啊。
警部	（抚着下颌）我突然想到了一件不好的事。
部长刑警	还有（摊开两手）更糟糕的事吗？好吧，请您说得委婉一点。
警部	之前两起命案分别是三月十日和三月十一日，一起一起发生的。可是今天，三月十二日，却接连发生了村上美佐和祖父江道子两起。
部长刑警	（抬头看着警部）您想说什么？
警部	你不觉得杀人的速度在加快吗？
部长刑警	你是说凶手在玩命赶工？不会吧，只是偶然而已。
警部	那样最好。
部长刑警	比起这个，现在还是想一想怎么对付舆论吧。"谜一样的割头魔已经残杀四人"，这样的标题出现的话，A市肯定会陷入恐慌的。
警部	是啊。（痛苦地揉着太阳穴）真是头疼。

刑警带着一对男女回来。

警部	（对着男人）您是祖父江道子的先生吗？
祖父江佳人	（顺从地）是的。
警部	（对着女人）您是？
祖父江智寿	我是她女儿。（说完捂着脸蹲下哭）

警部	恕我单刀直入。您太太有没有被谁怨恨之类的,您有印象吗?
祖父江佳人	完全没有。
警部	工作上的纠纷呢?
祖父江佳人	道子没有工作。也就是所谓的专职主妇。
警部	您太太喜欢在田里干活吗?
祖父江佳人	是的。早上起来就来这里种南瓜和西红柿。(流泪)没想到会发生这种事……
警部	也就是说凶手知道您太太有早上起来到这个人迹稀少的田地里的习惯。知道这个习惯的除了家里人外,还有什么人?
祖父江佳人	不知道。邻居们应该都知道。
警部	和邻居有过不睦吗?
祖父江佳人	应该没有。
警部	恕我冒昧。您太太有和某位特定的男人关系特别亲密的事吗?
祖父江智寿	(抬头)绝对没有。妈妈绝对不会做这种事。(掏出手绢擤鼻子)
部长刑警	(自言自语)奇怪啊。(歪着头)突然想吃烤肉了。
刑警	(小声斥责)您在说什么胡话啊,在这种时候。
部长刑警	特别想吃也没办法啊。
刑警	为什么突然想吃啊?
部长刑警	我怎么知道?
警部	今天早上四点到七点之间,你们在哪儿、做什么?
祖父江佳人	我还在睡觉。

祖父江智寿	我也是。
警部	我问的可能有点奇怪，您太太的头上有什么特征吗？比如显眼的伤痕或者假牙之类的？
祖父江佳人	可能镶了一颗假牙。（歪头）要说显眼的特征的话，就是这个。
警部	最后一个问题，水田、唐岩、栗山、伊贺上、村上、入来，这些名字中有您有印象的吗？
祖父江智寿	（擦着眼角）伊贺上是指伊贺上千春吗？那个主持人。
警部	你知道？
祖父江智寿	她可能不认识我。我在摄影棚见过她。
警部	哦？那你也是做和电视相关的工作？
祖父江智寿	不，我还在上大学，有一次——
部长刑警	（突然大叫）对了，我想起来了！烤肉店"贯太郎"是吧？你（靠近祖父江智寿）演过烤肉连锁店"贯太郎"的广告。怪不得总觉得在哪儿见过。见过一次的美女我是不会忘记的。
刑警	（难以置信）所以就突然想吃烤肉了？简直就像巴甫洛夫的狗一样。

部长刑警打向刑警，刑警急忙带着祖父江佳人和祖父江智寿退场。

警部	果然这一次也没发现死者之间的联系。
部长刑警	那当然了。因为凶手就是在对毫无关联的市民进行

无差别杀人。

这时,手拿话筒的女性悄悄走上舞台,警部和部长刑警都没发觉。

警部 这话说出来可能很丧气,不过老长,这样下去很有可能会接着发生第五起命案。因为祖父江道子的头也被拿走了。

部长刑警 您是说这第四个死者的头会和第五具尸体一起出现吗?

横井真理 (向警部和部长刑警之间伸出话筒)这种残虐的行为要持续到何时?

部长刑警 我也想知道。(一惊)哎呀,我说,你从哪儿进来的?这里应该是禁止闲人入内的。

横井真理 我们是ＲＡＫ电视台。你们是这次震撼Ａ市的连环妇女断头杀人案的负责人吧?我想问几个问题。

部长刑警 连环妇女断头杀人案?谁想出的这个煽情的标题?蛊惑人心么好玩吗?所以说媒体这帮人真是无可救药……

横井真理 (无视部长刑警的牢骚,将话筒指向警部)我就单刀直入地问了,调查现在进展到什么程度了?确定嫌犯了吗?

警部 这个嘛……(自暴自弃地整理了一下领带)毕竟从最初的一起命案发生到现在,才三天……

横井真理 列举不出来实际的成果?那么警察准备怎么对活在

杀人魔阴影中的无力市民们负责?

刑警独自归来。部长刑警嘟囔着扯着刑警的耳朵。

刑警 啊,疼疼疼……您、(吓一跳)您这是干什么啊,这么突然?

部长刑警 (怒吼)蠢货。是你让这个电视台的女记者进来的吗?

刑警 嗯。(注意到正在采访警部的横井真理)啊,不是,不是的。不是我。我刚才还赶她回去呢。她什么时候回来的?

警部 我很负责任地说,我们不是在玩乐。我们正在为逮捕这可憎的将毒牙伸向无辜市民的杀人魔而诚心诚意、不惜粉身碎骨地在努力着。

横井真理 (完全没把警部说的话当回事)究竟这起连环妇女断头杀人事件的凶手是什么样的人?根据我们RAK采访班得到的情报,凶手前天绞杀了二十三岁的小学老师水田显枝,并割去头;昨天的受害者是二十八岁的超市收银员栗山千秋;今天的受害者是十六岁的高中生村上美佐,和这一位四十六岁的祖父江道子,家庭主妇,共计四人。手法都是先将受害者绞杀,然后割去头。根据这些,搜查组推测出的凶手是什么样的呢?凶手割去受害者的头是为了什么?

部长刑警 (惊呆)这女人真能说。

警部	关于这个问题，（打官腔）在我国的犯罪史上，将尸体切断——也就是分尸事件，有过不少例子。一般来说，凶手将被害者的尸体分尸的首要意图是毁尸灭迹。不用我解释你们也能明白，就算凶手承认自己的罪行，但是能证明他犯罪的物证尸体不存在的话，警察也拿他没有办法。可是我不知道你们是否了解，人类的尸体其实并不容易处理。想要烧掉的话，如果不具备足够的设备就会留下残渣；想要扔到海里的话，如果重量不够就会浮上来；挖个坑埋掉确实很实用，但是如果坑不够深，身体还是会露出来。于是凶手们绞尽脑汁想出来的办法就是不将尸体作为一个整体来处理，而是将之分解。分解之后再进行毁尸灭迹的工作。这种方法在明治时代就出现过，在我国的犯罪史上将其定义为分尸事件。对了，就是从昭和七年发生在东京寺岛的所谓"玉之井事件"开始的。
横井真理	（尖声）请等一下。（为难）我不是来听你的犯罪学教程的。请说重点。我们很忙。
刑警	（小声）真不愧是主任。
部长刑警	（同样小声）那当然了，毕竟是一流大学毕业的。王顾左右混淆视听最拿手了。
刑警	这是（歪着头）在夸他吗？
部长刑警	（认真地）废话。这是作为精英的必要条件。
横井真理	首先（轻蔑地）在这起案件中凶手并没有毁尸灭迹，就这么放着了不是吗？和你那些长篇大论有什么关系？

警部 什么事（满脸严肃）都要从基础入手。

横井真理 请简洁地回答问题。你在学校没学到吗？听好了，我再问一遍。为什么凶手要特意割去受害者的头？

警部 我不认为这个行为可以用常识去理解。

横井真理 那么凶手就是，（仿佛见到猎物一样用舌头舔嘴唇）毫无意义地杀害一般市民，之后还将她们的头割去的精神异常的杀人魔了？

警部 （皱眉）我可没这么说。我只是说凶手的动机我们不能理解。

横井真理 一样一样。（耸肩）凶手精神异常，哪里不正常？

警部 比如从前曾经有一个杀害熟人并割去头的凶手。被逮捕之后警察问他为什么要特意割去死者的头，他说害怕死者复生向他复仇。明白了吗？这个凶手绝不是你说的那种精神异常，而是十分正常的人。和你我一样。只是在杀人这种极限状态时无法摆脱平常看来令人喷饭的妄想——死人会复生。懂了吗？杀人时谁都会变得不正常。那种时候，即使被奇妙的恐惧附身，也并不是精神异常，而是十分普通的心理过程。我说的常识不能理解就是这个意思。或者可以说陷入极限状态时，普通神经体验的非日常性。

横井真理 可是这次的凶手不仅割去了受害者的头，还将第一个受害者的头放在了第二个受害者的身体旁，第二个受害者的头放在了第三个受害者的身体旁这样轮递。这是真真正正的精神异常吧？你不会说这也是陷入极限状态的神经，体验到的非日常性的表现吧？

警部	我认为这是凶手基于某种理由,而想强调这一连串事件都是自己犯下的。也就是说凶手不希望给别人造成有第二个凶手存在的混乱,一定要让世人知道这都是他一个人干的。当然这不是在向世人透露自己的真身。但是我认为凶手有一种想要留下如你所说,现在骚动全国的"连环妇女断头杀人事件"是同一个人所为的这样一种反抗心理。这对凶手来说是一种心理上的存在感,所以他才会利用轮递受害者的头的方式来留下自己的痕迹。怎么说好呢……对了,应该叫存在价值——不,自我认同——的确认。
横井真理	(讽刺地)从刚才开始我就发现警察先生您真的很能长篇大论。我倒觉得比起理论,警察应该更注重行动。您这样不要紧吗?能解决这起恐怖的、A市有史以来闻所未闻、空前绝后的连环妇女断头杀人事件吗?我很担心。(缩回身子)我希望下次我采访您的时候就是将凶手逮捕的瞬间。

横井真理快速退场。

部长刑警	(怃然)可恶,满口胡言乱语。(苦笑)可是不管是歪理还是长篇大论,倒也不算太离谱。主任,不好意思,您刚才说的我有一半没听懂。还有一大堆西洋名词……
警部	(安然地)哪里,我自己也不太明白。全是顺口胡说。

刑警	（吃惊）咦？是吗？很有说服力啊。
警部	（不可思议地）那么你听明白我说的话了？
刑警	（不安地）嗯。
警部	（不可思议地）我可不太明白。我都记不起来自己说了什么了。毕竟一直在拼命打圆场。对了，她就是那个女人。
部长刑警	那个女人是？
警部	记者横井真理，横井让二的妹妹。
部长刑警	（一愣）咦？就是她？
刑警	怎么了？（嘲讽）你不是见过一次的美女就不会忘记了吗？
部长刑警	（板起脸）这么说起来确实是那个横井真理。不过和在电视上看起来还真是不太一样。真人妆化得太浓了。
刑警	老长您不愿意承认那种强势的女人漂亮吧。（突然严肃起来）那个女记者完全没提凶手将死者的头发剪得乱七八糟的事呢，还没掌握到情报吧？
警部	可能是知道了但没当回事吧。
刑警	（振振有词）那就怪了，我觉得死者头发的线索没准儿是非常重要的一环呢——
部长刑警	你给我闭嘴。被那个女狐狸烦都是你害的。就是因为你不好好看着才让她们进入现场的。
刑警	我刚才不都说了吗，我把她赶回去了。没想到不知什么时候她又溜进来了……
部长刑警	（冷冷地）啊，啰唆啰唆，闭嘴！下次绝饶不了你。

刑警	不要啊!
部长刑警	不要个屁！嗯？等一下，对了。（拍手）反正都要应付媒体。喂，（抓住刑警的肩）下次那个横井真理再来就由你来应对。
刑警	咦？（快要哭了）我、我吗？那我该说什么啊？
部长刑警	你就说我和主任都忙，没时间接受采访。剩下的就随便你。
刑警	怎么这样……我没自信啊。这么说打发不了那个人啊，她看起来就很难缠。
部长刑警	蠢货。能不能打发她就看你的本事了。
警部	（拍拍刑警的肩）好好干，拜托了。
刑警	不要啊，那个人看起来很吓人啊，主任，不要啊……

——落幕——

第五幕
第四颗头和第五具胴体

（三月十三日星期五）

演员表：薰谷志保——女招待

薰谷节子——志保的母亲

羽鸟——佐古田组的组员

宇都木——复读生

警部

部长刑警

刑警

场景：公寓里的一间。有家具的起居室。窗外可见远景里的街道。

时间是早上八点。

幕布升起，舞台中央躺着一个身穿睡袍的女性。头被茶色的布盖着，颜色融入背景家具的颜色中，看起来就像没有头。尸体枕着一个装着差不多人头大小的东西的不透明塑料袋。

部长刑警右手拿着透明塑料袋站在尸体旁，警部屈身窥探不透明塑料袋里面。

部长刑警	（自暴自弃地）现在不用看我也知道，主任。那是祖父江道子的头吧？
警部	嗯。（站起身）头发也被剪了。而且不管怎么看，比起头被割断，头发被剪得乱七八糟看起来更为可悲。（耸肩）和前几次一样，哪儿都找不到藁谷志保的头。
部长刑警	比起这个，（打开手中拿着的塑料袋）这一次出现了意想不到的东西。
警部	那是什么？
部长刑警	（把塑料袋里面的东西摇得哗哗作响）竟然是钻石的原石。
警部	（惊愕）什么？（奔向部长刑警）从哪儿发现的？
部长刑警	这个房间的（用下巴指了指房间的一端）厕所里。被绳子绑着，沉在马桶的水槽里。
警部	老长，难道这个是……
部长刑警	没错，十有八九就是横井那家伙从小混混那里抢来的。
警部	那也就是说，（看向尸体）这个藁谷志保和横井让二是——
部长刑警	应该是。向邻居们取证了，好像一个和横井很像的男人经常出入这里。

这时刑警带着一个男人上场。

部长刑警	哦，来了来了。你就是杂鱼田组的小混混吗？
羽鸟	杂鱼——（干笑）真是的，老哥，这笑话可不好笑。是佐古田。拜托别弄错。

部长刑警	你这样的看起来不就是杂鱼吗？喂，杂鱼。（无视干笑的羽鸟，将塑料袋打开看）见过这东西吗？
羽鸟	（下意识地）啊，你从哪儿弄来这——（慌忙捂住嘴）
部长刑警	蠢东西。事到如今还装蒜，你在接受调查时不是大肆宣扬东西被横井那家伙抢走了吗？那和大声声明自己在干走私的勾当有什么区别？
羽鸟	（一愣）啊，那、那也是。（不好意思地笑）嘿嘿嘿。
部长刑警	这就是你被抢的东西吧？没错吧？
羽鸟	就算你这么说，（靠近塑料袋）我又没在上面签名盖章啊。
部长刑警	这可和你供述的数量一致。
羽鸟	那就是了呗。东西在哪儿啊？果然是横井那家伙拿走了吗？
部长刑警	（无视他）我想问的是横井那家伙的事。那家伙现在在哪里？
羽鸟	我不知道啊。大概在马子家潇洒吧。
部长刑警	这就是……（威压）那个马子家。
羽鸟	（一愣）咦？
部长刑警	我从今天早上开始一直在找横井那家伙。他在哪儿？
羽鸟	（不耐烦）都说了我不知道。我又不是他的保姆。而且（嘲笑）就算知道也没有义务告诉老哥你啊。虽然我们吃了不少横井那小子的苦头，不过比起老哥，我和那家伙打交道的时间更长，唉，这就叫孽缘吧。
部长刑警	我给你一个忠告，耍滑头不说实话可是要后悔的。（坏笑）你这家伙似乎还不知道事态的进展啊，如果

你知道横井在哪儿却不说的话，可就成了杀人犯的共犯了。

羽鸟　　杀、（睁大眼睛）杀人犯？

部长刑警　　哎呀，（装模作样）你不知道吗？等一下，何止共犯，没准儿你这家伙就是主犯。

羽鸟　　（畏惧）老、老哥，别开这种玩笑。

部长刑警　　蠢东西。（怒吼）被杀的可是横井的情人，而且她藏有你们的钻石，（声音突然变低）这意味着什么你明白吗？

羽鸟　　什、什么？

部长刑警　　少装蒜！将横井情人分尸的是你吧？

羽鸟　　咦？（后退）怎、怎么是我？

部长刑警　　很简单，被横井抢走钻石的你得知横井把钻石交给了自己的女人，于是你第一时间想要夺回钻石，可是横井的女人装作不知道，你一怒之下就杀了她。

羽鸟　　太扯了。

部长刑警　　杀了人之后你意识到不妙，虽然你在她的房里大翻特翻，却还是没找到钻石，就放弃回去了。怎么样？是这么回事吧？

羽鸟　　太、太胡来了。老哥，老哥。我发誓，我绝对不会做杀人这种危险的事。真的。别看我这样，其实我很胆小，年纪大了，身体也不行了……（突然开始咳嗽）

部长刑警　　呆子。你那张脸看起来像是身体衰弱吗？说自己胆子小，不也做了不少坏事吗？

羽鸟	哪有啊,您别高抬我啦!我就是一般人,恐吓的事倒是干过,偷偷抢抢的倒也干过。但是杀人那种蠢事……我都没被警察抓过!
部长刑警	(低声)横井在哪儿?
羽鸟	不知道啊。真不知道。您让我签字画押都成,我真的不知道。
警部	够了。老长,看来他真不知道。(对着松了一口气的羽鸟)今天凌晨十二点到早上五点,你在哪儿、做什么?
羽鸟	(表情僵硬)别这样啊,老哥,我真的没杀人……
部长刑警	少废话,问你就回答。
羽鸟	(磨磨蹭蹭地)和哥们儿去喝酒了。真的。喝到早上,坚持不住睡着了。
部长刑警	嗯,算了。听好了,要是知道了横井那家伙在哪儿,一定要第一个通知我们,明白了吗?
羽鸟	(面露谄笑)那、那是必须的。老哥,就算我老妈死了,我也要第一个赶去通知你。
部长刑警	蠢东西!你老妈都死了十年了!
羽鸟	哎呀,您知道的真多。
部长刑警	哼,你小子的那点事我们全知道。听好了,少耍滑头。
羽鸟	我知道,我知道。我铭记在心。

羽鸟被刑警带走。

接着一位身穿围裙的女性随刑警上场。

警部	藁谷志保的母亲吗？
藁谷节子	是的。（深深地行了一礼）我叫节子。这次我家不争气的女儿给您添麻烦了。
警部	（迷惑）哪里哪里。嗯？藁谷节子？（声音变得悦耳）是那个乡土料理研究者？
藁谷节子	是的。（惶恐）是我。
警部	哎呀呀，没想到会以这种方式和您见面。您的节目我期待都看。
部长刑警	（小声）主任，主任，我知道您喜欢大龄女性，不过这个是不是有点太老了……
警部	你在说什么，老长。你不知道藁谷女士？她就是每天傍晚资讯节目中做乡土料理一点通的人啊。（对着藁谷节子）我从您那里学到了很多。哎呀，真想和您在更轻松的场合下见面。
部长刑警	（对着刑警）学到什么了？
刑警	你不知道吗？主任喜欢做饭。
部长刑警	（叹息）哎呀呀，主任也该快点结婚了。下次我把我老婆那里的相亲会照片拿来。
刑警	啊，我也还是单身。
部长刑警	啰唆！
警部	恕我单刀直入，您女儿志保是独自一人住在这间公寓里吗？
藁谷节子	是的。
警部	她没有结婚吗？
藁谷节子	（叹气）我一直劝她早点安下身来，说得嘴都酸了。

	可她总是说什么过了三十还要去当歌手之类的梦话。
警部	哦,歌手啊。
藁谷节子	是的。(投入感情)她自认为富有才能,不知道上京碰壁回来多少次了。早点放弃走回正路就对了,可是她却仍执迷不悟,说什么等待机会之类的。结果在酒吧当女招待时被人给骗了。
警部	哦?被骗了?
藁谷节子	据说是被一个自称艺人经纪公司的人给陷害了。这世上哪有那么便宜的事。结果辛苦攒下的钱都被骗走了。比起金钱,梦想被愚弄更令人悔恨。我听说她死了的时候,一开始还以为是自杀。本来还觉得这是一个让她重回正道的机会,结果现在永远也不可能实现了。都是她自己不好,不听我的话。看吧,不得好死。
警部	(咳嗽了一声)您女儿有特定在交往的亲密的男友吗?
藁谷节子	(皱眉)好像在和一个叫横井的比她还小的小混混搞得火热。真是不懂父母心。
警部	您女儿被谁怨恨着吗?或者是工作上的纠纷之类的?我倒觉得做女招待的工作可能会有很多麻烦。
藁谷节子	不知道。我没听说过。不过要说谁怨恨她不如说她在怨恨着别人。她自己没能实现梦想,所以看见谁比她幸福就嫉妒不已,都不知道弄坏了多少台电视。
警部	电视?
藁谷节子	拿电视出气。往上面泼啤酒,用脚踹,每次弄坏了都还要买一台不便宜的。大概在她看来,显像管的

另一端华丽又幸福吧。就因为我能上电视，她连我这个亲生母亲都嫉妒。其实上电视根本不是她想象的那样闪闪发亮。还是她太幼稚了。

警部　水田、唐岩、栗山、伊贺上、村上、入来、祖父江，这些名字中有您有印象或者熟识的吗？

藁谷节子　（歪着头）唐岩是市长的姓吧，和我没有私交。姓伊贺上的主持人倒是在电视台里见过两三面，不过也不是特别亲密。

警部　不好意思，今天凌晨十二点到早上五点之间，您在哪里、做什么？

藁谷节子　在家睡觉。

警部　我问一个有点奇怪的问题，您女儿的头部有什么明显的特征吗？比如伤痕或者假牙之类的。

藁谷节子　（想了一会儿）什么都没有。

刑警带着藁谷节子退场。
刑警又带着一个男人小跑着登场。

刑警　主任，主任！

警部　（皱眉）这位是？

刑警　这位先生（激动地）目击到了现场。

警部·部长刑警
　　　　　什么？！（两人不约而同地搬来椅子）请、请坐！快请坐！

刑警　这位宇都木先生好像住在这个公寓的对面。

宇都木	哎呀呀，（谄笑）被警察如此欢迎还是第一次，平时都是挨骂。
警部	咦？为什么呢？
宇都木	超速啊。我是个复读生，靠飙车来排解压力。结果总被交警抓去痛骂，压力更大了。（故意大声叹了口气）希望明年能考上，都已经第四次了。
部长刑警	（讨好地笑）一定没问题。不过交通科的那些人也真是不识相，碰到像你这样的人，睁一只眼闭一只眼就行了。对了，下次他们再对你说教时你就找我，我包你没事。
宇都木	（天真地）真的吗？哇，太棒了！
警部	那么，（等不及地）您真的目击到了现场吗？
宇都木	那个……（畏手畏脚）要说杀人现场的话，倒是没看到……
部长刑警	什么？（笑容消失）你小子，敢耍弄警察？
宇都木	（慌张）不，不是……我看见了疑似凶手的男人的脸。
警部・部长刑警	男人？（对望了一眼）什么样的男人？
宇都木	嗯……（困惑地）怎么说好呢……
警部	（想起什么似的对刑警说）喂，把横井的照片拿来。

刑警慌忙从兜里拿出照片。

部长刑警一把抢过照片，塞到宇都木面前。

部长刑警	（发怒）你说的是照片里的人吗？
宇都木	啊，（马上有反应）就是这家伙。绝对没错。在路灯的光亮下我看得很清楚。
警部	（兴奋地）能再讲得具体点吗？
宇都木	今天凌晨三点左右，这个男人从这间屋子里出来，手里拿着一个好像装了西瓜的塑料袋。
警部・部长刑警・刑警	（一齐盯着宇都木）塑料袋？！
宇都木	（吓了一跳）对。
警部	他当时的样子如何？
宇都木	非常慌张。表情很吓人。
警部	然后呢？
宇都木	然后？（犹豫地）没有然后了。那时我没留意，天亮了听说这间屋子里发生了人命案才想起可能有所关联。
部长刑警	哎呀，十分感谢你的协作。（喜色满面）超速也好，违章停车也好，今后你尽管随便吧。
警部	你看到照片上的男人来这间屋子了吗？
宇都木	看到了。嗯……大概是两点半吧。屋子里的情况我也看了一会儿。
警部	（屏气凝神）当时里面什么样？
宇都木	两个人——也就是照片里的那个男人和藁谷志保——似乎在吵架。然后这个男人就扑向藁谷志保——
警部	你说什么？

宇都木	男人这样（掐住自己的脖子）掐住藁谷志保的脖子，然后两个人就一起倒在了地板上，看不见了。过了一会儿，男人慌慌张张地拉上了床帘。
警部	那你不是看到了杀人现场吗?
宇都木	（一愣）啊，（拍手）那个就是杀人现场啊，我还以为他们俩要开始了呢。
警部	开始什么?
宇都木	开始什么?（害羞地）当然是上床啊。
警部	那么，拉上窗帘之后过了一会儿，男人就从屋里出来了，对吧? 拿着塑料袋。
宇都木	没错。
部长刑警	真不愧是复读生，后半夜还在刻苦学习，帮了我们大忙。
宇都木	哎呀，那个，我那时……不是在……学习……
警部	那你在做什么?
宇都木	（不好意思地）哎呀呀，真是难于启齿，住这间屋子的藁谷是做女招待的吧? 每天都是两点以后回家……
部长刑警	（满脸狐疑）你很清楚啊。
宇都木	因为我一直在观察啊。回到家睡觉之前她总要做体操。
警部	体操?
宇都木	对。（兴奋地）而且还穿着半透明的内衣……从我的屋里看得清清楚楚哦!
警部	（吃惊）也就是说你每晚不是在学习而是偷窥了?

宇都木	哪有啊。我也学习,这只是作为调剂。(不知羞耻地)为了看得更清楚我还准备了望远镜呢!
刑警	(叹息)难怪目击证言这么详细,原来是这么一回事。
宇都木	可是(十分遗憾)藁谷还是被杀了吧?我再也不能看她的性感体操调剂了。我该怎么办啊。
部长刑警	(不悦)你这个蠢货,就是总想着调剂才会落榜四次。
宇都木	不能这么说啊。(撅起嘴)复读生也是人啊,不偶尔调剂一下的话……
警部	好了好了,(安慰)没问题,明年一定能考上。东大也好京大也好,肯定能考上。
宇都木	你也这么认为吗?哇,我太高兴了。(天真地)警察先生,超速的事就拜托了。

刑警带着宇都木退场。

部长刑警	这个色小鬼。(唾骂)现在的年轻人真不像话。
警部	果然还是横井,老长。
部长刑警	嗯。(对着空气做出殴打的动作)那个浑蛋,栗山千秋那时候还厚着脸皮装成发现者,真是个狡猾的家伙。
警部	(紧张地)现在必须尽快抓捕横井那家伙,因为他已经把藁谷志保的头拿走了,也就是说——(咽了口唾沫)
部长刑警	(低声)第六个受害者马上就会出现的可能性很大。展开搜索线,全国通缉横井让二吧。

警部	动机是什么？目前看来和钻石没关系吧？
部长刑警	（马上回答）想不到什么关系啊。毕竟（打开装有钻石的塑料袋）最关键的东西放在了这里。
警部	可是（慎重地）也有可能横井只是把钻石交给藁谷志保，并不知道具体的藏匿地点。也就是说杀了藁谷志保之后，他永远都不可能知道了。
部长刑警	差不多。但是钻石和杀人应该没有直接联系吧。如果涉及钻石的话，为什么要把包括藁谷在内的五个人都杀了呢？我还是老调重弹，割去死者的头轮递，将头发剪得乱七八糟，这些和钻石实在联系不上。怎么想都不对劲。这样一来一连串的罪行和怪异行为都没有任何意义，也没有动机。
警部	（抚摸着下巴）横井让二这个人看起来有点奇怪，可也不像是精神异常者。
部长刑警	看外表就能判断的话，我还是警视总监呢。

警部正要说什么的时候，刑警上气不接下气地跑上舞台。

刑警	不、不好了！（咳嗽）又、又有命案了。第、第、第六、第六——
部长刑警	你小子在说什么？（怒吼）冷静下来！蠢东西，第六什么？
警部	喂，不会吧……（慌张）第六起？第六个受害者出现了？
部长刑警	什么？！（瞪眼）是吗？喂，真的吗？

刑警	是、是、是的。（调整气息）死者是藤原绫，二十六岁。
部长刑警	可恶。（大叫）横井这个浑蛋，任意妄为！
警部	什么情况？
刑警	和之前的一样。绞杀之后割去的头被拿走了。
警部	（和部长刑警面面相觑）也就是说……
部长刑警	横井这个浑蛋，（咬牙切齿）还想继续做第七起——
刑警	还有，死者藤原绫的尸体旁，（指着旁边的尸体）放着疑似藁谷志保的头……

——落幕——

第六幕
第五颗头和第六具胴体

(同为三月十三日星期五)

演员表：藤原绫——牙医助手

藤原芳江——绫的母亲

四条——Ａ市职员

横井真理——记者

警部

部长刑警

刑警

场景：公寓内。背景有厨房里的水池、冰箱等。窗外可以看到作为远景的街景。时间是晚上九点。

幕布上升，舞台中央躺着一位身穿白大褂的女性，头部盖着黄褐色的布，黄褐色融入背景中的榻榻米中，看起来就像是没有头。尸体的枕部放着一个装有人头大小物件的不透明塑料袋。

警部弯下身去窥探塑料袋内部。

部长刑警读着冰箱上贴着的便笺。

警部　　　（站起身）是蘗谷志保的头,绝对不会错。和前面四个人一样被剪去了头发。

部长刑警　　这次虽然没有钻石那样闪闪发亮的玩意儿,但是却留下了奇怪的东西。

警部　　　（靠近冰箱）是什么?

部长刑警　　好像是便笺。

部长刑警撕下贴在冰箱上的便笺,并将其朝向观众席。便笺上仿佛拿尺子量过一般写着整齐清晰的大字,观众也可以看清:

其在

石女

之头这

孩实中

警部　　　（视线上下游移）这是什么意思?

部长刑警　　不知道。

警部　　　是凶手——也就是横井让二——留下的吗?

部长刑警　　（考虑了一会儿）应该不是吧。这不会是这个（指着尸体）叫藤原绫的小姑娘的文字游戏吧,类似暗号的。想象不到横井会留下这样的东西。虽然说精神不正常的家伙做出什么无法理解的事来都不是不可思议。

警部　　　（无法释怀）嗯。

这时，刑警带着一个男人登场。

刑警　　　这位是事件的目击者。

部长刑警　（没有上一次对待宇都木时那么热情）哦。哎呀哎呀，请到这边来。

刑警　　　他叫四条，在市役所上班。

四条　　　（扭扭捏捏地）其实我住在离这里有一段距离的地方。

警部　　　（顿了一下）请讲吧，您目击到了犯罪现场？

四条　　　（慌张地）不，杀人的过程完全没看见。我只看见有个男人进了这间屋子又出去了。

警部　　　那个男人有什么特征？长什么样？

四条　　　（想了一会儿）嗯……也没什么特别的地方，只是拿着一个塑料袋。

警部　　　（没什么热情）原来如此，塑料袋。

四条　　　里面似乎装着一个足球。他进屋的时候拿着，出来的时候也拿着。

警部　　　啊，啊。（机械地）原来如此。那个人是（拿出横井的照片）照片上的这个人吗？

四条　　　（鼻子凑到照片前，认真地看）很像。当时光线不是太好，我也不是很确定。

警部　　　你看见男人进屋时是几点？

四条　　　（犹豫了一会儿）今天凌晨三点半左右。也可能是四点半。

警部　　　不好意思，您刚才说您不住在这里？

四条	（大惊失色）是、是的。
警部	那么当时您在这附近做什么？
四条	（低头）这个嘛……不说不行吗？
警部	（意外地）不行。因为这关系到您的证言的可信度。
四条	这、这样啊。那就没办法了。那么可不可以不公开啊？不是什么太好的事，如果被同事们知道了的话……
警部	（平静地）我们不会将一般证人的个人隐私公之于众的。请放心。
四条	（放心）这样就好。其实我非常……（羞于启齿）喜欢住在这间屋子里的藤原小姐。
警部	也就是说你对作为异性的她抱有好感？
四条	嗯。她在我经常去的牙医那里工作，我在看牙的过程中逐渐喜欢上了她，然后一咬牙就对她表白了。
警部	原来如此。（突然来了兴趣）然后呢？
四条	当然被拒绝了。虽然她说得很委婉，但是态度很坚决。
警部	接下来你怎么办了？
四条	最初我想干脆地放弃，（激动起来）可是逐渐听到了一些不好的传闻，说是藤原小姐在和一个叫横井的流氓似的家伙交往。
警部	（和部长刑警对视一眼）哦，横井啊。
四条	而且据说那个横井过着小白脸一样的寄生虫生活。
警部	（突然想起）您是从哪里听说这些传言的？
四条	有人给我打电话。

警部	电话?
四条	对。那个是叫变声器吗?有人用那个给我打电话——声音听起来不男不女的——告诉了我横井的事。最初我以为是知道我和藤原小姐的事的朋友的恶作剧。可是那人却在电话里说不信的话就明天凌晨三点以后去藤原小姐的公寓前叮梢,一定会有一个男人出现。
警部	然后您就按着电话里的指示到这个公寓前叮梢?
四条	(低头)真是惭愧。我自己也觉得实在是愚蠢。可是妒火中烧,怎么也控制不住。
警部	您想没想过去找那个男人理论一番?
四条	我不知道那个拿着塑料袋的男人到底是不是横井。(不甘心地)而且他凶神恶煞的,也不像是我能应付得来的对手。对了,不论来时还是走时,那个人的眼神都透着一股凶劲,怎么看都不像是来找女人寻欢作乐的。(悲伤地)现在想起来,那个人是来杀害藤原小姐的,难怪眼神那么凶神恶煞。

刑警带着四条退场。

警部	横井来这个房间时拿着的塑料袋——
部长刑警	装着薬谷志保的头。然后出去时又带走了藤原绫的头。
警部	(意外地)没想到横井不仅和薬谷志保关系不一般,和藤原绫也有一腿。

部长刑警	也不是什么值得吃惊的事吧。横井肯定需要不止一个包养他的女人。
警部	是吗？（扶着下巴）反过来想的话，横井和至今为止的所有死者都有关系也并非不可思议，毕竟他把所有人都杀了，没关系的话反倒不正常。
部长刑警	是啊。（使劲点头）水田显枝、栗山千秋、村上美佐、祖父江道子的具体情况虽然不知道，但其实也和横井那家伙有一腿。或许横井那家伙就是利用和她们的关系来要挟她们。（突然笑出来）比起这个，主任，刚才那个四条拿来历不明的电话来当借口可真是杰作啊！
警部	（嘿嘿笑了起来）嗯。那可真是苦涩的借口。其实他每天晚上都在藤原绫家附近转悠吧，只不过实在没有勇气承认。
部长刑警	（毫不留情地）那个四条长得就是一副蠢相，一看就是变态的预备军。而且编得像漫画似的，还用上了变声器。与其这样撒个谁都能看穿的谎，还不如痛下决心把自己色胆包天追着女人屁股转的事说出来更简单明快呢。

刑警带着一位戴着墨镜的女性出场。

刑警	这位是受害者的母亲，藤原芳江。（轻薄地）主任您也知道吧，就是那个在电视里做恋爱占卜的占卜师！

部长刑警	（瞪着眼睛）哦？那个色情又偏激的……
刑警	哦？（意外地）老长也知道吗？（对着藤原芳江）能在这里与您见面是我的光荣。其实我以前曾经上过您的恋爱咨询节目，您还记得吗？
藤原芳江	（张着嘴不停地点头）记得，记得，当然记得。就是那位爱上了相识的女孩，哭着说不知如何是好的先生嘛。
刑警	（兴高采烈地）对对对。哇，真是感谢您啊，还记得我。
部长刑警	（怒吼）蠢东西！你小子在想什么？身为刑警，竟然去参加什么恋爱咨询？真是丢人！
刑警	可是，（认真地）没有在电视上露出脸啊，都打上了马赛克。
部长刑警	呆子。（怒吼）问题不在这里！
警部	（非常感兴趣）相识的女孩是谁啊？
刑警	啊，（突然慌张起来）不，这个……
藤原芳江	（张着嘴不停地点头）似乎是上司的女儿。
部长刑警	上司的女儿？（一惊）啊，难道说，你小子——
刑警	（不好意思）是的，就是老长的女儿。
部长刑警	（吃惊）你小子喜欢那样的野丫头吗？那家伙连我都敢踢，那股子疯劲和她妈一样。
刑警	（摇头）我就是喜欢那种美貌和粗暴之间的不协调。
警部	等一下。（惊呆）老长的女儿应该还是中学生吧？你有恋童癖吗？
刑警	（扭捏地）主任不也是喜欢上了年纪的吗。

部长刑警	（怒吼）你小子在说什么胡话！主任也是的。那个凶暴的丫头你想要的话我双手奉上。
刑警	咦？（高兴得跳了起来）真的吗？哇，太好了！
部长刑警	（无视欢呼雀跃的刑警，朝向藤原芳江）今天凌晨十二点到早上六点这段时间内，你在哪里、做什么？
藤原芳江	（张着嘴点头）和朋友喝酒喝到两点多，之后就回家了，一直到刚才都在睡觉。
警部	您女儿是独自在这里生活吗？
藤原芳江	是的，她讨厌和我生活在一起。
警部	那是为何？
藤原芳江	（耸肩）大概是觉得我是个自甘堕落的女人而蔑视我吧，处处和我作对。从生活信条到服装的选择上，所有事情都和我作对。（轻抚及腰的长发）因为我留着这么一头长发，那孩子就把自己的头发剪得像打棒球的男孩子一样短。我觉得她大概是因为不知道自己的生身父亲是谁而没有归属感，所以怨恨我。
刑警	哦！（佩服地）我一直听说您的生活相当自由奔放，没想到您的那些恋爱建议都是经验之谈啊。
警部	（深感兴趣地问刑警）你咨询的时候她究竟给你出了什么主意？
刑警	她让我不用烦恼，直接上了她就可以，哪怕强奸也好，先占了她的身。
部长刑警	你要是这么干了，（畏惧地）你小子早就被她杀了。
刑警	对，就是知道才没那么做。
警部	您女儿被谁怨恨吗？

藤原芳江	不知道，完全不知道。那孩子最近完全不和我说话。
警部	也就是说您不知道您女儿和一个叫横井让二的人在交往？
藤原芳江	我只是听说她和一个流氓似的男人关系不一般，那个男人好像确实是叫横井。
警部	您女儿的头部有什么特征吗？比如显眼的伤痕或者镶有假牙之类的？
藤原芳江	那些东西一概没有。
警部	水田、唐岩、栗山、伊贺上、村上、入来、祖父江、薬谷，这些姓氏中有您有印象的吗？
藤原芳江	完全没有。

刑警带着藤原芳江退场。

部长刑警 上梁不正下梁歪。（苦涩地）恐怕藤原绫是抱着反抗母亲的逆反心理，一心想要走自己的路，才会当上牙医助理的。可是骨子里她还是和母亲血脉相连，最后落得和横井这样的男人搞在一起的田地，这该怎么说呢，还是命吧。

这时拿着话筒的横井真理小跑着上台。

横井真理 （将话筒伸向警部和部长刑警）我刚才好像听见了"命"之类的字眼，警察不会是想把遭遇杀人魔毒手的牺牲者用"命"这种含糊其辞的说法来搪塞，以推卸责任吧？是不是这样？

部长刑警 那小子又……（盯着刑警退场的方向）又是你吗？真是麻烦啊，随随便便进入现场，脸皮真是够厚的。连该有的许可都没有，你到底有什么特权啊？

横井真理 （耸肩）我有追求事实的义务，有将追求到的事实公开报道的义务。这个义务带来的权限是无限大的。

部长刑警 什么狗屁理论。追求事实就能为所欲为的话我也可以无法无天了，我们才是真正追求事实的，所以把你从这里赶出去也没关系。

横井真理 （嗤之以鼻）你们没有那个权利。把我从这里赶出去，就是对大众隐藏事实的暴行。违背情报公开法，是对民主主义的挑战。

部长刑警 （不胜其烦地）说什么大话。少废话，快点从这里出去。要不然你会后悔的。

横井真理 （坏心眼地）终于出现第六位受害者了。面对市民的恐惧和担忧，你们要怎么谢罪？

部长刑警 啰唆。（不友好地挥了挥手）快点出去！你这个蠢女人！

横井真理 哎呀！（瞪眼）这是身为市民的安全和人权保护者的警察该说的话吗？阻止不了冷血杀人狂的暴行的无能团体有什么好飞扬跋扈的？你这个蠢东西！

部长刑警 快点出去。（低声）你要是再不出去就有你好看。

横井真理 嗯。对罪犯束手无策，对善良无力的弱女子却蛮横无比。所以警察就算被骂成无知无能、饭桶、税金大盗、脑筋迟钝、封建主义、恃强凌弱、大脑僵化、狐假虎威、阳痿，也不该有什么不服气的。

部长刑警　（惊呆）你可真能骂啊。

横井真理　为了掩盖自己的无能而拒绝采访，真是不要脸。反省吧你，忏悔吧你！

部长刑警　拒绝采访不是因为警察无能。

横井真理　那是因为什么？

部长刑警　（肉麻地）还不都是为了你。都是为了你我们才拒绝报道。

横井真理　（惊讶地）为了我？

部长刑警　（异常温柔地）其实吧，我们早就知道这一系列妇女断头杀人事件的真凶是谁了。可是现在还不能公开凶手的名字。

横井真理　为什么？既然知道了凶手是谁，为什么不马上公开？不公开恐怕是因为证据不够充分吧？

部长刑警　什么、什么？（像老年人那样慢悠悠地）证据十分充分，可以说是完美，够判真凶十次死刑。

横井真理　那……（狐疑地）怎么不赶紧把真凶抓获？

部长刑警　已经展开全国通缉了。可是如果公开真凶的名字的话，RAK电视台就会陷入非常不利的局面。

横井真理　（不安地）为什么？为什么我们电视台会陷入不利的局面？

部长刑警　连环妇女断头杀人事件的真凶被逮捕的话，会成为大新闻吧？

横井真理　当然了。毕竟是让世间如此骚动的大案，肯定能拿新闻大奖。

部长刑警	可是，（坏笑）别的电视台暂且不说，只有ＲＡＫ电视台不能做这个报道。
横井真理	（不耐烦地）你到底想说什么？
部长刑警	我想说的是，（恢复到平常的声音）ＲＡＫ电视台最好更换记者，否则到手的重大新闻都不能报了。
横井真理	太过分了。（激昂地）没有必要人身攻击吧。你打算只拒绝我的采访吧。这是多么卑鄙的挑衅。这就是警察的行为吗？如果你是认真的话，我也——
部长刑警	你在说什么啊。（故意装出意外的样子）我并不是针对你拒绝采访，不如说阻止你采访的是ＲＡＫ电视台的高层。
横井真理	你傻啊？（轻蔑地哼了一声）你以为电视台会屈服于警察的压力？你以为自己有那么大的权利？
部长刑警	（笑着说）你好像误会了啊。想采访你尽可以随便，不过到时候后悔了可别怪我哦。我可是给了你忠告。
警部	（看不下去）横井小姐，这不是说笑。你最好还是不要插手这起事件。真的。
横井真理	只有我？（瞪着眼）什么意思？
警部	这个嘛……（犹豫不决）你能保证保守秘密吗？
部长刑警	（干笑）您在说什么啊，主任。这个女人怎么可能透露出去呢？
警部	其实，横井小姐，这一次的连环妇女断头杀人事件的真凶就是你的哥哥。
横井真理	（皱眉）什么？
警部	我们正在通缉横井让二。

横井真理	（有点慌张）这是什么玩笑。请不要开这种恶劣的玩笑。
警部	很遗憾，并不是玩笑。凶手就是横井让二。连续杀害水田显枝、栗山千秋、村上美佐、祖父江道子、蕈谷志保和这位（指着尸体）藤原绫，现在正在某处瞄准第七位受害者的人就是你的哥哥。
横井真理	（话筒掉落）骗人！
警部	怎么会是骗人。横井让二作为第二个受害者栗山千秋的发现者出现在我们面前，这种大胆的行为差点欺骗了我们。可他还是犯下了错误。今早，他在蕈谷志保的公寓里杀害她时被附近的邻居看到了。
横井真理	这是……（茫然若失）真的吗？
警部	千真万确。他杀害蕈谷志保后将头割去，来到了这间公寓，为了杀害藤原绫。这一次也被人目击到了。横井将藤原绫的头割去，换上了蕈谷志保的头。他带着藤原绫的头逃跑时也被目击到了。这些既不是玩笑也不是骗人，更不是挑衅。你明白吗？真凶就是你的哥哥横井让二。他被逮捕的新闻你能用职业的态度报道吗？我们让你不要插手这次的事件就是这个意思——
横井真理	哇、哇、哇……（歪着脸像小孩般地哭）哇啊啊……
警部	喂，喂！（急忙拿出手绢）
横井真理	啊啊……（用警部的手绢大声地擤鼻子）笨蛋！笨蛋！笨蛋！哥哥这个笨蛋！大笨蛋！啊啊……
警部	（束手无策）别哭了。知性沉着冷静的横井真理记者

的形象都没了。

部长刑警 沉着冷静？不是冷酷无情吗？

警部 （生气）老长，对这样陷入悲伤的女性不能穷追猛打。

横井真理抱住警部继续哭。

警部一瞬略显犹豫，转念后拍起她的背来。

部长刑警 （耸肩）哎呀哎呀。

横井真理 笨蛋，笨蛋，笨蛋，（抽泣）哥哥这个大笨蛋。我好不容易拿到一个头条，好不容易有让人另眼相看的机会，好不容易有一个出人头地的机会，他要怎么赔偿我啊！要怎么赔偿我辉煌的职业经历啊！他要给家里添麻烦到什么时候啊！想、想杀这样的女人，随便找个不就好了！啊啊啊，啊啊啊啊！

部长刑警 （惊呆）还在执著于头条新闻，真是执念颇深。

警部 （认真地）就冲她显露出的对于工作的热忱，老长也不得不尊敬她吧？

部长刑警 （面部痉挛）哪里哪里。

这时刑警跑着上台。

刑警 不、不好了！又出现了！又被抢先了！

部长刑警 （表情严峻）第七个吗？

刑警 （气喘不止）对、对。

部长刑警　　不能再这样了！立刻赶赴现场，走！

刑警　　　　是！

部长刑警、刑警一起跑着退场。

警部仍然抱着抽泣的横井真理。

警部　　　　等、等一下。(慌张地) 你们两个等一下！这可怎么办？（试图摆脱横井真理）喂、喂，我说你！（对着两人退场的方向大声地）这该怎么办啊？喂！

——落幕——

第七幕
第六颗头和第七具胴体

(同为三月十三日星期五)

演员表：殿冈樱——服务员

岸润子——樱的姐姐

岸和义——润子的丈夫

殿冈浩司——樱的父亲

殿冈庆子——樱的母亲

宇都木——复读生

警部

部长刑警

刑警

场景：公寓内。背景有纸门、被炉、电话等。窗外的远景是街景。时间是晚上十点。

幕布上升，舞台中央躺着一位身穿饭店服务员制服的女性，头部盖着黄褐色的布。那部分颜色融入背景色中，看起来就像是没有头。在尸体枕部放着一个装有人头大小东西的不透明塑料袋。

六个人围着尸体站着。最右边是部长刑警，最左边是刑警。

部长刑警　（对着另四个人）听好了，那个塑料袋里的，是今早被害的藤原绫的头，这点已经查明。但是尸体确实是殿冈樱小姐的吗？您可要看好，（翻着记事本）殿冈浩司先生。

殿冈浩司　是、是的。（忍住悲伤）确实是我女儿殿冈樱。

部长刑警　（翻着记事本）母亲庆子夫人，您看呢？

殿冈庆子　不会有错。（突然哭出来）是樱。

部长刑警　姐姐呢？嗯……（来回看记事本和另四个人）您已经结婚了吧，岸润子女士？

岸润子　（用手绢擦着眼角）虽然不像爸爸妈妈那么确信，但我也觉得是樱。

部长刑警　清楚了。你们听说过樱小姐被什么人怨恨吗？她在做家庭饭店的服务员的过程中有什么工作上的矛盾纠纷吗？

四个人面面相觑，都摇了摇头。

部长刑警　有和樱小姐关系特别亲密的男性吗？

四个人偷偷打量对方，没有摇头也没有回答。

部长刑警　（不耐烦地）有吗？

岸和义	（下意识地）不，没有这种事。
部长刑警	（狐疑地看着岸和义）您是……（翻看记事本）姐姐润子小姐的丈夫——岸和义先生？
岸和义	（有点胆怯）是、是的。
部长刑警	不好意思，既不是父母也不是兄弟姐妹的姐夫你，能肯定樱小姐没有关系特别的男性？
岸和义	不，（低头）也不是……
部长刑警	对于横井让二这个名字你们有什么印象吗？

这一次四个人并未互相打量，而是一起摇着头。

部长刑警板起脸正要说什么的时候，气喘吁吁的警部跑上台来。警部的头发很乱，领带也歪了。

部长刑警	哦，主任。（认真地）看来您挺滋润的啊，何必着急呢，再享受一会儿多好。毕竟女人主动倒贴的机会可不常见。不不不，我可不是在讽刺您。（故意看了看警部歪着的领带）
警部	（慌忙扶正领带）别胡说八道！（声音微带怒意）你快继续问案！
部长刑警	（重新挨个儿盯着四人）岸先生，你们夫妇和双亲住在一起吧。但是刚刚二十岁的樱小姐却独自一人住在公寓里，这里面有什么隐情吗？

四个人又意味深长地互相打量了一番，态度暧昧。

部长刑警一面目不转睛地挨个儿盯着他们，一面来回走动。

部长刑警 真是看不下去，你们在隐瞒什么？我话说在前头，这可是杀人事件，无论隐藏什么都会给我们造成很大的麻烦，成为调查的障碍。

殿冈浩司 可是……（怯生生地）这种事应该和事件没关系吧……

部长刑警 哦？（凑近殿冈浩司的脸）也就是说你们果然在隐瞒什么？（瞪着慌忙捂住嘴的殿冈浩司）我丑话说在前头，判断和事件有没有关系的是我们警察。一般人自以为是地隐瞒情报，说白了就是在妨碍搜查，根据情况甚至可以判刑。这些您都知道吧？

岸润子 （慌忙地）真的什么都没有。警察先生，樱曾经喜欢过我丈夫。

岸和义 喂，喂！（惊慌失措）润子！

岸润子 但是请不要误会。我妹妹和我丈夫之间没有那种关系，只是纯粹的柏拉图式的爱情。（用手绢擦眼角）樱身材娇小，不适合留长发，但因为我丈夫喜欢长发而一直梳着长发。就是这种古典又惹人怜的憧憬而已。而且是得不到任何回报的憧憬。她曾经数次下决断，但是总也放弃不了。她也曾多次试图剪去长发，但到最后还是下不了手。这样的她和我丈夫住在一起的话会很难受，所以才会独自搬出去住公寓。仅此而已。

部长刑警 就算如此也不能断言您妹妹在外面没有男人吧？你们真的没听说过叫横井的人？

岸润子 （用力地摇头）如果放弃了我丈夫喜欢上了别的男

人，妹妹早就回家住了。那孩子的薪水不高，生活很窘迫。

部长刑警　嗯——（难以释怀）主任，您还有什么要问的吗？

警部　（整理着头发）樱小姐的头部有什么醒目的特征吗？比如伤痕或者假牙之类的？

　　　　四人一齐摇头。

警部　水田、唐岩、伊贺上、村上、入来、祖父江、藁谷、藤原，这些姓氏中有你们有印象的吗？

岸润子　那个……（胆怯地）伊贺上是指伊贺上千春吗？

警部　你认识她吗？

岸润子　（抬起眼，点了点头）我们是同事，在一个部门。

部长刑警　（狂叫）哦哦哦！我竟然犯下如此失误！你是那个天气预报员吧，AUTV 的？

岸润子　是的。

部长刑警　哎呀呀，（对着刑警不好意思地笑）工作太投入了，连天天在电视上看见的美女就在眼前都没发觉。

刑警　（似乎没听见部长刑警的话）主持人，（自言自语）电视台，咦？电视台？

警部　（对着四人）为了慎重起见，请让我问一下，今天凌晨十二点到早上六点你们都在哪里、做些什么？

殿冈庆子　（代表其他三人）我们都在睡觉。

岸润子　（怯生生地）那个……只有我凌晨四点起来上班了，今天我有早间新闻的工作。

部长刑警	（讨好地笑）原来如此。早上早起很辛苦呢。
警部	可以了，请你们大家回去吧。

殿冈浩司、殿冈庆子、岸和义、岸润子相继退场。

部长刑警	主任，您怎么看死者的男性关系？
警部	嗯——不好说啊。
部长刑警	您在说什么啊。（声音严肃）主任，您真是的，被横井真理的毒气——不对，是色气——感染，连脑子都变迟钝了。
警部	没有的事。（有点心虚）没有的事。
部长刑警	您听好了。（用手指着警部胸前）姐姐润子说如果樱找到男人一定会回家住，但那也要在那个男人是个正经人的前提下吧。如果对方不是什么正经东西，像个流氓似的，女方怎么会堂堂正正地回家？
警部	你是说——（终于明白了）殿冈樱和横井果然有关系？
部长刑警	当然了。没有才怪呢。只是家里不知道。
警部	如果这样的话——（陷入思考）如果死者都是和横井有关系的女人的话，就有可能出现第八个受害者了。
部长刑警	没错，正是如此。只要梳理清横井那家伙的女性关系就可以了。
警部	如果能预测到他要下手的第八个受害者的话，我们就可以抢在他前头采取保护措施了。
部长刑警	那就快点开始从头梳理横井的女性关系吧，一刻也

不能耽误。横井已经把殿冈樱的头拿走了，如果再出现第八个受害者的话，用横井真理的说法，我们就算被骂成无能团体也只能忍着了。喂！（拍刑警的后背）听见了吗？去梳理横井的女性关系，快去！

刑警 那个……（咳嗽了几声）受害者之间的联系真的是都和横井有关系这一点吗？

部长刑警 废他妈话。

刑警 可是，受害者中既有村上美佐这样的高中生，又有祖父江道子这样四十多岁的中年人，如果都是横井的女人的话，不是十分不自然吗？

部长刑警 哪里不自然了？不管是高中生还是中年人，不都是女人吗？眼前就有恋童癖的你和喜欢熟女的主任这样的实例。

警部 我的趣味不重要。

刑警 我总觉得不对劲。

部长刑警 哪里不对劲？

刑警 （用力地）死者的共同点，我觉得不是因为她们都和横井有关系。

部长刑警 （不耐烦地）喂喂喂，你小子不是嫌梳理横井的女性关系麻烦吧。

刑警 （生气）才不是！

警部 那你觉得死者的共同点是什么？

刑警 我也是灵机一动，（略显犹豫）我觉得可能是电视。

警部・部长刑警

电视？

刑警 （给自己打气）对。死者的亲属里一定有一个和电视有关的人。这第七位死者殿冈樱的姐姐是主持人，好像还有一个死者的亲属也是。

部长刑警 第二起的栗山千秋的妹妹，伊贺上千春。

刑警 同一事件中两个相关者是主持人，这会是偶然吗？这么一想，不可思议地，这次事件中的死者一定有一个（兴奋地提高了声音）从事与电视有关的工作的亲属！

警部 等一下等一下。也不一定吧。嗯……栗山千秋的妹妹是主持人伊贺上千春，蘩谷志保的母亲是料理一点通讲座的蘩谷节子，藤原绫的母亲是恋爱咨询节目的藤原芳江，其他人呢？

刑警 （不耐烦地）村上美佐的亲生母亲不是入来恒代吗？那个有氧运动健身教练，总在电视里跳，穿着主任最喜欢的紧身衣。

警部 啊，对。可是祖父江道子呢？

部长刑警 她在上大学的女儿演过广告，烤肉店的。

警部 对对，老长最爱的"贯太郎"。嗯……这是几个人了？一、二……五个？再加上殿冈樱的姐姐岸润子是六个。还差一个是谁？

部长刑警 第一个死者水田显枝。可是她的亲属里应该没有和电视有关的人。

刑警 你在说什么啊，水田显枝的母亲不就是老长你最讨厌的女市长嘛！

部长刑警	啊，（大声地）对啊！那个死老太婆。她曾经在电视上大吹牛皮。
刑警	怎么样？（兴致勃勃）全都和电视有关吧。
警部	嗯，可是——
部长刑警	（怫然）这种事能称得上共同点吗？现在什么样的人都能上电视，有机会就在显像管那头张牙舞爪的家伙多得是。死者的亲属中一定有一位上电视的，恐怕只是偶然吧？
刑警	我不这么认为。（不高兴）这七个人可不是那种偶然被拍进画面或者在街头接受随机采访那样只在镜头前出现一两次的，而是都保持着一定频率的出镜率。
警部	这么说起来，（扳着手指数）主持人肯定要上新闻，健身教练、料理讲座、恋爱咨询，都是固定出演的节目。广告也是在一段时间内反复播出。
刑警	市长不也经常出现在电视里吗？而且还有一点很关键，这些上电视的死者亲属都是女人。女市长，女艺人，对吧？这还能叫偶然吗？
警部	可是（谨慎地）就算照你所说，这是死者的共同点，那这又和这起案件有什么关系呢？
刑警	这个嘛……（退缩）目前还不清楚……
部长刑警	什么？故弄玄虚了半天，其实你自己也不知道？
刑警	还有一些必须考虑进去的要素。比如大前天是水田显枝遇害，前天是栗山千秋遇害，昨天是村上美佐和祖父江道子两个人遇害，而今天竟然有薬谷志保、藤原绫和殿冈樱三个人遇害。一、一、二、三，为

什么凶手作案的速度会上升？我觉得这其中一定有原因。我这话可能有点奇怪，凶手一天杀一个人就已经很困难了，因为他不只是杀人，还要将头割去。那么一天之内作案两至三起一定非常辛苦，没有什么紧迫的理由，凶手大可不必如此劳累。

部长刑警　　（怫然）这种事你不说我也知道。那你倒是说说看，理由是什么？

刑警　　凶手一天杀一个人很正常，可是他却没有一直这样，反过来就说明一天杀一个人一定会有一些不利于凶手的事。

部长刑警　　（声音粗暴）废话，这种事我也知道。我是问你那所谓的不利于凶手的事是什么事？

刑警　　目前还不清楚。

部长刑警　　（讽刺地）还不清楚？喂，有你这么个能干的部下我还真该谢天谢地。

刑警　　但是我有一个想法。

部长刑警　　什么想法？有想法就快说，别在那儿卖关子。

刑警　　我注意到了一个奇怪的地方。从第一个死者水田显枝到第四个死者祖父江道子，他们都和家人住在一起，对吧？

警部　　（拿出记事本）是吧……

刑警　　（确信无疑）没错。而与这四个人相关的犯罪现场都在户外。与之相对，从第五个死者薰谷志保到第七个死者殿冈樱，也就是今天被杀的三个人都是独自生活。而这三人都是在自己的公寓内，也就是室内遇害的。

部长刑警 （歪头）然后呢？你到底想说什么？

刑警 我认为凶手一定有某种将独居的三人一起杀掉的理由。所以才会这样安排杀人顺序，费尽力气在一天之内杀害三人。

部长刑警 然后呢？（厌烦地）那个所谓的某种理由是什么？

这时，宇都木闯进屋里，打断了正欲开口的刑警。

宇都木 （快活地）啊，你们好你们好。

部长刑警 咦？（高声）你是怎么进来的？应该有站岗的警察……

宇都木 嗯，确实有。（开朗地）但是我说我带来了解决事件的重要证据，他们就恭敬地让我进来了。

部长刑警 证据？（满脸狐疑）有这东西？

宇都木 有。（得意洋洋地）看见了准吓你们一跳。这可是犯罪现场的照片。

部长刑警 （惊愕）什么？！（抓住宇都木的前襟）为什么？你为什么会有那种东西？

宇都木 （冷静地）这可是我拍的哦。

部长刑警 你什么？

宇都木 我拍的。用远镜头。（从兜里拿出数张照片）今早不是说了吗，我平常一直用望远镜偷窥藁谷小姐穿内衣做体操。

警部 你——难道说——（惊呆）平常一直在偷拍她？

宇都木	（理直气壮地）复读生也是人，这点放松都不被认可怎么行。而且多亏了我的这个趣味，才拍到珍贵的犯罪现场照片不是吗？今早警察先生们回去之后，我心血来潮突然想到可能拍到了什么有趣的东西，就急忙拿去冲洗的，你们真应该感谢我啊！不对，比起口头上的感谢，我更想要个红包。
部长刑警	给我看看，不会都是些失焦的吧。
宇都木	真没礼貌！（鼓起腮帮）别看我这样，其实我对照片质量要求可高了。

　　警部、部长刑警、刑警各怀心思地看着宇都木拿出来的照片。

警部	（兴奋地）真的，拍得很清楚。
宇都木	是吧？（高兴地）应该给我一个红包吧？
部长刑警	（想要吃了照片一样地仔细看）这确实是横井没错。
警部	横井勒着的人就是——
部长刑警	（点头）藁谷志保。（举起另一张照片）这一张里她的脸照得更清楚，确实是她。
警部	似乎在争吵。（略怀期待地看向宇都木）你该不会还在藁谷志保的屋里装上了窃听器吧？
宇都木	（认真地）我是视觉派，对声音没什么兴趣。
刑警	（看着一张照片歪着头）我说主任……
警部	什么？
刑警	这张照片……（举起照片看）您怎么看？
警部	（迷惑）什么怎么看？藁谷志保的脸照得很清楚，横

井倒是只能看见后脑勺。

刑警　　您不觉得奇怪吗？

警部　　奇怪？（视线重新落回到照片上）有什么奇怪的？

刑警　　蘘谷志保的头发。

警部　　头发？

刑警　　看，很短吧？

警部　　嗯。（抚着下巴）确实很短。看起来像男孩子。

刑警　　她母亲那里的照片上，她是及肩的小波浪吧？

警部　　可能是换发型了吧？

刑警　　可是就算怎么换，这也有点太过头了吧？简直就像业余理发师的试验品。

警部　　不是现在流行的极短发吗？

刑警　　（不安地）主任，看了这个您真的没什么感觉吗？

警部　　什么感觉不感觉的，你指什么？

刑警　　（焦急地）其他死者的头啊。不是在发现时头发也被剪成这么短了吗？

警部　　（还是不明白）确实如你所说，（又看了一遍照片）可是你听好了，这是蘘谷志保被横井袭击时的照片，也就是说这时蘘谷志保还没有遇害。按照横井惯常的手法，应该是杀人之后再割头，然后再剪去头发。或者是先杀人，再剪去头发，然后割头。无论哪种都不会在杀人之前剪发吧？毕竟死者活着的时候不会毫无怨言、轻易地就让横井把头发剪得奇丑无比吧？也会抵抗吧？从手法上来说先剪发实在不合理，也没有可行性。

刑警	确实如此。（振振有词）所以这张照片才奇怪。这张照片上清晰地显示出藁谷志保生前就已经剪了头。

屋子里的电话响了起来，打断了正欲继续说下去的刑警。部长刑警避开尸体去接电话。

部长刑警	喂。嗯，是我。什么？（声音很紧张）确定吗？嗯，我知道了。马上过去。（扔下电话）主任！
警部	怎么了，老长？（不安地）难道是第八起？
部长刑警	不是，是横井那家伙。终于抓到那家伙了。
警部	（跳起来）真的吗？（笑容绽放）太好了！
部长刑警	只是……（声音低沉）他已经死了。
警部·刑警	咦？（面面相觑）
刑警	死了？（慌张）怎么死的？
部长刑警	被发现倒在A河的河边上。死因是氰酸中毒。
刑警	（声音变尖）他杀？
部长刑警	不，（声音恢复）根据发现者的证词似乎是自杀。尸体旁放着的塑料袋里装着殿冈樱的头。掉在一旁的香烟上检测出了氰酸成分。
警部	（叹息）畏罪自杀啊。
部长刑警	恐怕是以备不时之需而将含有氰酸的香烟带在身上吧。毕竟被全国通缉了，很难逃走。大概也是认识到自己已经走投无路了吧。
警部	不管怎么说，（重新振作）没有出现第八个受害者真是太好了。

部长刑警	没错。
警部	没能逮捕横井确实很遗憾,不过今晚总算能睡个好觉了。对了,老长,回去的路上去喝一杯吧?
部长刑警	哦,(喜出望外)那可太好了。主任,无论到哪儿我都奉陪!
刑警	(慌忙地)等、等一下!横井真是自杀吗?如果他不是自杀的话……
部长刑警	蠢货!说什么胡话。今晚主任要好好犒劳我们,你也要一起去。
刑警	咦?(退缩)我、我就算了吧。
部长刑警	废物!扭扭捏捏什么?想拒绝主任的邀请?再过十年吧!
刑警	我……那个……其实……不能喝酒……酒品很差……
部长刑警	哦哦?(很有兴趣)很有意思嘛!那就让我好好欣赏一下年轻人发酒疯吧!(十分起劲)主任,走吧,快走吧!

警部退场。刑警被部长刑警强拉硬拽着退场。

舞台上只有宇都木和被三个警察扔在一边的照片。

宇都木	请问……(不安地)这东西值一个红包吧?(将照片一张张捡起来)值吧?等、等、等一下!

——落幕——

幕间剧
对观众的挑战

演员表：水田显枝
　　　　　栗山千秋
　　　　　村上美佐
　　　　　祖父江道子
　　　　　蘘谷志保
　　　　　藤原绫
　　　　　殿冈樱

　　布拉着。女优A-G七人登场，横着站成一排，互相牵着手，一齐面向观众席致礼。

女优A　　（对着观众席）大家好，今天非常感谢各位的光临。我是第一个遇害的水田显枝，请多关照。

女优B　　我是在第二幕遇害的栗山千秋。（低头）我想各位已经明白，我们都是在这出剧中扮演尸体的。（笑）

女优C　　虽然一直仰卧在舞台上，被布盖着脸，也没有台词，不过我还是要重新做一下自我介绍，我是村上美佐。（挥了挥手）

女优D　　我是祖父江道子。我们这些"尸体"像这样站在各

位观众面前，是为了帮助大家梳理一下剧情。（竖起食指）

女优 E　　如各位所知，本剧是推理剧，因此我们应该尽可能地遵循推理小说中应有的推理精神。大家好，（敬礼）我是藁谷志保。

女优 F　　推理精神这个词实际上有没有我们并不清楚，但在这里请将它理解为平等竞争的意思。大家好，我是藤原绫。

女优 G　　我们七个又重新登上舞台的原因无他，只是为了宣告，在这第七幕已经落幕的时间点上，所有的破案线索都已经明白地提示给各位观众了。对了，（手指抵住脸颊）我是殿冈樱。

女优 D　　其实这些说得冠冕堂皇，要说实话还是导演先生照顾我们这些一句台词都没有的尸体演员，而给我们一个露脸的机会。

女优 A　　没错。从帷幕上升到落下，我们一直都像充气娃娃一样，（爆笑）动也不能动地躺在舞台上，真是辛苦。

女优 F　　充气娃娃还真是低俗，不过倒真是恰当，（笑）也没有更合适的了。

女优 B　　玩笑就先开到这里。

女优 G　　喂喂，这是玩笑吗？（笑）

女优 E　　我们在这里向观众提出挑战。

女优 A　　所有破案的线索都已经明白地提示出来了。

女优 C　　剧中的搜查官知道而观众们不知道的事一件也没有。

比如第七幕出现的证据照片，上面有我应该已被割去的头之类的，观众们不能仔细端详实物，但是请放心，这种照片对破案毫无帮助，我可以保证。

女优 E　在观赏解决篇之前先休息一下——

女优 F　现在就是休息时间。

女优 G　可是就这样被我们打扰了。（笑）

女优 E　啊，啰唆——先休息一下，推理一下事件的真相如何？

女优 B　推理杀害了我们七个人的凶手？

女优 E　最终的动机是什么？

女优 A　将受害者的头割去这个猎奇行为的意义又是什么？

女优 C　为什么一定要将受害者的头发剪短？

女优 E　轮递放头的意义又是什么？

女优 D　横井让二的死到底是不是自杀？

女优 A　解开所有这些谜团的线索都已经明白地提示过了。

女优 F　接下来就看各位的推理了。

女优 D　我再强调一下，这出推理剧会将公平竞争的原则一以贯之。

全员　（齐声）期待各位的表现！

　　七个女优互相牵着手快速退场。

第八幕
最后的头

(同为三月十三日星期五)

演员表：警部
　　　　　部长刑警
　　　　　刑警

第一场

场景：酒馆。吧台位于观众的正前方,背景有座位、价目表等。时间是晚上九点。

幕布上升,三个警察面向观众并排坐在吧台上。从观众的角度来看,右边是警部,中间是部长刑警,左边是刑警。

警部　　　（晃着杯子）不管怎么说,总算有所交代了。虽然出现了七位受害者是个很大的污点,不过数量没有继续增加就算是不幸中的万幸吧。

部长刑警　没错没错,（给警部敬酒）这案子简直让人折寿,我也做了好多年的警察了,这么难办的案子还是第一

	次遇见。
警部	（感慨地）可是啊，我这说法可能有些不当，不过凶手横井就这么一个人死了倒是轻松，他的家人可就悲惨了。
部长刑警	就是啊。（一口气喝干啤酒）真是可怜。被世人冷眼盯得，家庭离散也不是没有可能。
警部	嗯。横井真理短时间内也不能再上电视了。
部长刑警	哦？这样啊，原来主任在意的是这个啊。（劝酒）这倒不必担心，性格那么强硬的她一定会东山再起的。
警部	作为杀人魔的妹妹，她大概很难嫁出去吧？
部长刑警	那个时候，嘿，主任您就必须要伸出援手啊……
警部	怎么会！（没有任何不情愿）我吗？
部长刑警	挺好的啊。主任喜欢那种蛮不讲理的女人吧？不过最近一段时间她可能会因为老哥的事而意志消沉，变得乖巧许多吧。
警部	（心神不定）我是不是应该打电话安慰安慰她？你们觉得呢？
刑警	（胆怯地）比起打电话，证明横井的清白不是更能安慰她吗？
部长刑警	（咂舌）还以为你能说出什么有用的。喝多了吧你？（看向刑警的酒杯）什么什么？根本没怎么喝吗，（拿来啤酒瓶）快给我干了！
刑警	不、不行。（退缩）我真的只能一口一口地喝。
部长刑警	（晃着啤酒瓶）一口干了，一口干，这样奇怪的妄想就能消失了吧。

刑警	怎么会是妄想呢,(勉强喝下啤酒)我到现在还不相信横井是凶手。
部长刑警	(惊呆)真是个倔犟的家伙。你一定是那种在旁人看来已经被彻底拒绝了还自作多情地给冷漠对你的女人献花的家伙,最招人讨厌的那种。一辈子没有女人缘。
刑警	(似乎被说中了心事,沉下脸来)请您不要多管闲事。(一口气喝干杯里的酒)
部长刑警	哦,挺能喝的嘛。就是这样,保持住保持住。继续继续。
刑警	我啊,(又将新填满的酒一口气喝干)说的不是有没有女人缘的事。我在说横井。(用力地)横井绝不是凶手。
部长刑警	(不耐烦地)那你说谁是凶手?
刑警	(自己倒满啤酒)谁是凶手暂且不说,我先证明横井不是凶手。(又干了一杯)
部长刑警	证明什么?(担心地看着刑警和他的酒杯)所有的证据都指向横井,你怎么反驳?
刑警	最吸引我注意的,是(将喝光了的啤酒瓶扔到身后,又拿出一瓶新的,给自己的杯子倒满)凶手为何必须将死者的头割下、这件、事、听好了,(喝干杯中酒)横井没有这么做的必要。
部长刑警	难道别人就有这么做的必要吗?
刑警	(把酒杯甩在吧台上)闭嘴听我讲!(倒酒)最后被发现的殿冈樱的头上什么特征都没有,之前的六

颗头也是如此。听好了,一般来说将尸体分解这一行为首先让人想到的是——主任的演讲中也提到了——分尸后容易处理尸体。但是这一次的案件却并非如此。凶手很明显完全没有处理尸体的意图。那么凶手想处理掉的是死者的头吗?从实际情况来看也不是这么回事。虽然凶手一度带走了死者的头,但结果七名死者的头还是全被发现了。而且不论哪一颗上都没有被凶手隐匿过或者处理掉的痕迹。我再说一遍,横井完全没有做那种事的必要。退一万步,就算是横井杀害了那些女人,他也没有将死者的头割去的必要。

部长刑警　所以说啊,(将身体偏向警部而和刑警隔开一段距离)我也知道横井没有这么做的必要,但是就算另有真凶,他也同样没有必要啊。可实际上头就是被割去了。那么不就只能说这是毫无理由的发狂吗?

刑警　所以我就说啊,(快速倒满快速喝干酒)必须要换个思路。

部长刑警　换个思路?(担心地看着刑警和他的酒杯)怎么换?换个什么思路?

刑警　去找有割下头的理由的人就好了。这样这个人自然而然就是真凶。

部长刑警　有理由的人?(哼了一声)怎么可能有这样的人。你小子别喝了,(想从刑警手中抢过酒瓶)再喝就醉倒了。

刑警　(抱着啤酒瓶)有理由的人一定存在。

部长刑警	（不耐烦）就算有，要怎么找？据说精神异常的人平时看起来也和正常人一样。
刑警	（激昂地）谁说要找精神异常的人了？（咣当一声将啤酒瓶摔在吧台上）你给我认真听！
部长刑警	（向后仰）是、是！（对着警部悄悄地）酒品真差。
警部	怎么办？让他喝的可是老长你。
部长刑警	（皱眉）话虽如此，可没想到会弄成这样。
刑警	（快速倒满快速喝干）我说的不是精神正常不正常的问题。我说的是将死者的头割去，一定会有人获得实际的利益。你们怎么就听不明白呢？！
警部	（探出身子安抚刑警）实际利益什么的太模糊了，你不说得更清楚些我们不明白啊。
刑警	（高兴地）哦，终于认真听我说了。早就该这样。按顺序想，首先，七个女人被杀，且被割去了头。据此我们深信七起命案出于同一人之手，可是事实果真如此吗？
警部	（吃了一惊）你是说每一起案子的凶手都不同吗？不可能吧？能带走前一名死者的头的，怎么可能是另一个人呢？
刑警	（抢过话头）就是这里！割去头，并放到接下去的死者身边，仅凭这个就会让人有是同一人的错觉吧？这就是我说的割头所带来的实际利益。
警部	错觉。（歪着头）这回是错觉吗？
刑警	就是错觉。给人制造了搬运头的人就是杀人凶手这样一个陷阱，这不叫错觉叫什么？

警部	可是——
部长刑警	（小声地）主任，事已至此，就让他随心所欲地说吧。说着说着就会编不下去了。
刑警	（没注意到部长刑警听天由命的表情，快速倒满快速喝干）再具体点说就是，杀人者，割头者，搬运者，这三个人是同一个人的证据并没有。是同一个人也没什么不可以，不过谁也不能证明这一点。我想说的就是这一点。确实横井死时带着殿冈樱的头，但仅凭此不能认定横井就是杀害殿冈樱的人。更不能断定是他割去了殿冈樱的头。听好了，我想说的就是这一点。被割去头并轮递这一异常行为吸引了注意力的我们在一开始就将杀人、割头、搬运这三件事看做同一人所为，没有抱丝毫的疑问。但是仔细想想，这三件事一定是同一人所为的保证哪儿都没有。
警部	可是，（窥探正向自己轻轻摇头并用眼神暗示的部长刑警）有横井袭击藁谷志保的现场照片，这是不可动摇的证据吧？
刑警	可是不能确定这张照片拍下时就是藁谷志保被杀之时。也许横井并不是想要杀人，只是想施加一些性暴力。退一步讲，就算横井杀害了藁谷志保，也不能说明就是他割去了藁谷志保的头吧？
警部	可是他搬运了那颗头，有宇都木作为目击者。
刑警	嗯，（痛快地）没错。但是宇都木也只是看到横井手提塑料袋，而没能确认里面的东西。
警部	（慌张地）喂喂喂，这么说来，宇都木的话不就完全

不能作为证言了吗?

刑警 我想说的是,(想要喝酒,发现酒瓶已空,从旁又拿来一瓶,快速倒满快速喝干)割去死者的头并搬运走,这些行为确实给搜查者带来了一种先入为主的看法。听好了,特意割去死者的头,并不是因为发狂或者耍酒疯,而是有确切的理由。这样一来,只能认为这个理由是为了将搜查引入歧途。(快速倒满快速喝干)而为了证明这一点,我想来一一验证。首先,可能性之一,杀人者、割头者、搬运者不是同一个人。

警部 算了,(有点丧气)那么还有可能性之二吗?

刑警 可能性之二。按顺序列举死者的名字的话,是水田显枝、栗山千秋、村上美佐、祖父江道子、藁谷志保、藤原绫、殿冈樱这七个人。可是,被杀的顺序不见得一定就是这个顺序。

部长刑警 (翻白眼)什么?

刑警 这就是通过割头和搬运所带来的第二个错觉。我们认为最初的受害者是水田显枝而最后的受害者是殿冈樱。可是,让我们下这个判断的,是在后一个死者身旁放着前一个死者的头。

警部·部长刑警

(面面相觑)啊——

刑警 对吧?恍然大悟吧?比如,我们判断栗山千秋是第二个受害者是因为她的尸体旁放着水田显枝的头,而栗山千秋的头被放在第三个受害者村上美佐的尸体旁。（快速倒满快速喝干）可是，请仔细想一想。大前天是水田显枝，前天是栗山千秋，昨天是村上美佐和祖父江道子，今天是余下三人，都是在极为接近的时间带内遇害的。一般来说这种短时间内集中作案的案件，犯罪顺序应该极为暧昧不清才是，可本案却正好相反。不奇怪吗？可是我们却没有一个人提出质疑。没错，这起案件中，犯罪顺序就在眼前，简直就像是故意摆给我们看一样，这个证据本身——

部长刑警 （探出身子）被割断搬运的头吗？嗯——（抱臂思考）虽说是趁着酒劲说的，不过也很敏锐。或许有必要重新整理一下案件。

警部 （向部长刑警）他是不是越喝越清醒？

部长刑警 哦，（拍手）原来如此。您这么一说还真是，从刚才开始这家伙就和平时不大一样。好，就让你喝个够！

警部 （得寸进尺）喝啤酒不太够劲吧。

部长刑警 有道理，我也还没喝够。喂，（站起身对着舞台里面）小姐，添酒添酒！给我上清酒！

警部 他（指着刑警）现在用酒杯喝，干脆整瓶喝吧！

部长刑警 （有点担心）主任你还真够狠啊。

刑警 （口齿不清）没事，没事。我没关系。拿酒来，快拿酒来！

——落幕——

第二场

场景：地点同第一场，同一天，时间是晚上十点。

幕布上升，在同一个吧台上，三位警察在喝酒。位置上右边还是警部，但是中间换成刑警，部长刑警换到了左边。警部和部长刑警在两边不停地给刑警劝酒。刑警也不以为意，酒瘾大发，一杯接一杯不停地喝。

警部　　OK，（喝干杯中酒）简单复习一下。（对着观众开始演说）在这一次的连环妇女断头杀人事件中，我们没有任何疑问地认可了凶手割去死者的头、放到下一个死者尸体旁的行为没有任何合理的意义这样一种说法。可是现在又有了这种割去头并搬运的行为背后其实隐藏着一种别有用心的算计的可能性。这种别有用心的算计是什么呢？说法一，这是为了给警方植入一种所有行为都是出自同一人的先入为主的观念。前情提要差不多就是这个样子吧。

部长刑警　　（给刑警倒酒）差不多就是这样。

警部　　接着是说法二，死者为水田显枝、栗山千秋、村上美佐、祖父江道子、薬谷志保、藤原绫、殿冈樱这七人。首先是三月十日发现水田显枝的无头尸，接着三月十一日发现栗山千秋的无头尸，只是在她的尸体旁放着水田显枝的头。三月十二日，发现村上

　　　　　　　美佐的尸体和栗山千秋的头在一起，祖父江道子的尸体和村上美佐的头在一起。接着是今天，三月十三日发现藁谷志保和祖父江道子的头在一起，藤原绫的尸体和藁谷志保的头在一起，殿冈樱的尸体和藤原绫的头在一起。最后的受害者殿冈樱的头被头号嫌疑人、如今已被认定为为凶手的横井让二带在身边。

刑警	（顽固的口气）横井不是凶手。也不是自杀。
部长刑警	（给刑警倒酒）我知道我知道。
警部	总之，正是因为这些头的移动，我们才对现在的杀人顺序深信不疑，或者不如说我们被头的移动牵引，擅自决定了杀人顺序。
刑警	（向观众席探出身子）就是这个，这个才是真凶的真正意图。
部长刑警	（将刑警拉回来）我明白我明白。
警部	总之就是看起来必属异常行为无疑的割头搬运这些行为，换一种思考方式，就会有误导杀人顺序的效果。到了这里，（向着刑警）说法一和说法二，哪个符合这一次的案件？
刑警	（激扬地）不是哪一个适合的问题，是两个都适合。
警部	哦？那么，（用一升装的酒瓶给刑警倒酒）复习也复习了，你就接着论证吧。
刑警	在那之前，（喝干杯中酒）在认可割头搬运的行为绝不是发狂而是基于精密计算的可能性之后，还有一件必须要确认的事。

部长刑警	那又是什么?
刑警	杀人的动机。表面上看起来毫无联系的七个女人被杀了,凶手是没有任何合理动机的杀人狂吗?当初确实这种说法占据上风,所以看起来成为替罪羊的横井让二是个单纯的淫乐狂。可事实是否果真如此?答案是否定的。真凶拥有确实的、用一般人的理论也能够推理的动机。
部长刑警	真是模糊的说法。一般人的理论能够推理的,能讲得更清楚点吗?
刑警	就是说,(有点困惑地看着酒杯,但还是一饮而尽)让人"啊"的一声,觉得如果是这种理由的话,我也只能杀人了,这种能让人带入自身感情的。不是出于怨恨或者金钱,或者说并不是这种有明确形态的东西,而是一种能让人捂着胸口对号入座的那种。
警部	可是,(歪着头,然后又像突然想起来一样给刑警倒酒)有必要这么执著于动机吗?就算是无差别杀人,不也挺好吗?
部长刑警	主任,(略带责难)这不是专业搜查人员该说的话,会引起各种问题的。
警部	哎呀呀,(拍着自己脸颊)看来我也喝醉了。
刑警	要是无差别杀人的话,凶手选择的死者也太仔细了。死者相互之间毫无关系,几乎都没见过面,亲属以及工作上的联系也几乎可以说完全没有,没有任何相交点,却有共同的地方。
部长刑警	就是你说的上电视什么的。

刑警	没错。（深得我意似的喝酒）听好了，七个受害者，年龄层虽然不同，但都是女性。仅凭这一点来说，将凶手看做只瞄准女性的变态杀人狂魔也无不可。可是呢，死者全都有一位亲属定期上电视，而且这些亲属也全是女性，这样一来问题就完全变了。
部长刑警	（歪着头）什么？变态杀人狂魔是什么？
刑警	（无视部长刑警，面向观众）这是很明显的共同点。有这么明显的共同点，不可能没有动机。如果这起案件真是没有动机的无差别杀人的话，凶手应该更随便地选择受害者。
部长刑警	喂，等一下。（慌忙地）你这话前后矛盾了吧？你刚才不是还说凶手有多个吗？
刑警	那才不是呢！（逼近部长刑警）我说的是杀人、割头和搬运不是同一人所为，杀人是不是一个人干的，无关紧要。（愤然地）根本就不自相矛盾。
部长刑警	（不服气）知道了知道了。
警部	可是就算这是共同点，能否成为杀人动机也还值得商榷。因为如果是本人上电视倒还罢了，就因为有亲属上电视，就非要杀人行凶不可吗？
刑警	就是啊，（将酒杯哐当一声砸在吧台上）这就是本案的关键。
部长刑警	喂喂喂，（将刑警酒杯里溅出来的酒擦掉）你小子太浪费了！
刑警	所以说，（醉得歪头斜脑）我根本不能喝酒，不是都说了吗。（一口干了一杯）

部长刑警 （耸肩）知道了知道了。

刑警 （酩酊大醉，直点头，挥着手腕）有亲属上电视就非要杀人行凶不可？真是让人感兴趣的话题，可是主任不是已经得出结论了吗？

警部 我吗？（震惊）什么时候？在哪儿？

刑警 今晚，现在，这里。

部长刑警 这这这，（看表）差不多真要喝沉了。

刑警 （生气）瞎说！（像催促添酒一样伸出酒杯）听我说完！

部长刑警 （无奈地给刑警倒酒）明白明白。

刑警 主任不是说过了吗，横井真理怕是一时半会儿上不了电视了，就在刚才，就在这儿。

警部 说了啊。（撅嘴）说了又怎样？

刑警 横井真理为什么一时半会儿上不了电视了？

警部 这不是明摆着的事吗？因为她哥是个杀害了七位女性的杀人魔。即使她被称做播音员里秩序和公平的突击队员，这次的事件她也不能出面采访吧。而且就算在别的节目里出现，那些多事的观众也会向电视台施加压力吧，比如说什么：怎么能让那么残忍的杀人魔的妹妹出现在公众媒体中？电视台的那些大佬应该也会想到这一点吧。当然她本人也一样。所以一段时间内，她就只能隐居幕后了，不是吗？

刑警 完全没错。关键就在这里，主任，就在这里。听好了，我举个简单明了的例子。比如说第二个受害者栗山千秋，她的妹妹是主持人伊贺上千春吧。伊贺

	上千春也是暂时一段时间上不了电视吧？毕竟这次是一起大事件，媒体毫无疑问会接连几日几夜连续报道。这样一来，作为受害者妹妹的伊贺上千春肯定不能优哉游哉地在电视上露脸或者播报这样的新闻吧？
部长刑警	啊。（急忙将准备斟给刑警的酒收回）你小子又开始了。够了，够了，不要继续说了。
警部	你是说，（面部抽搐地笑着）凶手的目的是为了将受害者的亲属从电视上下去？
刑警	（安然地）我认为凶手既没有见过水田显枝等七位受害者，也和她们没有私人恩怨。他的目标或者说目的是水田显枝的母亲，也就是唐岩孝子；栗山千秋的妹妹，也就是伊贺上千春；村上美佐的生母，也就是入来恒代；祖父江道子的女儿，也就是祖父江智寿；藁谷志保的母亲，也就是藁谷节子；藤原绫的母亲，也就是藤原芳江；以及殿冈樱的姐姐，也就是岸润子。
部长刑警	一派胡言。（给自己倒酒喝下）如此荒谬的事从来没听说过。还不如杀人狂的无差别杀人。
刑警	可是只有这样想才说得通。比如为什么要让横井让二作为替罪羊。
警部	啊。（站起身来）为了殃及横井真理。
刑警	对。虽然受害者是七个人，但是凶手的目标还包括横井真理，也就是说实际上是八个人。凶手是为了将这八个定期出现在电视里的人赶下屏幕，才犯下

	这起案件的。
部长刑警	可是，（给自己和刑警添酒）就算电视台可以根据本人的意愿任其退出节目，资讯节目随时可以放弃，广告只要不出演就可以了，（干了一杯）也没法保证所有人都会因为亲属里出现杀人事件的受害者而辞演吧？直白点说，神经像铁丝一样细弱的人很多，但是就算神经再弱，也会有骑虎难下的时候。对了，市长怎么办？如果她辞任了就算了，不辞任的话，至少因为职务上的原因也必须参与电视讨论吧？
刑警	大概（想了一会儿）凶手不关心她们能不能继续上电视，只要能给她们造成无法抹去的阴影，就算达成目的了吧。比如就算她们继续上电视，无论是她们本人还是观众，都会意识到现在的她们和以前截然不同了。水田显枝遇害的时候主任不也说过吗，这样一来，唐岩孝子就不能喜色满面地上电视了。
警部	确实说过啊。（表情变得复杂）
部长刑警	这种事你记得还挺清楚。（不悦）你不会是那种特记仇的人吧？
刑警	那是当然，（莫名地骄傲起来）从生下来开始受到的委屈和所有怨恨都记在日记里了。
部长刑警	呃！
警部	真是人不可貌相啊。（感慨颇深地）实在是看不出来。
刑警	关于动机大概就是这样。对了，老长不也在这方面发表过极富启发性的言论吗？

部长刑警	我？
刑警	你说现在的外行人都爱出风头，一有机会就要到电视上显摆。
部长刑警	啊，那个啊，可是——
刑警	现在上电视的外行人很多吧。分隔电视两端的界限越来越模糊了。以前上电视的人一定有一些特别之处。比如说公认的美女啊，才华出众啊。但是现在，哪怕不是什么美女，也能在显像管的另一端显摆了。
部长刑警	可是（怫然）伊贺上千春不是大美人吗？你小子不也是因为能和她说话而兴高采烈吗？
刑警	确实上电视的人比一般人要漂亮、有才能一点，可是也并没有达到能让任何一位观众都觉得他们和自己简直不在一个水平线上，简直不在同一个星球上这种无条件的、五体投地的水平。反而让人觉得：如果这样的家伙都能上电视，那我也能。
警部	而且，现在越是平凡越受欢迎。人们总是对自己再怎么努力也达不到的人视而不见，反而是那些如果得到机会眷顾的话，自己也能行的程度大受欢迎。
刑警	没错。所以当各方面都逊色于自己的人在电视上招摇过市的时候，就会有人大为不平，继而愤世嫉俗。
部长刑警	（一脸不悦地喝着酒）这道理我不是不明白，可是就为了这个而去杀人？
刑警	不好说。也有人为了让自己出名而赌上一切。当那种人受到了巨大的挫折时，面对电视里搔首弄姿的人他会是什么样的心情？我觉得就算抱有近乎疯狂

的杀意也不是不可能吧？不对，也许只是杀意还不解恨，让这些搔首弄姿的蠢东西颜面扫地、哭丧着脸——怀有这样的怨念也十分有可能。

警部 嗯。（扶着下巴）你具体想到了谁？

刑警 真凶吗？

警部 当然。你觉得是谁？

刑警 （扳着手指头数）成为真凶的条件有两个。首先是有必要割去死者的头并搬运，也就是说通过做这些能得到好处。还有就是有符合我刚才说的动机的。满足这两个条件的案件相关者只有一个。

警部·部长刑警

（急切地）谁？

刑警 （干脆地）藁谷志保。

——落幕——

第三场

场景：同一家酒馆。时间是接近半夜十二点。

幕布升起，右边的警部和部长刑警站起身来，只有坐在中间的刑警仍然坐在座位上喝酒。

部长刑警 （抓住刑警的右胳膊向着警部）带他回去吧？

警部 是啊。（抓住刑警的左胳膊点头）有点给他灌多了。

刑警	咦？咦？等、等一下，干什么这是？等一下！
部长刑警	你小子已经喝高了。（断定地）完全喝高了。
刑警	（没什么自信地）感觉腿有点软了。
警部	看吧。快，站起来。我们送你回家。
刑警	可、可是，（抵抗）好戏这才刚开始啊，我还没说到最关键的地方呢。
部长刑警	你已经说不明白了。
刑警	不可能。
部长刑警	那你再说一遍试试。
刑警	说什么？
部长刑警	真凶的名字。
刑警	（一愣）藁谷志保。
部长刑警	看，（拉着刑警胳膊让他站起来）完全喝高了。
警部	乖乖回家吧，好孩子听话。
刑警	（挣扎）我没醉！不，也许醉了，不过我头脑很清醒，真凶就是藁谷志保。等一下，你们好好想想，藁谷志保的母亲藁谷节子不是说过了吗，她的志向是当歌星。
部长刑警	你啊，（暂且坐下）难道想当名人的就都是杀人凶手吗？
刑警	藁谷志保受到了挫折，这是关键。我刚才说的还记得吧？她对电视上搔首弄姿的市长、主持人和女大学生艺人嫉妒得牙根发痒，而且她还被号称星探的人骗过钱。藁谷节子不也说了吗，听说女儿过世的消息时还以为是自杀呢。
警部	那又如何？（边坐边说）你是说梦想破灭的藁谷志

	保自杀时顺便把那些轻易实现了自己终生都无法实现的梦想的人也一并解决了?
刑警	大体上来说是这么回事。
部长刑警	等等。(慌忙地)那你是说蕖谷志保是自杀的?
刑警	某种意义上来说是。
部长刑警	那割去蕖谷志保头的是谁?把她的头带到藤原绫的公寓的又是谁?你该不会说,是已成为无头亡灵的志保本人吧?
刑警	割去蕖谷志保头的是横井让二,搬运的恐怕也是他。
部长刑警	喂喂喂,(挠头)今晚的这个独奏会刚开始时你小子说什么来着,嗯?横井让二不是真凶,他没有割头及搬运的理由,你确实是这么说的吧?
刑警	横井只是被蕖谷志保利用而已。听好了,发现栗山千秋尸体的是横井让二。他说他正在调查栗山千秋,我觉得这大概是真话。可是雇主却不是栗山千秋的丈夫栗山悟,应该是蕖谷志保。
警部	哦?(探出身子)此话怎讲?
刑警	刚才也说了,梦想破灭的蕖谷志保失去了继续活下去的勇气。但是一个人孤身去死的话总是心有不甘,自己为了实现梦想甚至遇到了足以玷污那梦想的欺诈,而那些明显不及自己的女人却在电视上搔首弄姿。在这种可以称为发狂的嫉妒心下,蕖谷志保下定决心,一定要让这些"成功人士"一个一个都不能再上电视,之后再自杀。于是就开始展开对这些"成功人士"的亲属关系的调查。

部长刑警	利用横井？
刑警	没错。但我觉得横井让二对蕐谷志保将要如何使用这些调查成果并不知情。于是当发现自己调查过的水田显枝遇害时，他开始起了疑心。也许他对蕐谷志保有所怀疑，跟踪过她也有可能。总之阴差阳错地，横井让二成了栗山千秋的尸体的发现者。
部长刑警	等等。（神经质地敲着吧台）杀了栗山千秋的是蕐谷志保吗？
刑警	是。割去她的头并带走的，也是蕐谷志保。
部长刑警	横井知道这事吗？他知道自己的女人是杀人犯吗？
刑警	现在已经无法确认了。我觉得他应该有所察觉。
警部	他是栗山千秋的尸体的发现者，也就是说他目击到了蕐谷志保杀害栗山千秋的过程？
刑警	嗯。很有可能。大概他很在意蕐谷志保为什么要让自己去调查这七个女人，于是想要窥探蕐谷志保的动向。另一方面，蕐谷志保杀害了栗山千秋之后，将她的头割下带走，并在她的尸体旁边放上了前一个死者水田显枝的头。
部长刑警	那——（哑然）全都是她的所作所为了？村上美佐也好，祖父江道子也好，都是蕐谷志保杀的了？割头搬运的也是？
刑警	对，是的。
部长刑警	可是（给自己斟酒）杀了蕐谷志保的又是谁？就算她是自杀，那之后杀了藤原绫和殿冈樱的又是谁？
刑警	藤原绫和殿冈樱也是蕐谷志保杀的。

部长刑警	喂喂喂,(挠头)这不可能吧。藤原绫和殿冈樱被杀时藁谷志保已经死了。
刑警	真是的,老长,(笑)这么快就把我刚才说的给忘了。割头并搬运,就是为了打乱杀人顺序啊。
部长刑警	啊,(咚的一声将杯子摔在吧台上)这样啊!
刑警	听好了,虽然有点烦琐,不过我还是把藁谷志保的行动逐一说明一下。将栗山千秋的头带走的她,于第二天三月十二日,杀了村上美佐,带走村上美佐的头,留下栗山千秋的头。同一天又杀了祖父江道子,带走祖父江道子的头,留下村上美佐的头。接下来就是关键的三月十三日。她将祖父江道子的头留在公寓里就出去了。具体的先后顺序并不清楚,总之她将藤原绫和殿冈樱杀害了,并交换了她们俩的头。
警部	交换了(扬着头思索)藤原绫和殿冈樱的头——
刑警	做了这个小把戏之后,藁谷志保就回到了自己的公寓。因为横井要来。大概是她找了个什么借口吧,把横井逼到了冲动地要杀了她的地步。
部长刑警	(怀疑地)这种事有可能吗?
刑警	大概就是利用了钻石的事吧。
警部	钻石,在藁谷志保房间里发现的那些?
刑警	横井让志保代为保管钻石。对于已经被警察和佐古田组盯上的横井来说,自己拿着钻石实在太过冒险,志保正是利用了这点。她可能像难民伪装走私事件那样,谎称将钻石镶在了假牙里。

部长刑警	啊，（跳起来）原来如此！（兴奋地）所以横井才割去了蘽谷志保的头！
刑警	对。她威胁横井，说要向警察和佐古田组告密。忌惮黑社会报复的横井无论如何都要回收钻石，可蘽谷志保强调钻石在自己的假牙里。
警部	这必然是撒谎吧。
刑警	嗯。但是横井信以为真，以为只有杀了蘽谷志保一条路可走了，这正中她的下怀。如果横井犹豫不决下不了手，她可能就会在横井面前自杀。这样一来，误以为钻石在蘽谷志保假牙里的横井也不能把她的头弃置不管，只能割下来带走。
警部	（抚着下颌）原来如此，都是算计过的。
刑警	蘽谷志保把一切都算计好了，连目击者都准备好了。
警部	准备？（愣住）是说那个叫宇都木的复读生吗？
刑警	没错。蘽谷志保早就知道家住对面的宇都木在偷窥自己。或者不如说是她设下圈套让宇都木每晚偷窥自己。
部长刑警	（惊呆）故意穿着内衣做体操？
刑警	没错。很久以前她就开始准备了。让四条到藤原绫的公寓监视的，也是志保。
警部	这么说四条说的神秘电话是真的了？那个告诉他会有男人去找藤原绫所以让他去看的电话？
刑警	是的。这样一来她就给自己和藤原绫的公寓找到了监视者。不用说，她肯定需要能强调遇害顺序先是自己后是藤原绫的目击证言。横井从公寓出来时是

凌晨三点左右，而从藤原绫的公寓出来则是三点半到四点之间案发时间就自然而然地锁定在了这一时间段。事实上我们也是这么判断的。于是通过尸体头部的割去和搬运而制造的错误杀人顺序就变得更加稳固了。

部长刑警 不过（歪头）横井为什么会去藤原绫的公寓？而且那时他应该拿着薰谷志保的头吧。他那时想的应该是尽快处理掉镶在假牙里的钻石，为什么还要去找藤原绫？

警部 老长，那肯定是因为横井期待藤原绫能帮他取出钻石啊，对吧？（征求刑警肯定）

刑警 没错。横井和藤原绫也有一腿，而她是牙医助手。

部长刑警 啊，对啊，原来如此。

刑警 大概是志保对横井说镶在自己假牙里的钻石不是一般人能取出来的类似的话，以此来暗示横井藤原绫的存在。这样一来，杀了志保之后，横井一定会去找藤原绫。

部长刑警 可是到了公寓后，横井发现藤原绫已经遇害了，然后他怎么办呢？

刑警 读了志保留在冰箱门上的便条。

部长刑警 便条？啊，那个莫名其妙的文字游戏吗？

刑警 我觉得是志保故意写成只有事件相关者才能明白的样子。这可能是考虑到横井没有处理掉便条的情况，而事实上横井也确实没有处理。

部长刑警 只有事件相关者才能明白？嗯——（略微思考）说

	到这里我也懂了。那个便条是关于钻石的吧？
刑警	当然。
部长刑警	那上面写的是，嗯……其在、石女、之头这、孩实中。重新组合一下就是……其实石头……
警部	在这女孩之中。也就是说（打响指）在藤原绫中！
刑警	是的。志保想要通过这张便条告诉横井，钻石不在我的假牙里，而在藤原绫的假牙之中。当然这也是谎话。钻石不在任何人的假牙里，而在志保公寓的马桶水箱里。横井当然不知道实情，于是这一次又对藤原绫下了手。
部长刑警	（惊呆）下手……
刑警	这样一来志保的头对横井来说就没用了，拿着只会徒增风险，于是就扔在了藤原绫的公寓里，而把已经割下的藤原绫的头拿走了。
警部	可是（惊讶地）那其实是殿冈樱的头吧，因为志保已经提前掉了包。
刑警	对。但是横井不知道这些，而错将殿冈樱的头当做了藤原绫的。
部长刑警	不太可能吧。就算横井再怎么惊慌，毕竟是自己的女人啊，看脸还是能马上看出来的吧。
刑警	但是实际上他就是中计了，中了藁谷志保设下的圈套。
警部	圈套？
刑警	横井一看见那颗头就认为是藤原绫的，是因为发型。
警部	发型？
刑警	藤原绫的母亲说了吧，女儿为了和自己作对，剪了

个男孩子一样短的头发。

部长刑警 什么？（差点儿从椅子上摔下来）什么什么什么？

刑警 而殿冈樱因为姐夫说喜欢长发所以一直留着长发。可是被割下的两颗头都是短发，毫无区别。

部长刑警 原来这是伏笔？（重新调整姿势）剪短死者的头发原来都是伏笔？

刑警 是的。只剪短殿冈樱的头发容易暴露真实目的，所以藁谷志保把她所杀害的六个女人的头发全部剪短了。当然在被横井杀掉之前也要把自己的剪短。

警部 而宇都木就拍到了剪发后的照片。

刑警 是的。那个照片是关键。多亏了那张照片我才想明白。藁谷志保一定没想到被她设计为目击证人的宇都木会拍下这张照片，而且是自己被杀之前头发剪短时候的。

警部 横井以为是藤原绫的头而将殿冈樱的头带走了。横井实际上并没有去过殿冈樱的公寓，可是因为他拿着殿冈樱的头，于是我们想当然地认为是他去杀了殿冈樱。

部长刑警 原来如此。明白了。所以七个死者中包括自己的最后三个必须要在一天内解决掉，不然苦心设计的混淆杀人顺序的诡计就泡汤了。而藁谷志保将作案日程搞得这么紧密，就是为了让最后一天的三起命案不那么突兀。

刑警 是的。（高兴地）完全没错。而误拿走殿冈樱的头的横井，则在处理钻石之前想要抽一根烟。在烟里掺

	入氰酸的当然也是蘩谷志保。如此这般，（站起来举杯）蘩谷志保的犯罪也随着横井的归西而降下了帷幕。（一口气喝干，翻着白眼倒在吧台上）
部长刑警	哎呀呀，终于倒下了。
警部	喂，不要紧吧？不要紧吧？（晃刑警）不行了。
部长刑警	彻底喝沉了。怎么办？
警部	嗯。（心虚地）其实我也有点醉了，没有自信能扶他回家。
部长刑警	没关系。把他扔在这儿，我们找个地方再继续喝吧。
警部	（痛快地）就这么办。哎呀，真是有意思的观点啊。
部长刑警	还没有什么漏洞。（看着打着呼噜的刑警）这小子看来应该去当小说家。
警部	就是。（打哈欠）一般人可想不到蘩谷志保会是真凶。
部长刑警	就是啊。不过这也算是大脑体操了，也是和部下的一种交流。

警部与部长刑警打着哈欠伸着懒腰退场。

刑警趴在吧台上睡着，慢慢地从吧台上滑下，渐渐消失在观众的视野中。

——快速落幕——

最终因　解体顺路

"——将两具尸体的头割下并互换……"自称中越正一的男人用眼镜后面的醉眼看向匠千晓。

"若说是凶手出于自身扭曲的审美倒还勉强可以解释,可是,如果这其中暗藏着极为合理的理由的话,会怎么样?匠先生有什么想法吗?"

"这个嘛……"千晓一面兴致勃勃看着对方那和整张脸相比显得不协调的大圆眼睛滴溜溜地转着,一面喝下一口杯中的酒,"这是实际发生的案件吗?"

"是的,就是最近发生的。"

"我说……"千晓像是早早就喝醉了一般环视酒馆内两三圈,"现役刑警主动开口和一般市民讨论这种话题好吗?而且还是在这种地方?"

"没关系,案件已经解决了。"中越正一仿效千晓,也环视了店内一圈,然后才走形式一般压低了声量,"搜查本部也已经解散了。杀了两位女性的凶手也——"

"也已经查明了吗?"

"没错。不过很遗憾,凶手自杀了。"

"自杀……"千晓似乎没有注意到送到嘴边的杯子已经空了,"确定那个人就是真凶吗?"

"确定。有决定性的证据。而且顺便说一句……"中越的眼镜上反射着灯光,像是猜透了千晓的心思一般,"她的自杀没有任何可疑之处。"

"她？凶手是女人吗？"

"叫做真田奈津代。不过……"为了掩饰自己突然缄口，中越一把将酒杯扬向嘴边，却发现自己的酒杯也早已空空如也，于是露出苦笑，"毕竟是在这种场合，您就把这当成假名吧。总之凶手就是真田奈津代，毫无疑问。她也有明确的杀人动机。"

"那么遇害的两位女性的假名呢？"

"土居淑子和——"大概是对好相处的千晓产生了好感，中越第一次露出了毫无防备的微笑，"穗积阳子。"

"你说杀人动机也很明确？"

"没错。只是奈津代为什么要将两个人的头割下并互换，直到最后我们也没搞明白。"

"哦……"千晓不知道话题接下来的进展，歪着头说，"不过这或许就像刚才——呃……中越先生说的那样，没有什么合理的理由，只不过是扭曲的理论和审美。"

"这么想当然可以。不，也许事实就是如此。所以公开来说案子已经解决。可是只要多想一想，就会不知不觉地想下去。于是我就想听听匠先生的意见。"

"啊……"

千晓模棱两可地点了点头。像往常一样，结束了咖啡馆的打工之后，千晓先去澡堂冲去身上的汗水，然后来到常来的酒馆喝上一杯，在这里被一个男人拍了拍肩膀。男人自称中越正一，是安槻警署的现役刑警。他向正在诧异警察找自己有何贵干的千晓解释道，他经常从同僚和咖啡馆的女学生常客那里听到千晓的传闻，说千晓对不可解的事件具有敏锐的洞察力，于是他就想让千晓听听自己的事——简明扼要地说，这就是刚才那段对话的起因。

"你刚才说……"千晓大概也被勾出了兴趣，他想先给对方倒满酒之后再给自己也斟上，却发现酒瓶里早已一干二净，于是又点了一瓶，"杀人动机已经明确了？"

"我这就详细说明。被害者之一的土居淑子曾经是个白领，遇害时在市内的一家夜总会当女招待。她和凶手奈津代围绕着一个男人形成了三角关系。"

"一个男人，查明这个男人是谁了吗？"

"查明了。名叫松浦雄一。"

"松浦……"对着像蘑菇一样溢出酒杯的酒伸出下巴的千晓突然抬起头，"干什么的？"

"俗话说的小白脸。凶手奈津代以半同居的形式养着他，当然淑子那边也是一样。他高中毕业之后也找过几次工作，不过都没有持续多长时间。之后就周游在各个女人之间，典型的无根草。"

"如果他是起因的话，那么就说明在三角关系里，淑子占有一点优势。"

"嗯，大概是这么回事。"

"那杀害穗积阳子的动机呢？"

"这边就有点复杂了。因为涉及另一起杀人案——"

"另一起？"

"您可能也知道，前些日子在电车道边的一座公寓里，一位女性被杀害后分尸了。被害者名叫鹿岛扶美。凶手是住在同一公寓里、在不动产公司上班的真田亮——不，或许说真田亮被认为是凶手更为合适。"

"也就是说真凶另有其人？"

"嗯。虽然有点跑题，不过还是让我把经过说明一下，否则奈津代杀害阳子的动机就很难理解。"或许是嫌酒杯不过瘾，中越也学千晓将玻璃杯注满，"真田亮将被分尸的鹿岛扶美的尸体分装进垃圾袋，送到垃圾回收点时被人指责乱扔垃圾，案件这才被发现。只是，从一开始就有一些搜查官对他的行为表示怀疑。因为案发当天是星期六，真田扔垃圾时是傍晚，在不是垃圾回收日的时间里处理那么多的垃圾，一定会被邻居检举，他为什么不等到夜深人静时再去呢……"

"等一下。说起来……"

千晓突然想起学生时代的前辈边见祐辅讲过的故事，便打断了中越的话，简明扼要地向中越说明了目击到被害的鹿岛扶美和穗积阳子争吵的保险推销员的事。保险推销员可能就是真凶，证据是一位上了年纪的女性到公寓附近的书店里大量购买色情杂志。

"——原来如此。"在千晓说明期间，中越一度停下的手再次举杯喝酒，"这说法还挺有意思的。"

"也就是说……事实不是这样的？"

"不是的。首先要纠正您的前辈的是，目击到鹿岛扶美和穗积阳子争吵的保险推销员直到傍晚还留在那座公寓里，是因为她学生时代的同学碰巧住在那里，她跑去和同学聊天，才待到那么晚。"

"啊，原来是这样啊。"

"更重要的是，在书店大量购买色情杂志的并非那个保险推销员。"

"是……另有其人？"

"对。不过您的前辈也说对了一件事，那就是购买色情杂志的和杀害鹿岛扶美的是同一个人。只是……只是事实上并不像您的前辈推理的那样，购买杂志和杀害鹿岛扶美并没有直接的关系。"

"那购买杂志还有别的含义？"

"没错。我来按顺序说明。我就不卖关子了，首先杀害鹿岛扶美的人是兼松敦子——"

"兼松？"

"我不得不又跑题了，不过这一次简单几句话就能说清。兼松敦子正在查找把自己儿子害死的女人。"

很碰巧，对千晓来说，详细说明这件事完全没有必要。心中对充满欺诈意味的联谊中介义愤填膺，便在街上叫住擦身而过的始作俑者的女生，结果被当成色狼而被年轻气盛的高中生殴打致死的兼松健夫……敦子就是他的母亲。

"造成心爱的儿子死亡的女性正在和一个叫真田亮的男人交往。敦子调查到了这一步，便为了获取更多的情报而去拜访了真田亮的公寓。可真田去上班了不在家，在家的是鹿岛扶美。

"这时发生了一个不幸的误会。敦子询问前来开门的鹿岛扶美和真田亮是什么关系，对敦子来说这只是一个委婉的试探，不过鹿岛扶美却心生疑窦，反问敦子是什么人。面对鹿岛扶美的质问，敦子一时口拙，没说清自己的身份。这让鹿岛扶美更加起疑，试图赶她出去，但她的态度让敦子觉得她是在掩饰什么，便继续逼问她的名字。鹿岛扶美为了早点赶对方出去而态度强硬，这反而让敦子更加确信鹿岛就是那个害死自己儿子的女人。她对此深信不疑，于是就下手杀害了对方。但其实鹿岛扶美并不是敦子要找的那个女人……"

这样说来……千晓在心中整理事情的来龙去脉。真田不仅和鹿岛、穗积关系不一般，甚至和岛冈万里子也有一腿，也就是脚踩三条船。

"真田回家之后发现了鹿岛扶美的尸体，大吃一惊。他认为这一定是某个女人干下的好事——这个女人就是岛冈万里子，对花心的真田来说，算是最爱。"

岛冈万里子——这个名字终于登场了，这就是敦子所追逐的真凶……

"真田为何确信杀了鹿岛的是岛冈万里子呢？其实他并没有明确的证据。如果是为了争夺真田而展开的明争暗斗的话，那穗积也有杀人动机。可能真田并没太把穗积当回事，可以心平气和地甩掉她。她是不是杀人犯与他无关。但如果杀人者是岛冈万里子，情况就不同了。看来他相当喜欢万里子，于是匆忙之中为了庇护万里子而想出了将鹿岛的尸体分尸之后趁傍晚扔到垃圾回收点，以此来吸引附近居民的注意这样一个主意。待所有焦点都集中到自己身上之后，再极力主张真凶是穗积阳子。当然这犯了尸体损坏罪，但对真田来说，他的如意算盘是案发当时他正在上班，证明自己的清白只是时间问题。他为了包庇万里子而嫁祸阳子。"

"原来如此。真够复杂的。"

"接下来说说真凶兼松敦子。说到我们如何得知是真凶的，那是因为她在杀害了扶美之后去了佐川书店。犯下了杀人大罪，她最初的打算是要去自首，但她想将自己的动机公诸于世。造成自己儿子死亡的女人曾经做过一座高层建筑'天际景色'的宣传女郎——敦子连这都已经查明了。但是当时印有女人像的海报都已被回收，街上贴的海报上都已经没有了女人的身影。敦子便将在佐川书店买来的裸照一张张地贴在没有人像的海报上。看来她的怨恨相当深。当然，她很快就被居民检举了。警察也闻讯赶到，对她展开询问——这就是她的目的。当警察问她为什么要做这样的恶作剧时，她回答说这个海报上的女人人品恶劣，就是她害死了我的儿子，我为了复仇，刚才将她杀掉了。"

"还真是大费周章啊……"

"敦子大概以为世间的舆论都会支持自己吧。向世间宣告自己的罪行，对她而言大概具有一种类似仪式性质的意义吧。她既充满憎恶又有一种满足感，敦子甚至为以这种自导自演的方式被捕感到喜悦。但是当她知道自己杀害的女人并不是'天际景色'的宣传女郎时，还是不由自主地哭了出来——"

"这个我明白了……可为什么奈津代会对穗积阳子怀有杀意呢？从她也姓真田来看，奈津代是真田亮的亲属吧？"

"没错，是他妹妹。"

"阳子是真田亮要陷害的对象，却被真田亮的妹妹杀了，这关系是不是反了？"

"奈津代本来就很讨厌穗积阳子，认为就是她让自己的哥哥堕落了。以她的逻辑就是，杀人的虽然是兼松敦子，但和穗积阳子肯定脱不开干系，因为就是她把哥哥逼到了困境。"

"……这逻辑还真是支离破碎啊。"

"嗯。奈津代的性格很以自我为中心，她以前的同学也都说她是一个很戏剧化的人。"

"戏剧化？"

"她经常无比认真地说出一些只有漫画和肥皂剧看多了的人才说得出来的话，而且一本正经地，丝毫不开玩笑。"

"哈哈，比如？"

"比如她上中学时会戴着学校明令禁止的耳环上学给同学看，并表示这点小事对她来说算不上什么。自己和其他人不同，不是屈服于学校淫威之下的羔羊，而是反权力的急先锋。只是这样的话倒也没什么，可她总是觉得自己是主角，自我陶醉其中，根本不把周围的人当回事，所以周围的人也不理她。"

"啊哈……"

"她这样当然会被学校领导教导。当老师说要告诉她家长时，她对此嗤之以鼻，极度认真地用'你们也就会找家长吧'这种不知从哪部校园剧中学来的挑衅台词来回击老师。而且唯有这句话是用敬语来说的。也有人故意违反校规，引以为豪，但是奈津代并没有什么明确的原则，而只是为了自我陶醉，把自己当成校园剧的女主角。所以无论因为什么事受到批评，她都会嘲笑道'只要是老师说的就对吗'，她完全不去正眼看现实，老师和同学们在私底下都议论说与其说她是一个问题生，不如说她精神上有毛病。"

"原来如此。所以才是戏剧化。"

"在这样的奈津代看来，阳子从楼梯上摔落而骨折入院这一明确的不在场证明根本入不了她的法眼。她觉得那样的女人怎么配有不在场证明？实在是太奇怪了，为什么警察不对这么明显的事情产生疑问？我们以为她在说笑，可她却一脸严肃。一脸严肃的同时却完全不看我们。她大概是在凝视着聚光灯下自己的身影吧，不过那种聚光灯在现实中根本就不存在。"

"正是因为有不在场证明才更可疑——这种偏见也很戏剧化呢。"

"一点没错。我猜她也知道自己早过了校园剧女主角的年龄，开始向悬疑剧女主角方向发展了吧。"

"也就是说她陷入女主角的妄想中，因此杀了穗积阳子？"

"她大概觉得自己是正义的使者吧。杀土居淑子时也是这样。对奈津代来说，淑子是妨碍自己纯爱幻想的恶女。她鄙视过着每天睡到太阳晒屁股也不起床，晚上才去上班，半夜三点才回家的女招待生活的淑子，觉得这样的人，被杀也是理所当然的。"

"奈津代是做什么的？"

"好像是药剂师。她工作上倒是很认真，但是和同事们相处时总是一副午间剧场女主角一般自我陶醉的样子，同事们对她也都是敬而远之。总之在奈津代看来，和踏踏实实的自己相比，淑子实在是污秽不堪。而事实上淑子确实不够检点。不知该说是散漫还是欠缺社会常识，她经常毫不在意地拖欠房租，电话总是欠费，被杀的时候电话就被停机了。"

"那土居淑子经常过没有电话的生活了？"

"她倒没觉得有什么不便，经常把'不用电话又不会死'这句话挂在嘴边。她就是这样一种说她看得开也好说她自暴自弃也罢的无所谓性格。在围绕松浦雄一的三角关系中，她也当真没有和穗积阳子竞争的意识，觉得就算松浦雄一选择了阳子，自己也没什么损失。换言之，其实奈津代就是在唱独角戏。"

"也就是说她又像往常一样陶醉在自己美人救英雄的妄想之中。这要是真的，那淑子可太可怜了，被一个满脑子妄想、一厢情愿捏造三角关系的女人怨恨，以至于最后被杀掉……实在是太不幸了。"

"穗积阳子也是。奈津代认为做女招待的淑子不检点而鄙视她，却又因为过于正经而轻视阳子。阳子在市内的牙科医院做牙医助手，性格很古板。在工作上古板一点当然无碍，但是比如邀请她去一起喝酒，她却会以什么宗教上的理由加以拒绝，这就让人觉得她很乏味，缺少情调了。"

"宗教上的理由？"

"她似乎迷上了某新兴宗教，而且迷得一塌糊涂。下班后都要直接回家，吃完饭一定要在九点睡觉。"

"嘿……"

"晚上只要过了九点，无论谁去拜访她都不开门，电话也不接，设置成自动应答。"

"这也是因为宗教上的理由吗？"

"是吧,我不太清楚。但是她虽然不接电话,却会听录音,之后还会仔细检查都是谁打来了电话。"

"哇,感觉挺不舒服的。"

"是啊。总之九点睡觉是一定的。阳子就是这样的人。"

"这样古板的女性竟然和花花公子真田亮交往。"

"一开始她还以为真田亮是个正经人呢,根本没想到他另有女人。所以在真田亮的公寓遇见鹿岛扶美时她才会大受打击,以至于从楼梯上摔下去摔成骨折。"

"奈津代认为这样子就让哥哥堕落了?可是这不太合逻辑吧,反过来说倒还成立。"

"在奈津代的意识中,阳子的这种古板正是她以前的死敌——'学校'和'老师'这种假借陈腐的道德之威,实际是'体制'方的一种变形。绝对不允许囿于规则之中、失去人心的女人来坑害哥哥。总之她就是自我陶醉过度,以至于看不见周围情况。我并不吃惊她对杀人毫无罪恶感,她一定觉得自己的行为正义无比,因为她是女主角嘛。"

"然后她就杀了两个人——在同一天吗?"

"是同一天。奈津代先去阳子的公寓杀了阳子。她完全没想过在光天化日之下杀人,这也是当然的了,对陶醉在女主角意识中的她来说,月黑风高这种氛围才是杀人夜。但是土居淑子晚上要上班不在家。另一边阳子晚上九点以后无论有什么理由都不会放别人进家门,这样一来就得先解决阳子。我们推定的阳子的死亡时间是晚上七点到九点之间。"

"奈津代杀了阳子,然后割去了阳子的头?"

"可以这么想。然后奈津代盯准淑子回家的时刻,奔赴淑子的公寓,带着割下的阳子的头。她杀害淑子的时间大致可以推断为凌晨两点到四点之间。"

"奈津代也割下了淑子的头,并用阳子的替换……不过有能证明奈津代杀人的物证吗?"

"有。奈津代杀了两个人之后回到家,在天亮时上吊自尽了。但是她的衣服上溅有大量被害者的血液,简直像是用喷雾器喷上去的,应该是割头时溅上去的。并且在奈津代的衣服上发现了被害者的头发,根据鉴定结果,血液和头发都明确无疑地属于两位被害者。"

"头发是在割头时被一并切下的吗?"

"不,其实关于头发还有一件意味深长的事。奈津代不知出于何种目的,不止将两位死者的头互换,还将她们的头发都剪短了。"

"剪短头发?"

"阳子本来就是短发,剪去之后也没什么明显的变化,淑子生前可是留着一头飘逸的长发,结果被剪得不成样子——"

"那是奈津代干的吗?"

"想不到其他可能了。"

"她为什么要特意做这种事呢?"

"接下来……"中越露出意味深长的微笑,似乎并非毫无头绪,"就要期待匠先生为我们奉上精彩的解说了。"

"啊……"千晓有点摸不着头脑,把玩着已经喝空了的酒杯,"奈津代是自杀的,这一点可以肯定吗?"

"肯定。她上吊的房间内所有门窗都从里面完好地锁着。"

"密室——"

"对,就是密室。但是我可以断言绝对没有利用什么小技巧出入房间的痕迹。奈津代是自杀的,这一点您尽可以相信我。"

"啊,是这样。"

"以自杀来为杀戮画上休止符,也是奈津代戏剧化的演出吧。我倒觉得她可以称得上幸福,毕竟是在究极的自我陶醉中奔向那个世界的。"

"也是,这么说也有道理。"

"问题就在于她为何要将死者的头割去。并且不仅割去,她还将两颗头互换,匠先生,这到底是为什么呢?从奈津代的性格上来考虑的话,这也有可能是她的又一次演出。为了完成她那主观上——或者不如说是一厢情愿的复仇而'必需'的一道工序,可是……"

"也可能有什么合理的理由,对吧?"

"我就是想知道这个。怎么样,匠先生,您有什么想法吗?"

"没有。"千晓轻易地就举了白旗,"完全没有头绪。"

"您还真是坦白呢。哦,对了对了,我还没有把所有信息都告诉给您,这样当然无法展开解说了,失礼了。"

"还有什么吗?"

"在阳子的公寓里发现了奇怪的便笺。"

"便笺?"

"内容是这样的。"说着,中越从兜里掏出笔,在纸杯垫上流利地写下:

其在

石女

之头这

孩实中

"其在,石女,之头这,孩实中?"千晓嘴抵着杯沿,喃喃道,

"什么意思?"

"不知道。"中越一副"这就要你来想了"的表情,"还有,阳子的双亲作过如下证言,说他们在案发当晚给阳子的公寓打过电话。他们知道九点以后阳子就不接电话,于是留言让阳子给他们回电话。但是事实上不仅这通电话,阳子的电话机上连一通电话留言都没有。"

"什么都没有?"

"什么都没有。我们向她的双亲确认过很多次,他们都肯定地说确实留过言,而且也确实是在案发当日。这样一来就说明,电话留言是被什么人给故意删去了。阳子本人是不可能的,因为九点以后她已经被奈津代杀了。"

"那么是奈津代删掉的吗?"

"有可能。可为什么她要那么做呢?"

"大概是……有一些留言对她不利?"

"或者……我补充一点,阳子的电话带有从外部输入密码删除留言的功能。"

"这样一来……"千晓猜不透中越为何要特意附加这一点,"就有可能是奈津代以外的人从外部将留言删除的。"

"大致上就是这么回事。这些请您记在脑中。"中越悠然地拿出一本同人志似的书来放在吧台上,上面的标题是《虚无通信》,"这是地方的推理迷自办的刊物,这里——"说着他翻开目录,"您能读一下这里吗?"

标题映入千晓眼帘:《推理剧·轮转杀人事件》,作者纪须磨伊明日——也就是 kiss my ass 吧[①]。

[①]纪须磨伊明日,日文读音为 kisumaiasu,与 kiss my ass 谐音。

"还真是个过激的笔名。是搞笑吧,还是——"

"内容也极尽胡扯之能事,您还是先看一遍吧。哦,对了,还有一点要补充的,奈津代在犯罪之前的几个月一直受到电话骚扰。"

"电话骚扰?"

"无声电话。拿起电话只能听到对方的呼吸声。挂了还会再打过来,而且每三十分钟一次。说来也是常见的模式,但是奈津代一个人住,非常不安,就把电话停机了。"

"啊……"

千晓没深究此事,转而去阅读中越拿来的推理同人志上的文章。文章采用戏剧形式,里面共有七位女性遇害,头部均被割下。割下的头按照最初的受害者的放到第二个受害者尸体旁,第二个受害者的放到第三个受害者尸体旁的规律依次顺延。标题里的"轮转"二字可能就是这个意思。杀害了七个人之后,带着第七位受害者的头的嫌疑人自杀谢幕。然而事情的真相却出乎意料……这就是故事的梗概。

内容确实很胡扯。不知该说是太造作还是太极端,幕间受害者们竟然还出来和观众打招呼,真是不知道作者有几分真意。而且为什么不用小说而是戏剧的形式,这也让人十分在意。

"这本同人志其实是在奈津代的房间里发现的。"中越估摸着千晓要读完了,就往杯里倒上酒。

"也就是说……"千晓半信半疑地靠在椅背上,"奈津代抄袭了这个《轮转杀人事件》的手法?"

"也并非完全抄袭,不过大体上差不多。具体而言就是推理剧的第五至第七个受害者——蕂谷志保、藤原绫、殿冈樱,用真田奈津代、穗积阳子、土居淑子替代。这可能就是奈津代本来的计划吧。"

"那么相当于剧中横井让二的人物又是谁呢?"

"没有别人了吧,就是松浦雄一。"

"也就是说,奈津代想将杀害两个女人的所有罪状都推卸到松浦雄一头上?"

"我觉得很有可能。您觉得呢,匠先生,您怎么想?"

"确实……"千晓像是在谨慎选择语言一样呷了几口酒,"共同点很多。被剪断的头发也好,写有暗号的便笺也好,牙科助手的存在也好……"

"我忘了说了,"中越似乎真的忘了个一干二净,不好意思地挠着头,"奈津代公寓的马桶水箱里沉着用塑料袋包着的玻璃球。"

"玻璃球?哦……"千晓本以为自己会猛地探出身子,没想到只是缓慢地扭动了一下,看来自己真的有些喝醉了,"不是钻石?"

"不是,是玻璃球。"

"不可能。"

"哦?"千晓的反应似乎正中中越下怀,他的脸上显出光芒,"您为什么觉得不可能?"

"因为……因为,如果奈津代真动了轮转杀人的念头的话,她一定会确保那是真正的钻石才行啊。否则以她的性格,不可能去实行轮转杀人。"

"没错。"中越重重地点了一下头,"您说得一点没错。"

"但是奈津代实行了轮转杀人,至少在她一直在试图实行。这样一来就说明,她相信那不是玻璃球而是真正的钻石。也就是说有人让她作出了这样的判断,并坚信不疑……"

"对,没错。就像匠先生说的那样。那个人是谁呢?"

"没有别人,就是松浦雄一。"

"原来如此。如果按照推理剧的进展的话,拜托奈津代保管钻石的人只能是松浦雄一。少了他对钻石的执念，头部轮转的诡计就不成立了——"

"实际上也是不成立的。雄一并没有割去奈津代的头，也没有拿着那颗头去阳子的公寓，更没有被便笺蒙骗而带走阳子的头。"

"这又是为什么呢？"

"看来所有的剧本都是出自雄一之手。这个使用纪须磨伊明日这种恶俗笔名的作者恐怕也是松浦雄一。他利用了奈津代容易将自身幻想为女主角的性格……"

"动机呢？"

"为了杀掉土居淑子……"

"杀掉土居淑子？为什么？"

"因为她杀害了雄一的母亲——松浦康江。"

"土居淑子？"中越惊愕不已，摘掉眼镜盯着千晓。比起土居淑子杀害松浦康江这个事实，更让他错愕的是千晓知晓此事。

此事是指第一位受害者被铐上手铐分尸，第二位受害者被依法炮制，但因为她的男朋友偶然出现在案发现场成了替罪羊，凶手也趁机逃走。一个叫植田的男人成了重点嫌犯，而土居淑子就是那命悬一线的第二位受害者。但是千晓提出了一种全新的见解。

中越听完千晓对此事提出的全新见解之后说："你说的我明白了，可是雄一为什么连穗积阳子也要一起杀了呢？"

"可能雄一根本没把阳子当回事吧。也就是说他个人并没有向奈津代施加要除掉阳子的暗示，只不过偶然知道奈津代对淑子和阳子都怀有杀意而顺水推舟一下而已。只要淑子死了，阳子怎么样都无所谓了。"

"可是雄一应该连奈津代也要一并除掉。当然这是以他是《轮转杀人》的作者为前提的。"

"雄一并没有完成'轮转杀人'的想法,因为一旦完成他就不得不背上杀害三名女性的罪名。总之,只要奈津代替他杀掉淑子,以后的事就无所——不对……"

千晓似乎想到了什么,轻轻拍了一下自己的脸,然后就陷入了沉默,似乎盯着飞在空中的某样东西,一动不动。

"匠先生……"

"不对……"千晓终于吱了一声,"不对,不是这样的。雄一最初也打算除掉奈津代,大概还是觉得她是个妨碍。他应该是打算在除掉淑子之际顺便把奈津代也一并做掉,最初他就是这么想的,所以才写了《轮转杀人》……"

"怎么回事?匠先生,您这话听起来简直就像是雄一杀了奈津代一样,不过这不可能。刚才我也说了,奈津代是自杀,绝不会错。这一点上没有任何疑问。"

"我知道。所以雄一才设下圈套让奈津代自杀。"

"这种事怎么可能?"

"很简单。只要不完成'轮转杀人'就行了。雄一一开始就没有完成'轮转杀人'的打算。雄一对奈津代施加暗示,让她以为一切都按照她的意图在进行,但实际上事态都在雄一的掌控之中。如果奈津代杀了淑子,雄一也根本不会帮她完成后续的计划。"

"也就是说他没去见奈津代。在推理剧里横井被藁谷叫出去,去了完成所有工作只等一死的藁谷志保家。奈津代杀了两个人之后也会回到自己的家,等待着预先就约好的雄一。可是雄一并未现身。'轮转杀人'并未完成。到这里我都明白。可是就算雄一没有现身,奈津代为什么要自杀呢?不是很奇怪吗?既然她打算让雄一来替她背黑锅,那她应该也不在乎雄一的死活,只因为雄一没有来就自杀,实在有点奇怪。如果她一定要自杀的话,杀了雄一之后也不迟。一般人都会觉得既然'轮转杀人'没有完成,替换头的安排也白费了,但是这些都已经无所谓了,是吧?"

"所以说,"千晓以自信满满的声音说道,"雄一很清楚这一点。如果他不在奈津代的公寓现身的话,她一定会抛下剧本而瞄准自己。所以雄一一定要在这之前让奈津代死掉。"

"你是说让她自杀?"

"没错。"

"不过这要怎么做到?"

"让她以为自己死了。听好了,是这么回事。奈津代以为雄一一定会来自己的公寓,这时,如果她接到消息说雄一遇到交通事故已经死了会怎样?奈津代一定会以为他是在来自己的公寓途中遭遇车祸丧生了。好不容易做到这个地步的'轮转杀人'没有完成,而她已经走上了不归路,毕竟她亲手杀害了两个人,这样一来,相信一切已经落幕的奈津代就选择了上吊自杀……"

"怎么才能让她对雄一遭遇交通事故丧生的消息信以为真呢?"

"假扮警察给她打电话。"

"匠先生,您说得很有道理,不过您忘了我刚才补充的话。奈津代的公寓里没有电话。她受不了骚扰,电话停机了。这样的话要如何打电话联系她呢?"

"问题就在这里。"千晓盯着对方的脸,"你也差不多该报上真名了吧,还是非得要我来揭穿你,松浦雄一先生?"

"你什么时候……"松浦雄一并未显得特别吃惊,不如说他因为不用再伪装成中越刑警而松了一口气,"你是什么时候知道的?"

"一开始就知道。"

"一开始?"

"从你自称中越正一开始。其实我见过中越先生。"

"什么啊,原来是这么回事啊。"雄一嘻嘻地笑了起来,似乎在抗议千晓这是犯规行为。

"是平冢先生介绍我们认识的。虽然这么说对他不太尊重,不过他确实不像你这么潇洒。而且我听说中越先生不喝酒。"

"哎呀哎呀,"雄一摘下平光眼镜放进兜里,"害我白佩服你一场。那你为什么还假装是在和中越正一对话呢?"

"假扮现役刑警的人会说出什么话来,我一点想法都没有,而且我也很好奇你为什么会选择我。"

"这个嘛……"雄一舔了舔嘴唇,转念把拿在手边的杯子放回吧台,"老实说如果不是你也无所谓,只是想对谁诉说一下松浦雄一的罪行。不,也许罪行这个词不太合适,因为我没有做过任何违法的事情。我所做的不过就是以纪须磨伊明日这个笔名写了一部推理剧,并让真田奈津代读了,还有——"

"想向人炫耀一下你的完全犯罪,对吗?"千晓似乎十分拘泥于犯罪这个字眼。

"也不是。我并不想以松浦雄一的身份告白,只是想以一个中越正一也好别人也好的外人的立场对谁诉说一下。看来冒充刑警还是不合适。实际上淑子工作的地方经常有安槻警署的人来往,他们可能是对淑子没什么戒心,向她说了很多,这些又通过淑子传到了我的耳朵里。"

"原来如此。所以你才会对佐川书店和兼松敦子的事那么熟悉。"

"差不多就是这么回事。可能就是这样对警察产生了亲近感,于是就冒了中越的名。算了,这不重要,我只是想和什么人说说,希望他能理解我下的苦功夫。这时,我听到了你的传闻。听说这一带有一位小有名气的侦探,于是就怀着试探的心情来了,可是……"雄一感叹道,"没想到你竟然知道我母亲事件的真相。"

"也并不算知道,只是个人作的一种假设。"

"你向警方讲过事件的真相吗?说植田隼人并不是真凶?"

"不,我没有。"

"为什么?"

"我当时没有做警察的熟人。和平冢警官认识是在我阿姨遇害之后。"

"就算不认识,如果你当时作为一介市民向他们提出重新调查的要求就好了,这样我就——"

"就不会做这些了?"

"我很想说是这样,不过这么说有点卑鄙。"

"这我就不知道了。"

"你这话可真怪,像你这样什么都知道的人可没有第二个了。还是回到原本的问题上吧。"

"原本的问题?"

"为什么奈津代——不,现在还是这么说吧,为什么我要让奈津代交换两位死者的头?这就是原本的问题。就像你说的那样,我利用了奈津代戏剧化的性格,用笔名写了推理剧,假装不经意间让她读到,当然不会让她发觉作者就是我。奈津代会中计,将剧中杀害第五到第七名受害者的手法进行完全模仿,这一点很容易预测到。为此,我特意描写得非常细致，比如阳子和淑子的发型，以及牙科助手的职业等，都和现实严丝合缝。普通人的话，看到这些和现实如此相似的细节一定会产生疑问，但是奈津代不同。"

"马上就把自己和藁谷志保同一化了。"

"没错。她又自我陶醉了，将按照剧本来演出推理剧当做了自己的使命。她应该从未想过警察有可能根据推理剧而发现真相。于是托她的福，我成功地借刀杀人，报了杀母之仇。但是，匠先生，你不觉得奇怪吗？为什么我一定要编出'轮转杀人'这样一出费事的故事呢？不采用小说而是戏剧的形式，是为了让奈津代容易理解。我在每一幕都加上演员表，也是为了方便她熟悉人物关系。我觉得这很有效果。事实上奈津代也上钩了。可是……可是，如果只是为了让奈津代中计，我根本没有必要去写割头轮转这种麻烦故事。"

"对，根本没有这个必要。杀了淑子和阳子之后杀了你，再自杀——即使是这种单纯的故事，奈津代也会轻易上钩。"

"对，没错。事实上我最初写的就是这种简单的故事，但是出现了问题。你猜是什么，匠先生？我想你可能已经明白了……"

"你当然不想被杀，而想活下去，所以在奈津代杀了淑子和阳子之后，你一定要假装警察给她打电话，为了告诉她你出车祸去世了的消息。但是电话是关键。奈津代的公寓里没有电话，因为骚扰电话而停机了。于是你想到了给阳子或者淑子的房间打电话。奈津代既然是那种容易陶醉在故事里的性格，那么很容易预测得到，她会按照推理剧中写的那样，在十三号星期五实行计划。目标之一的阳子过着极为规律的生活，犯罪时间也很容易推算出来。"

"没错。"

"阳子的房间里有自动应答的录话机，而且一直设置成扩音器打开的状态。哪怕在奈津代杀害阳子的途中也无所谓,因为她就算不接电话也能听到。所以你在估计奈津代杀人结束之后给阳子的公寓打电话,这样就可以达成目的。比如你这样说:我是警察,松浦雄一出车祸去世了,我们想和与他同居的真田奈津代联络但是联络不上。如果你知道她在哪里的话,能否请你代为联络?像这样留言给阳子,然后就挂断电话。"

"完全没错,我就是这么说的。"

"然后你再通过密码从外部将留言删除。阳子双亲的留言被删除就是因为这个。因为你删除了整卷带子的内容。但是,我不太清楚你是怎么知道密码的。"

"很简单。带着骨折和因见识到真田的本性而极度受伤的心一起住院的女人,很容易被另一个男人的花言巧语所蒙骗。"松浦雄一意味深长地翘起了嘴角,"仅此而已。"

"原来如此。但是你注意到自己的思考有漏洞。那就是杀人顺序。无论怎么想奈津代都应该先杀阳子,因为阳子九点以后就绝对不会开门了。当然,如果想让她开门的话,也有假装发生火灾之类的办法。但是与其如此费力,而且反正淑子回家也晚,还不如先杀掉阳子来得轻松。奈津代当然会这么想,而你也事先预测到了这一点。但是这样一来就麻烦了。因为在只有阳子被杀的时候给奈津代传达你死了的消息,很可能使奈津代放弃杀害淑子。对吧?奈津代杀害淑子的动机在你身上。如果你死了的话,奈津代的杀意很可能会萎缩下来。而她会感到杀害阳子带来的心理压力越来越重,以至最终自杀——"

"太对了,就是这么回事。这样一来就没有意义了。因为我的真正目标是淑子……"浅笑着的雄一突然现出了迷惑的表情,"我觉得我并不是特别想替母亲报仇,母亲被杀一事上,我的怨恨倒不是太重。和姐姐分别可能对我的打击更大一些，不过最可恨的还是我的命运被改变了。我一直以为自己会像普通人一样上大学，像普通人一样上班。但是母亲被杀之后这些计划都被改变了……不，"雄一的嘴角再次浮现带有讽刺意味的微笑，"还是不发牢骚了。你继续说。"

"松浦雄一出车祸身亡的假消息无论如何都要在土居淑子被杀之后再传达给奈津代。既然知道淑子要后被杀，那就只能给淑子的房间打电话。但是淑子的电话却因为欠费而停机……"

"这可烦了我很长时间。我甚至想过不用留言而用别的方式。但是又难以割舍阳子总是用扩音器这一条件，我绞尽脑汁想利用这一点……"

"于是你灵机一动，想出了让奈津代交换她们两个的头的大伎俩。"

缓缓喝尽杯中酒之后，千晓按照惯例确认了一下杯子是否已空。然后他站了起来，数也没数就把纸币放在吧台上，背对着松浦雄一，头也不回地走出了酒馆。

"那才是推理剧《轮转杀人》里蕴藏的陷阱。奈津代以为交换头是为了完成轮转杀人的准备而将二人的头交换，但实际上当奈津代交换二人的头时，这出戏就已经落幕了。你想得真是太妙了。没错，这就是交换头的意义——所谓合理的理由，就是为了让杀人者再次回到杀人现场。以奈津代的情况来说，就是为了让她再度回到阳子的公寓——也就是最初的杀人现场，就是这样。"

后记

在我的记忆中，最初阅读的分尸小说是江户川乱步的《盲兽》。严格地说，不是分尸，而是出于极度的施虐色情心理而将活生生的女人分解，这种强悍内容对当时还是小学生的我来说是非常刺激的。此后，分尸＝对血的陶醉＝倒错的形式美这一公式就深深植根在我的脑海里，再加上对怪诞的厌恶在旁推波助澜，使得我对涉及分尸、分解一类东西的作品都有一种主观上的排斥。虽然现在成了对友成纯一的《兽仪式》和绫辻行人的《杀人鬼》这样的作品也能平心静气地阅读的迟钝大人，但我小的时候还是很纯洁敏感的。

这样的我在看到鲇川哲也的《红色密室》时，只看标题就对其百分之百是纯粹的密室作品（事实上也是如此）而和分解尸体那种呛鼻的、充满猎奇趣味的东西绝缘深信不疑。但是结果大家也知道了，书里是在密室里发现了被分解的尸体，却得到了远离猎奇趣味的合理解决，不是吗？

通过《红色密室》体验到的"解体"，将我之前的印象转了一百八十度，而在我阅读本冈类的《白色森林的幽灵杀人》和笠井洁的《再见，天使》时，更是深深被分尸之后的谜题和逻辑之美所吸引。那时我并未因人格的客体化以及角色的物体化这种文学性的问题所烦恼（我觉得现在也没有），只是一味浸淫在谜题所酝酿出的游戏性以及游戏精神中。后来我逢人便推荐上述三本书，一位朋友见我喜欢这样的作品，就借给我一本当时刚刚出版的岛田庄司的《占星术杀人魔法》。完全迷上"解体"的我感动得泪流满面自不待言。

如果要问我"分尸小说"的No.1是哪一个，我会毫不犹豫地举出乔伊斯·波特的《切断》。读过之后我的大脑因其冲击性而暂时陷入一片混乱，只能不断发出干笑。可能就是从那时开始，我萌生了自己也要写一本"分尸小说"的念头。

让我动了实际动笔的念头的契机是某出版社的交流会。入围某推理小说奖最终候选名单的我，不顾连佳作奖都没能获得的身份，承蒙总编辑体恤，远从高知来，恬不知耻地参加了授奖典礼第二天的受奖者和作家的交流会。同席的作家们痛感被称做本格推理尤其是新本格推理的评价异常之低。读者中有人轻蔑地说：只要加点小伎俩，最后弄出一句无头尸来就轻易地写成了推理小说。

只要弄出来无头尸就能轻易地写成推理小说——坊间的这种风评对于偏爱逻辑缜密的"分尸小说"的我来说不啻晴天霹雳。虽然对那些作家有所僭越，不过我十分理解他们的心情。于是我当时就立誓要写出杰作来改变世人的这种愚蠢偏见……如果这样的话，那这篇后记必然能尽显我的风骚，但是实际上却并非如此。

我是这样想的：是吗，原来世人认为搞出无头尸很烂俗啊。那最好还是不要写有无头尸出现的东西为妙。虽然很没出息，不过我就是这么想的。但是同时我也灵机一动。

可能只有一具无头尸的话会被认为陈腐，如果无头尸一个接一个地出来呢？于是我就写了本书第八因的原型，一部名叫《轮转》的长篇。但是总觉得不对劲，总有一种尸体的出现方式还不够吸引眼球的不成熟或者说挑衅的顽固想法。于是，一个接一个的分尸连作就出现了。本来我打算从第一因开始直到最终因都用无头尸来统一的，但那有点太胡来了。

这就是《解体诸因》的由来。如果能让您体会到些微乐趣，我就感激不尽了。另外执笔时参考了岸田秀的《嫉妒的时代》（飞鸟新社）和岩川隆的《杀人全书》（光文社）的部分内容，在这里标明以示感谢。还有在此对将前途未明的拙作不辞辛苦推荐给出版社的岛田庄司先生，以及因为我的能力有限而屡次烦劳的文艺第三的宇山日出臣先生、川岛克之先生一并表示深深的谢意。

一九九四年十一月 于高知市

西泽保彦

文库版后记

　　漫画家石川纯在著作《漫画的时间》中收录的谈及梶原一骑先生原作的《巨人之星》时这样说道："这二十年，《巨人之星》总是被当做话题，最初是作为令人惊异的感动电视剧，最终发展成究极的搞笑漫画。"（选自《巨人的悲剧》）

　　带有故事性的作品随着时间的流逝会被逐渐解释为与最初的创作意图完全无关的类型，这样的现象经常出现，都不必特意举出莎士比亚为例。故事经常在创作方和接收方之间不停流动，靠着双方的合力才能成立，从某种意义上来说这也是避免不了的。不用我来多费口舌，作品落地的瞬间就被赋予了即使是作者有意为之的内涵，也有可能被时间吞噬的命运。

　　说到《解体诸因》。这是我的出道作。距离第一版出版已经过去整三年了。现在回头看真是很辛苦，真的有一种想逃离的心情。技术上的不成熟当然是理由之一，在这一点上很多作家都会经受不住文库化时大幅改笔修正的诱惑，实际上几乎全面改稿的例子我也有所耳闻。所以我已经有了一定的心理准备，虽然让人脸红的地方有很多，但并没有太受打击。

　　那么我是受了什么打击呢？是我再次认识到自己的"本格观念"是如此的扭曲。因为我认为，本格谜题，尤其是以杂技般的逻辑作为核心的解谜推理小说里，"走错一步就会踏入搞笑世界"这一点特别有意思。

执笔《解体诸因》的过程中，我相当确信，比起搞笑，我植入的应该是一种黑色幽默。但这也不过就是一种"佐料"，一种副产品似的东西——我自以为。

但是这一次文库化时我重新读了一遍原稿，发现这哪里是什么佐料，简直全篇都是搞笑、搞笑，是搞笑的盛装游行。为了避免误解，我得慌忙加上一句：在解谜方面我可是认真地在设计，这个基本意旨不会改变。只是"内容"并不像我当初印象中的那么正经。

具体地说，《解体诸因》各章中解明的分尸动机原本是本着"往前一步就是搞笑，但还在正常范围之内"的想法构思的，但现在读起来简直就是搞笑。我听说第一版出版时有位评论家读了一章之后就勃然大怒，说："哪有因为这种理由而去分尸的人！"可能因为同样的理由而中止阅读的读者在全国也有很多。您的心情现在我十分理解，实在是抱歉。但是还是请听听我任性的话，请别那么生气，哈哈哈地付之一笑就好了，然后我希望您能继续阅读第二章……咦？不行？别这么说嘛。趁着文库化的契机，请您一定要把后续读完。好嘛，好嘛，各位（心形），拜托了。啊，但是如果你们全读完了之后还是发怒的话可怎么办啊……

所以，那就把《解体诸因》当做精心设计的搞笑作品来读……废话，最初不就只能这么读吗，花了三年时间你才认识到吗？肯定会有敏锐的读者一针见血地指摘我。就像我前面所说，解谜的部分是很认真的（真的假的？），可以称之为解谜搞笑。"就像为了搞笑什么都做的滑稽闹剧一样，为了诡计什么都做的搞笑解谜。"西上心太先生早就这样说过了，他可真是慧眼卓识。

总而言之，着眼点什么的都无所谓，让读者诸君感受到乐趣才是我衷心希望的。还请多多关照。

最后附笔,在此对接受文库版解说工作的鹰城宏先生与讲谈社文库出版部的松本和彦先生表示深深的谢意。

一九九七年十月 于高知市

西泽保彦

KAITAISHOIN
© Yasuhiko Nishizawa 1997
All rights reserved.
Original Japanese edition published by KODANSHA LTD.
Publication rights for Simplified Chinese character edition arranged with KODANSHA LTD. through KODANSHA BEIJING CULTURE LTD.Beijing,China.
Simplified Chinese edition copyright: 2024 New Star Press Co., Ltd. All rights reserved.
本书由日本讲谈社正式授权，版权所有，未经书面同意，不得以任何方式作全面或局部翻印、仿制或转载。

图书在版编目（CIP）数据

解体诸因／（日）西泽保彦著；苏友友译 . —3 版 . —北京： 新星出版社，2017.8
（2025.11 重印）
ISBN 978-7-5133-2697-1

Ⅰ.①解… Ⅱ.①西… ②苏… Ⅲ.①短篇小说－小说集－日本－现代 Ⅳ.①I313.45

中国版本图书馆 CIP 数据核字 (2017) 第 150118 号

解体诸因

[日] 西泽保彦 著；苏友友 译

责任编辑：王　欢
特约编辑：赵笑笑
责任校对：刘　义
责任印制：李珊珊
装帧设计：冷暖儿

出版发行：新星出版社
出 版 人：孙志鹏
社　　址：北京市西城区车公庄大街丙3号楼　　100044
网　　址：www.newstarpress.com
电　　话：010-88310888
传　　真：010-65270449
法律顾问：北京市岳成律师事务所

读者服务：010-88310811　　service@newstarpress.com
邮购地址：北京市西城区车公庄大街丙 3 号楼　　100044

印　　刷：北京天恒嘉业印刷有限公司
开　　本：910mm×1230mm　　1/32
印　　张：10.375
字　　数：195千字
版　　次：2017年8月第三版　　2025年11月第十二次印刷
书　　号：ISBN 978-7-5133-2697-1
定　　价：39.00元

版权专有，侵权必究；如有质量问题，请与印刷厂联系调换。